MERLIN 8

궁극의 마법

ULTIMATE MAGIC

MERLIN 8

궁극의 마법

ULTIMATE MAGIC

토머스 A. 배런 지음 | 김선희 옮김

T. A. BARRON

arte

앤 시에켈(Anne Schieckel), 리제트 부콜즈(Lisette Bucholz),
이르멜라 브렌더(Irmela Brender)에게 감사의 뜻을 전합니다.
이들은 엄청난 재주와 열정으로, 내 이야기를 독일 독자들에게
전달하는 데 있어서 무척이나 많은 것들을 도와주었습니다.

리타 고르의 넓적한 입에서 침이 새어 나와, 턱 아래로 강물처럼 줄줄 흘러내렸다. 마침내 자신의 노고의 열매를 맛볼 것이다. 이 열매는 너무나 소중해서 이것을 얻기 위해 수 세기에 걸친 전쟁, 곤경, 치욕을 겪으며 버텨냈다. 승리. 정복. 이 세상을 비롯해 모든 세상의 적을 전멸시키는 것.

리타 고르의 무시무시한 눈이 빛나며, 독성 가득한 연기를 핏빛으로 물들였다. 리타 고르는 그 어떤 것도 이제 자신을 멈출 수 없다는 걸 알고 있었다. 어둠의 줄이 계속해서 힘을 채워주고 있었다. 불멸의 힘. 조금만 더 있으면, 이제 절대적인 무적이 될 것이다. 아발론을 지배할 수 있는 강한 힘을 얻을 것이다. 자신에 맞서려는 멍청한 녀석들은 누구든 무찌를 수 있는 잔인함을 얻을 것이다.

리타 고르는 입을 쩍 벌려 다시 한 번 승리의 포효를 내뿜으려 했다. 하지만 그 순간, 소음이 목에서 잦아들었다. 그러고는 승리가 아닌 분노의 울음을 내뿜었다. 그 분노의 힘이 늪지 전체를 뒤흔들었다.

리타 고르의 적! 적이 가까이 왔음을, 그 적이 공격하려 한다는 걸 알아차렸다. 눈이 분노로 이글거리며 사방을 두리번거렸다. 지금 당장 적이 어디에 있든, 고통스러운 죽음이 뒤따를 것이다.

크리스탈루스는, 트롤의 몸에 착 달라붙은 채, 붉은 눈빛이 자신을 향하고 있다는 걸 알아차렸다. 어쩔 수 없이 몸을 떨었다. 들킨 걸까? 목표에 이렇게 가까이 왔는데?

하지만 트롤의 시선은 크리스탈루스를 지나쳐갔다. 증오로 불타오르는 시선이 늪지 저 먼 곳을 향했다. 그곳에는 연기구름이 하늘을 향해 솟아났다. 크리스탈루스 또한 트롤의 시선을 따라 바라보았다.

바질가라드!

이 커다란 초록 용이 멀린을 태운 채 두 날개를 활짝 펴고 구름을 헤치며 다가오고 있었다. 무시무시한 트롤을 향해, 싸움을 위해 곧장 날아왔다.

차 례

커다란 놀라움을 위해, 나는 자그마한 수수께끼를 찾고 있다.

바질가라드는 커다란 머리를 들어 올려 저 멀리 숲까지 이어진 넘실 거리는 초원을 훑어보았다. 이 용의 눈이 반짝반짝 빛났다. 탄탄한 어 깨 근육에 힘이 들어갔다. 각각 평범한 용 한 마리를 다 감쌀 만큼 커 다란 두 날개가 기대감으로 흔들렸다. 튼튼한 날개 끝이 등 비늘에 부 딪혀 딱딱 소리가 났다.

갑자기 불어온 산들바람에 주변 풀포기가 흔들렸다. 깜짝 놀랍게도, 바질가라드가 좋아하는 향기가 풍겨왔다. 촉촉한 삼림 지대 버섯. 달 콤 쌉싸름한 삼나무 송진. 어린 요정의 손에서도 껍질이 벗겨질 것 같 은 짙은 향의 탐스러운 사과. 바위 하나도 너끈히 견딜 만큼 튼튼하고 매혹적인 거미줄. '끊임없이 흐르는 강' 상류에서 쏟아져 나오는 상쾌한 물보라……

바질가라드는 이 풍부한 향기를 빨아들이며, 생동감 넘치는 이 영토 를 자신이 이처럼 소중하게 여기는 이유를 불현듯 떠올렸다. 수많은 마

15

법. 이 영토를 지키기 위해서라면 기꺼이 목숨까지 바칠 것이다.

바질가라드는 큼지막한 곤봉이 달린 거대한 꼬리로 땅을 쿵 내리쳤다. 천지가 흔들리며 초원이 쩍쩍 갈라지고, 저 멀리 떨어진 나무가 비틀거렸다. 바로 그때, 확연히 다른 냄새가 확 풍겨왔다.

전투의 냄새.

아발론 전역에서 몰려온 동맹군이 바질가라드를 향해 빠른 속도로 행진해 왔다. 근육질의 켄타우로스가 발굽을 쿵쿵거리며 바질가라드 옆으로 걸어왔다. 갈퀴 그리고 막대와 칼을 든 남자와 여자, 커다란 사냥용 활을 든 요정, 양날 도끼를 짊어진 소인들이 그 뒤를 바짝 따라왔다. 우람한 곰에서부터 작은 들쥐까지 수많은 생명체들이 뒤따라왔다. 들쥐는 용감한 마음 말고는 아무것도 가진 게 없었다.

더 많은 동맹군이 하늘을 수놓았다. 저 높은 곳에서 독수리 떼가 휙 내려앉고, 연붉은색 꼬리 매 떼가 미끄러지듯 다가오고, 올빼미들이 나무에서 날아올랐다. 곧 하늘은 이들이 지저귀는 소리로 가득 찼다.

하지만 바질가라드는 이들 너머를 눈여겨봤다. 방금 전 지평선 위로 모습을 드러낸 들쭉날쭉한 날개의 시커먼 전사 무리를 지켜보고 있었다. 전사들은 재빠르게 하늘을 날며, 점점 더 바짝 다가왔다. 바질가라드는 이들을 너무나도 잘 알고 있었다. 불을 뿜는 용. 용이 백 마리도 넘게 몰려왔다.

바질가라드의 콧구멍이 벌름거렸다. 이렇게 멀리서도 불에 그슬린 비늘과 피에 물든 발톱 냄새를 맡을 수 있었다. 바질가라드는 오직 자신만이 이들을 막을 수 있는 희망이라는 사실을 무척이나 잘 알았다.

거대한 초록 용은 눈길을 돌려 그 모습을 보고 잔디를 꽉 움켜쥐었다. 플레임론 전사들이다! 파이어루트의 연기 자욱한 화산 아래에서 훈

런받은, 싸움에 단련된 전사 무리가 초원을 가득 뒤덮기 시작했다. 반짝반짝 빛나는 갑옷을 입고 점점 더 가까이 그리고 꾸준히 쳐들어왔다. 이들은 으리으리한 투석기를 끌고 왔다. 그것은 묵직한 돌과 펄펄 끓는 기름 탱크를 쏘아 올릴 수 있는 커다란 기계 장치였다. 또 다른 장치도 눈에 띄었는데, 피라미드처럼 생긴 엄청나게 커다란 탑으로, 플레임론 오십 명이 달라붙어 그 장치를 끌고 있었다.

탑의 바퀴에서 요란한 소리가 울려 퍼졌다. 바질가라드는 그 높은 탑을 응시하며 분노에 찬 함성을 나지막하게 토해냈다.

도대체 저게 뭐지? 저게 뭐든, 어쨌든 맘에 들지 않아. 전혀.

바질가라드는 생각했다.

수수께끼 같은 탑 때문에 불안했지만, 재빨리 그 탑 생각을 밀쳐두었다. 훨씬 더 큰 걱정거리가 있었으니까. 이 세상의 운명. 위대한 나무. 바질가라드가 아주 오래전에 목격했던 그 초기의 날들. 그리고 수 세기에 걸쳐 직접 목격했던 수많은 경이로움. 아발론은, 친구 멀린이 언젠가 말한 것처럼, 경이로운 장소 그 이상이었다. 사실, 아발론은 하나의 이데아였다. 다양한 생명체와 영토들이 적어도 한때나마 평화롭게 함께 어울려 살 수 있으리라는 이데아.

그런 시간은 이제 끝났다는 걸 바질가라드는 잘 알고 있었다. 하지만 아발론 그 자체도 끝나게 될까? 그건 이 기념비적인 전투의 결과에 달려 있었다. 왜냐하면 이 전투는 아발론의 적과 방어자 모두가 전쟁터에서 일제히 마주하게 될 최초의, 그리고 어쩌면 마지막 시간이 될 테니까 말이다.

가까이 다가오는 불 용 그리고 플레임론 전사들의 무시무시한 대형을 훑어보며, 바질가라드는 목구멍 깊숙한 곳에서 으르렁 고함을 토해냈다. 이날 자신 그리고 충성스러운 동맹군이 실패한다면, 이 세계를 지키기 위해 누구도 살아남을 수 없으리라는 걸 너무나도 잘 알고 있었다. 이들의 고향, 이들의 꿈, 이들의 가족과 친구들 그리고 자신이 사랑하는 만냐까지 모두 잃을 것이다.

영원히.

바질가라드의 울부짖음이 엄청나게 크게 터져 나왔다. 그 바람에 몇몇 켄타우로스가 깜짝 놀라 허리를 곧추세우고 서서 앞발로 허공에 발길질을 했다.

우리는 오늘 이 싸움에서 반드시 이겨야 해! 적을 물리치기 위해서, 우리가 사랑하는 사람들을 살리기 위한 것만은 아니야. 또 다른 이유도 있어.

커다란 콧구멍이 벌름거렸다.

"나는 오늘 반드시 살아남아야 해. 그래서 이 모든 짓의 배후에 있는 그 사악한 괴물을 찾아 죽여 버리겠어!"

바질가라드는 맹세했다. 목소리가 천둥처럼 쩌렁쩌렁 울렸다.

이윽고 꼬리를 쿵 내리쳤다. 분노와 좌절로 온몸이 떨렸다. 이 전쟁을 불러일으킨 그 그림자 같은 짐승을 어디서 찾아야 하는지 알지 못했다. 불 용에게 값비싼 보석을 약속하고, 플레임론에게 무적의 힘을 약속한 녀석. 바질가라드가 아는 것이라고는 아발론 어딘가에 그 녀석의 은밀한 은신처가 있다는 것. 그리고 그 녀석이 정령의 영토에 사는 사악한 전사, 리타 고르를 위해 일하고 있다는 것뿐이었다. 그곳이 어딘지 찾을 수만 있다면, 그 짐승을 파괴하고 마침내 이 공포를 끝낼 수 있으리라. 만약 그러지 못한다면, 아발론에 대한 위협은 더 심각해질 뿐이다.

초록 용은 날카로운 이빨을 부드득 갈며 진지하게 덧붙였다.

"사실, 내가 오늘 승리를 거둔다 해도, 그 짐승을 찾아낼 방법은 없어. 전혀."

"하지만 방법이 있어."

용이 고개를 숙여 쳐다보았다. 젊은 숲의 요정 역사가, 트레시미르가 자신을 올려다보고 있었다.

"그게 무슨 말이야? 어서 말해봐!"

바질가라드가 따지듯 물었다.

트레시미르는 낡은 가죽 가방에 손을 넣어 접은 양피지 한 장을 꺼냈다.

"이건 지도야. 크리스탈루스가 준 마법의 지도. 크리스탈루스는 이걸 너한테 주라고 했어. 네가 아발론을 구하는 걸 도우라고."

바질가라드는 점점 가까이 다가오는 적을 초조하게 힐끔거리며, 트레시미르가 양피지를 펴는 모습을 지켜보았다.

"이 지도는 찾고자 하는 걸 어디에서 찾을 수 있는지 알려줘. 찾고 싶은 것에 집중하기만 하면 돼. 하지만 그전에 먼저 내가 경고를 하나 해줄게."

"뭘?"

"이 지도는 딱 한 번만 사용할 수 있어. 그러니까 네가 찾으려는 게 무엇인지, 아주 분명하고 확실히 해둬야 해."

요정이 똑 부러지게 말했다.

"나는 확실해!"

"그럼 생각을 집중해봐."

그림자 같은 짐승을, 또한 그 괴물이 아발론에 가져온 공포만을 생각하며, 바질가라드는 양피지를 응시했다. 아무 일도 일어나지 않았다. 좀 더 생각을 집중했다. 집중하느라 온몸이 떨렸다. 하지만 여전히 아무 일도 일어나지 않았다.

양피지는 완전히 백지 상태 그대로였다.

바질가라드는 실망스러운 표정으로 하늘을 가로질러 다가오는 불 용 무리, 신비에 싸인 탑을 끌고 오는 플레임론 군대를 쳐다보았다. 이윽고, 이 따위 것에 희망을 품고 있는 멍청한 자신에 대해 나지막이 욕을 퍼 부으며 마지막으로 한 번 더 양피지를 쳐다보았다.

양피지가 변하고 있었다! 지도 테두리가 황금빛으로 어렴풋하게 바뀌었다. 양피지를 가로질러 황갈색 구름이 소용돌이치기 시작했다. 한쪽 구석에서 장식용 나침반이 모습을 드러냈다. 나침반 바늘이 갑자기 빨리 움직이기 시작했다. 한편, 구름이 모양을 갖추어 나갔다. 알아볼 수 있는 모양이었다.

아발론! 아발론의 뿌리 영토가 모두 나타나더니, 일곱 영토 중 여섯 영토가 사라지며 지도는 머드루트에 집중했다. 북쪽을 향해 방향을 바꾸며, 변화무쌍한 늪지의 시커먼 윤곽을 드러냈다. 그리고 늪지 깊숙한 곳에…… 으스스한 붉은빛이 빛났다.

"유령의 늪이야!"

트레시미르가 외쳤다.

"그래, 네놈이 여기 숨어 있었구나. 널 찾아내고야 말겠어. 아, 그래. 널 반드시 찾아낼 거야."

용은 이빨을 부드득 갈며 으르렁거렸다.

이윽고 커다란 날개를 펄럭였다.

"하지만 우선, 저 녀석들과 싸워야 해."

바질가라드가 날개를 펴려 하자 트레시미르가 깜짝 놀라 소리쳤다.

지도에서 연기가 피어오르더니 손 안에서 지글지글 타들어갔다. 트레시미르는 지도를 놓치고 말았다. 바로 그 순간, 지도가 불길에 휩싸였다. 잠시 뒤, 오직 재만 남았다. 그리고 자그마한 종잇조각 하나가 땅으로 느릿느릿 떨어져 내렸다.

능숙하게, 바질가라드는 그 너덜너덜한 종잇조각을 발톱 두 개로 잡았다. 연기가 피어오르는 종잇조각은 뭔가 가치 있는 것이라기보다는 그저 하나의 숯 조각처럼 보였다. 마법의 흔적은 없었다. 불에 타지 않은 귀퉁이 위에 거의 알아볼 수 없는, 장식용 나침반의 황금빛 화살이 원래의 모습을 암시해줄 뿐이었다.

순간적으로, 바질가라드는 연기가 피어오르는 종잇조각을 초록색 어깨 비늘의 틈 안에 밀어 넣었다. 왜 그랬는지 이유를 알 수 없었다. 그저 그 종잇조각을 버리고 싶지 않았을 뿐이다. 적어도 지금은 버리지 않을 거다.

이윽고, 넓은 날개를 활짝 펴며 천둥 같은 굉음을 냈다. 그 소리가 하늘에 가득 찼다. 그 소리를 들은 자들은 모두 알았다. 의심의 여지없이, 아발론의 위대한 전투가 시작되었다는 것을……

1

맹렬한 공격

희망은 이따금 덧없기도 하지만 늘 소중하다. 슬프게도, 그 전투가 시작되었을 때 내 동료들 대부분에게 희망이라고는 전혀 없었다.

멀리 떨어진 숲까지 흔들릴 만큼 어마어마한 굉음을 내며, 아발론의 역사에서 가장 강력한 용이 하늘로 솟아올랐다.

커다란 초록색 날개를 쭉 펼쳐 힘차게 저어 하늘 높이 올라가면서도, 용은 마법의 지도가 남긴 재가 여전히 풀밭에서 나뒹구는 모습을 흘끗 내려다보았다. 그러면서 소용히 맹세를 되풀이했다.

널 반드시 찾아내겠어. 무슨 일이 있더라도, 나는 유령의 늪으로 가겠어. 가서 널 찾아내고 말겠어.

"하지만 우선, 이 자질구레한 일을 끝마쳐야 해."

바질가라드는 자신을 향해 재빨리 날아오는 불 용 군대를 노려보며 크게 말했다.

이윽고 눈을 빛내며 다시 한번 으르렁거렸다. 전투에 뛰어드는 용의 함성을……

저 위에서, 협곡 독수리 한 마리가 날카롭게 울어댔다. 모여 있는 매, 올빼미, 독수리들을 지도자 옆으로 부르는 소리였다. 바질가라드가 더 높이 솟아올라 이들과 합류하자, 거대한 용 날개가 저 아래 땅에 그림자를 드리웠다. 평화로운 시기에는 야생화가 흐드러지게 핀 일렁이는 목초지, 우드루트의 전설적인 '끊임없이 흐르는 강'의 젖줄인 수원지를 품고 있는 땅. 하지만 이 모든 게 곧 바뀔 거다.

왜냐하면 지금 저 초원은 플레임론 전사들이 파도처럼 뒤덮고 있었으니까. 전사들은 훈련이 무척이나 잘되어 있어 완전히 한 몸처럼 나아갔다. 마치 이들의 갑옷과 칼의 금속이 녹아서 하나의 치명적인 무기를 만들어낸 것 같았다. 이렇게 높은 곳에서 보니, 수많은 투석기가 또렷하게 보였다. 더불어 연기가 피어오르는 장치들도 보였다. 화염 방사기가 분명했다. 또한 다시 한번, 피라미드처럼 생긴 거대한 탑이 보였다. 이 불길한 탑의 목적이 무엇인지는 짐작할 수가 없었다.

빌어먹을! 도대체 저 탑은 뭐지?

바질가라드가 혼잣말로 욕을 퍼부었다.

플레임론과 놈들이 끌고 오는 기계에서 자신의 동맹군으로 시선을 옮겼다. 켄타우로스는 견고한 발굽을 쿵쿵 구르고, 커다란 곰은 화난 듯 울부짖고, 요정들은 활과 화살을 준비하고, 용감한 남자와 여자들 그리고 소인들은 창과 전투용 도끼를 휘둘렀다. 하지만 지원군을 보아도 희망이 차오르지는 않았다. 오히려, 하늘에서 그 모습을 바라보니 몸이 떨렸다. 자신의 지원군이 수적으로 얼마나 열세인지, 적과 비교해 얼마나 훈련과 경험과 정교한 무기가 부족한지 확연하게 드러났기 때문이다. 아발론의 마지막 방어선이라기보다는 갈기갈기 찢긴 나방이 모여 있는 듯했다. 돌풍 같은 불꽃에 곧 휩쓸리고 말 운명에 처해 보였다.

*저들에게는 이 세계에 대한 사랑 말고는 아무것도 없어. 아니, 저쪽
편에 하나 더 있을 거야.*

바질가라드는 침울하게 생각하며 넓은 날개를 펄럭거려 육중한 몸을
이끌고 아주 높은 곳까지 올라갔다. 커다란 날개를 뒤로 쭉 뻗었다.

이윽고 꼬리를 잽싸게 감아 채찍처럼 허공에 휘둘렀다. 하늘에 폭발
이 일었다. 천둥이 수천 개 친 것보다 더 요란했다. 가까이 다가오던 불
용 몇 마리가 주춤하더니, 대형에서 빠져나왔다. 만약 놈들의 지휘관들
이 이 용들을 향해 성난 듯 울어대지 않았다면, 아마도 꼬리를 돌려 달
아났을지도 모른다.

씩 웃으며, 바질가라드는 생각을 마무리했다.

저들에게는 그래도 내가 있잖아.

그 순간, 선봉에 선 불 용 스무 마리가 엄청 뜨거운 불꽃을 일제히
내뿜었다. 바질가라드에게 불꽃이 마구 쏟아졌다. 너무나 강렬해서 얼
굴을 돌려 두 눈을 가려야만 했다. 뜨거운 불꽃이 목과 가슴의 보호 비
늘 속까지 내리치며 반짝반짝 빛나던 표면이 검게 그을렸다. 하지만 상
처를 입지는 않았다.

그런데 바질가라드 옆에서 날던 용감한 새들은 무사하지 못했다. 연
붉은색 꼬리 매 두 마리와 날개 끝에 은빛이 도는 송골매 한 마리는 불
꽃에 휩싸여 고통스럽게 비명을 질러대며 목숨을 잃고 곤두박질쳤다.
협곡 독수리의 꼬리 깃털이 불길에 휩싸였다. 바질가라드는 날개 끝을
재빨리 두드려 불을 껐다. 한편, 저 아래, 불꽃이 동맹군에게 비처럼 떨
어져 머리카락, 옷, 피부에 불이 붙는 바람에 여기저기서 비명이 터져
나왔다.

바질가라드가 화가 나 울부짖자, 강력한 돌풍이 일어 공격자 몇몇의

날개가 뒤로 날아갔다. 아뿔싸, 바질가라드는 불꽃을 내뿜을 수는 없었다. 삼림 지대의 용으로서, 아무리 노력해도 불을 내뿜지 못했다. 아무리 목청을 높여도 그 사실이 바뀌지는 않았다. 제아무리 크게 울부짖어도 반응은 미약했다.

귀에 거슬리는, 끽끽대는 웃음이 하늘에 울려 퍼졌다.

"고작 그것밖에 못 해? 그 측은한 으르렁거림이 다야?"

불 용 대장이 비웃었다.

불 용 대장은 다시 웃었다. 그 웃음소리는 불꽃만큼이나 고약했다. 비록 바질가라드에 비해 몸집이 한참 작았지만, 거대한 심홍색 대장은 자신의 부하들보다 훨씬 컸다. 두 눈은 분노에 차 이글거리고, 두 날개는 복수심으로 하늘을 찢었다. 턱에는 한때 눈에 띄던 수염이 듬성듬성 짤막한 흔적만 남아 있었다. 그 턱수염은 아주 오래전, 전쟁터에서 자신에게 맞설 수 있는 유일한 용, 그러니까 바질가라드 때문에 사라졌다.

"이런, 이런. 로 발디어그로군. 날개 달린 오렌지색 뱀. 네가 감히 나를 다시 공격하지는 않으리라 믿었는데. 적어도 턱수염이 다시 자라기 전까지는 말이야."

커다란 초록 용이 대답했다. 두 눈이 밝게 빛났다. 바질가라드는 날개를 천천히 저으며 조용하게 배회했다.

불 용은 성이 나 으르렁거리며 콧구멍에서 불꽃을 내뿜었다.

"어디 한번 붙어보자!"

녀석이 으르렁거렸다. 주둥이에서 불꽃이 비처럼 쏟아져 내렸다.

"주변에 수백 마리 부하들이 받쳐줄 때만 그렇겠지. 너는 혼자서는 나를 공격할 용기가 없거든. 아니, 네 군대의 도움이 없으면, 넌 싸움을 두려워할 거야."

바질가라드가 응수했다. 무지개 빛깔 비늘로 뒤덮인 눈썹을 둥글게 떴다.

"나는 싸울 테다. 반드시."

로 발디어그가 버럭 소리쳤다.

"설마! 넌 늘 겁쟁이였어."

불 용은 분노를 내뿜었다.

"나는 겁쟁이가 아니야!"

바질가라드가 눈썹을 치켜떴다. 적이 정말로 미끼를 문 걸까? 적의 대장을 일대일로 싸우도록 유혹할 수 있다면, 이 엄청난 군대에 대적해 이길 수 있는 가능성이 크게 높아질 것이다. 물론, 그 가능성이라는 게 기껏해야 얼마 되지 않을 테지만 말이다.

로 발디어그는 허공에서 몸을 휙 돌리더니 병사들을 향해 명령했다.

"여기서 기다려!"

즉각, 불 용들은 행진을 멈추었다. 대장이 혼자 싸우러 날아가는 동안 모두 하늘을 배회하며 그 주변을 빙 둘러쌌다.

웃음을 참으려 했지만 어쩔 수가 없었다. 바질가라드는 스르르 바짝 다가가며, 로 발디어그를 주의 깊게 지켜보았다. 한편, 불 용은 발톱으로 허공을 포악하게 긁어대며 다가왔다.

"이제 누가 진짜 가장 위대한 용인지 알게 될 거야."

로 발디어그가 적의 주위를 돌며 으르렁 소리쳤다.

"그래, 그렇고말고. 그리고 누가 가장 멍청한지도 알게 되겠지."

바질가라드 또한 빙빙 돌며 응수했다.

"그건 바로 너야. 왜냐하면 바보 멍청이만 적에게 등을 보일 테니까."

로 발디어그가 고함쳤다. 로 발디어그는 사악하게 웃으며 흉악한 이빨 수백 개를 드러냈다.

　너무 늦게, 바질가라드는 함정을 깨달았다. 로 발디어그는 항상 싸울 준비가 되어 있었지만, 자신의 말처럼 혼자 싸울 의도는 전혀 없었다. 대신, 빙글빙글 돌면서, 용의 군대 전부가 뒤에서 공격할 수 있는 곳으로 바질가라드를 교묘하게 끌어들였다.

　하늘은 끔찍한 불꽃 공격으로 폭발했다. 사방에서 바질가라드를 향해 화염이 뿜어져 나왔다. 그 치명적인 불과 지옥 같은 연기 한가운데, 바질가라드는 눈에 보이지도 않았다. 용들의 끔찍한 울음소리, 불꽃이 타닥타닥 타들어가는 소리, 그리고 매와 독수리가 깜짝 놀라 울어대는 소리가 허공을 가득 채웠다. 그것과 더불어 또 다른 소리도 들려왔다. 귀에 거슬리는, 끽끽대는 불 용 대장의 웃음소리……

　아발론을 위한 싸움은 시작도 해보기 전에 끝난 것처럼 보였다.

2

지옥

죽음은 연습을 하지 않으면 훨씬 수월하다.

무척 길고도 고통스러운 순간, 땅 위에 있던 바질가라드의 지원군이 하늘을 올려다보았다. 짙은 먹구름이 일며, 엄청난 열기로 타닥타닥 타오르는 불꽃 지옥을 에워쌌다. 그 연기와 불꽃 안쪽 어딘가에 위대한 초록 용이, 또는 그 잔해가 있었다.

켄타우로스는 초조하게 히힝 울부짖으며 잔디밭을 서성거렸다. 요정과 인간들은 깜짝 놀라 입을 벌린 채 멍하니 서 있었다. 소인들은 너무 두려워 도끼를 털썩 내려놓았다. 플레임론 전사들 또한 곧 이어질 승리를 예감하고는, 행군을 멈추고 지켜보았다.

수많은 구경꾼들 위로 불꽃이 소나기처럼 쏟아졌다. 그래도 여전히 이들은 하늘에서 눈을 떼지 못했다. 천천히 구름이 옅어지고 강렬한 불꽃이 사그라들었다. 이제 몇몇 모습이 눈에 보였다. 하늘을 배회하는 불용 수십 마리. 이들은 들쭉날쭉 날카로운 날개로 바람을 일으켜 남아 있는 불꽃을 없애는 듯했다. 특히 나머지보다 좀 더 덩치가 큰, 승리에

29

도취되어 빙글빙글 날아다니는 오렌지색 불 용 한 마리는 마지막 일격을 가하기 위해 잠자코 기다리고 있었다.

불꽃 한가운데에서 불쑥 무언가가 나타났다. 엄청나게 길고 강력한 꼬리는 분명 용의 것이었다. 온통 숯을 뒤집어썼기에, 초록색이라기보다는 오히려 검은색에 가까웠다. 꼬리가 번갯불의 속도로 불꽃 밖으로 휙 나오더니, 커다란 곤봉이 오렌지색 불 용의 가슴을 힘껏 내리쳤다.

로 발디어그는 고통에 울부짖으며 뒤로 쓰러졌다. 기습 공격에 몸이 거꾸로 튕겨 나갔다. 불 용이 몸을 추스르기도 전에, 바질가라드는 지옥에서 모습을 드러내 맹렬히 울부짖으며 공격했다. 초록색 눈동자가 이글거렸다. 강력한 두 날개는 허공을 내리치고, 거대한 꼬리는 이미 다시 공격하기 위해 돌돌 말렸다. 아발론의 수호자로 알려진, 뿌리-영토 전역에서 '평화의 날개'로 불리는 바질가라드는 실로 살아 있었다.

그리고 정말이지 모습을 드러냈다.

저 아래 초원 위 동맹군 사이에서 엄청난 환호가 터져 나왔다. 즉각, 땅에서는 전투가 다시 시작되었다. 초록 용의 지원군은 엄청난 수적 열세에 있었지만, 그리고 플레임론이 투석기로 돌을 퍼붓고 화염 방사기로 기름이 흠뻑 젖은 나무를 무자비하게 퍼부었지만, 새롭게 힘을 내, 새로운 희망으로 적과 맞서 싸웠다. 바질가라드가 살아났다!

켄타우로스는 플레임론의 전투 대형 한가운데로 용감하게 뛰어들었다. 전속력으로 뛰어다니면서 발굽으로 대형을 흐트러뜨렸다. 곰은 그 뒤를 맡아서 플레임론을 향해 있는 힘껏 발을 휘둘렀다. 플레임론의 갑옷이 찌그러지고 부서졌다. 수많은 플레임론의 뼈와 두개골 또한 갑옷과 마찬가지 운명을 맞았다. 작지만 다부진 소인들은 도끼를 힘껏 마구 휘둘렀다. 그사이 남자와 여자들은 칼과 창을 휘둘렀다. 동시에, 요정

궁수들은 조준을 정확히 해 화살을 연신 쏘아대며 수많은 공격자들을 쓰러트렸다. 플레임론의 시체가 높이 쌓여가며, 바닥에 피로 물든 산마루가 생겨났다.

하지만 이런 용맹함도 플레임론의 진군을 막지는 못했다. 플레임론은 엄청나게 효율적으로 방어자들의 기를 죽이며, 앞을 가로막는 자들은 누구에게든 칼을 마구 휘둘러 호되게 내리쳤다. 처음부터 수적으로 열세였던 용감한 동맹군은 점점 더 줄어들어 갔다. 이들 중 상당수가 죽음의 고통 속에서도 하늘을 다시 올려다보며, 바질가라드가 불 용을 상대로 승리하기를, 그리고 제때 땅으로 내려와 자신들의 목숨을 구해주기를 희망했다.

불꽃 지옥에서 불쑥 튀어나온 순간, 바질가라드는 분노에 울부짖으며 로 발디어그를 덮쳤다. 가슴을 한 방 맞은 충격에 몸을 바로 세우려 비틀거리며, 불 용의 대장은 목숨을 잃을까 두려웠다. 다행스럽게도, 놈은 자기 병사들의 목숨에는 큰 관심이 없었다. 병사들은 그저 방패막이에 불과했다. 놈은 도움을 외쳤다. 하도 크게 외치는 바람에 목구멍 비늘 몇 개가 떨어져 나갔다.

불 용이 서른 마리도 넘게 그 울음을 들었다. 불 용들은 바질가라드를 향해 곧장 덤벼들었다. 가죽 날개가 달린 벌 떼 같았다. 하지만 엄청난 수적 우세에도 불구하고, 또한 자기들 대장을 감히 공격한 이 배신자를 향한 난폭한 공격에도 불구하고, 이들은 전혀 예상치 못한 적을 마주하고 있다는 사실을 깨달았다. 도저히 상상할 수 없는 막강한 힘을 지닌 적. 그 적의 난폭함은 이들의 난폭함을 뛰어넘었다.

바질가라드는 아주 재빨리 움직였다. 거대한 몸이 제대로 보이지 않을 정도였다. 꼬리로 용 세 마리의 머리를 연속해서 순식간에 내리쳤다.

31

몇몇 용의 날개를 찢어 버리고, 이윽고 다른 녀석의 가슴을 강하게 내리쳤다. 그 바람에 그 녀석이 다른 녀석들에게 곧장 날아가 하늘에서 이들을 우수수 떨어트렸다. 이 모든 게 처음 2초 만에 일어났다. 그 뒤로도 바질가라드는 분주하게 움직였다.

치명적인 사이클론처럼, 공격자들 사이를 빙빙 돌았다. 들쭉날쭉 굵은 날개 끝으로 적의 머리를 찔러 열매 껍질처럼 두개골을 박살 내고, 넓은 날개로는 몇몇 용을 한꺼번에 후려쳐, 정신을 잃고 무더기로 내동댕이쳐 버렸다. 한편, 발톱으로는 팔다리를 찢고 비늘을 뜯어 버리고 운 나쁜 녀석의 머리를 목에서 떼어내 버렸다. 하지만 그 어떤 것도 그 끔찍한 꼬리보다 더 큰 손상을 가져오지는 못했다. 꼬리에 달린 곤봉을 쉴 없이 휘두르고 내리쳐 불 용 수십 마리를 쓰러트리고, 축 늘어진 적을 영토의 경계 너머 저 먼 바다로 던져 버렸다.

그런다 할지라도, 바질가라드는 이제 자신의 임무를 위해 몸을 풀었을 뿐이다. 최우선적인 목표, 그러니까 로 발디어그를 완전히 파괴하는 임무는 여전히 이루지 못했다. 그 배신자가 눈에 띌 때마다, 부하 병사들이 공격해와 달아날 시간을 주었다. 격렬한 싸움에도 불구하고, 바질가라드의 날카로운 눈은 계속해서 하늘을 훑으며 적을 찾았다. 둘 중 하나가 죽기 전까지는 공중에서의 이 싸움은 끝나지 않으리라는 걸 잘 알고 있었다. 로 발디어그가 자신처럼 호시탐탐 기회를 노리고 있다는 것 또한 잘 알고 있었다.

남달리 우람한 불 용 한 마리를 마주하자, 바질가라드는 전략을 바꾸었다. 허공에서 회전하면서 꼬리로 그 병사의 목을 감고, 이윽고 날개를 힘차게 저어 병사와 함께 제자리에서 빙글빙글 돌았다. 목이 꼬리에 감겨 꼼짝달싹할 수 없는 병사는 이제 하나의 무기가 되어, 다른 용들을 차례로 내리쳤다. 그 충격으로 뼈가 박살나고, 두개골이 깨지고, 등뼈가 부러졌다. 이런 상황이 계속해서 이어졌다.

마침내, 하늘에서 적을 대부분 처치하고 나서, 움직임이 잦아들었다. 몇몇 불 용만 근처에 남아, 경계의 눈초리로 바질가라드를 노려보았다. 하지만 로 발디어그는 거기에 없었다.

"그 겁쟁이 녀석은 어디 있지? 어디로 달아났지?"

바질가라드가 성난 목소리로 소리쳐 물었다.

이윽고, 흠씬 두들겨 맞은 병사 옆으로 성마르게 날아가, 그 녀석을 초원 너머 숲속으로 내동댕이쳤다. 그때 실망스럽게도, 저 너머 숲에서 시커먼 연기 기둥과 뿜어져 나오는 불꽃이 눈에 띄었다.

우드루트가 불타고 있어!

바질가라드는 자욱한 연기 기둥을 노려보며, 이제 자신에게도 들리는 그 소리에 몸서리쳤다. 흐느끼며 비명을 질러대는 수많은 목소리가 도움을 간절히 외치고 있었다. 둥지에 갇힌 새, 나뭇가지에서 옴짝달싹 못 하는 다람쥐, 굴속에서 연기에 갇힌 여우와 오소리, 빈터를 향해 필사적으로 허둥지둥 달려가는 사슴……. 저 마법의 숲속 나무들은 물론이고, 이 모든 생명체들이 곧 화염에 휩싸이게 될 것이다.

문득, 시커먼 연기 속에서 오렌지색 날개 하나가 눈에 들어왔다. 로 발디어그! 이윽고 오렌지색 불 용이 새로운 불꽃을 내뿜는 게 보였다. 오래된 삼나무 숲이 삽시간에 불길에 휩싸였다.

이딴 식으로 싸운다 이거지! 녀석은 나를 상대하기가 너무 두려우니 저 무고한 생명체들을 대신 공격하고 있어.

바질가라드는 얼굴을 찌푸렸다. 비늘에 덮인 주둥이가 뒤틀렸다. 이제 적의 진짜 동기가 뭔지 확실해졌다. 불 용들을 파괴하는 목표에서 마음을 돌려, 숲을 구하기 위한 새로운 싸움으로 이끌려는 것이다. 그러는 사이, 놈은 계속해서 자신을 피해 다닐 거다. 그리고 플레임론은 계속해서 땅에서 동맹군을 박살낼 거다.

바질가라드는 저 아래 전쟁터를 재빨리 훑어보았다. 동맹군은 힘겹게 싸우고 있었다. 무척 힘겨워 보였다. 켄타우로스, 요정, 남자와 여자의 시체가 사방에 널브러져 있었다. 저들이 물리친 수많은 플레임론의 시체 위에 많은 이들이 죽어 있었다. 저들은 더 이상 싸울 수 없을 거다. 방어자들의 숫자는 빠른 속도로 줄어들고 있었다. 지금도, 몇몇은 침략자들의 맹공격에 맞서 목숨을 내놓고 싸우고 있었다. 반면 투석기에서 쏘아 올린 돌이 저들 주변에 마구 떨어졌다.

잠깐만! 저건……:

바질가라드는 소인 한 명이 혼자서 용감하게 전투용 도끼를 휘두르는 모습을 보고는 숨이 멎을 듯했다. 소인은 쓰러진 불 용의 가슴 위에서 이리저리 몸을 돌며 공격자들과 맞서 싸웠다. 도끼를 무지막지하게 휙휙 휘두르며 플레임론들을 무찔렀다. 하지만 수많은 적을 상대하기에는 역부족이었다.

살아남기 위한 맹렬한 결의를 보고, 또한 아버지가 물려준 자기 키보다 큰 커다란 전투용 도끼를 보고, 이제는 성인이 된, 몇 년 전에 자신이 목숨을 구해준 어린 소녀가 떠올랐다. 빨간색 곱슬머리는 수정 줄로 장식했는데, 머리를 움직일 때마다 쩽그랑 쩽그랑 소리가 났다. 그건 소인 지도자의 머리 장식이었다. 저 아이가 할머니 우르날다를 비롯해 놀라운 혈통을 물려받았다는 사실에 비추어 볼 때, 그다지 놀랍지 않았다. 할머니 우르날다는 멀린이라는 이름의 젊은 마법사와의 우정으로 오랫동안 음유시인들에게 영감을 주었다. 그리고 저 아이 또한 그 이름을 물려받았다.

몹시도 맹렬했지만, 혈기왕성한 젊은 우르날다도 점점 지쳐가는 듯
보였다. 시간이 지날수록 도끼가 무거워 보였다. 도끼를 휘두르는 모습
이 점점 힘겨워 보였다. 그사이 플레임론들은 사방에서 압박해 들어와,
우르날다는 어쩔 수 없이 더 거칠게 도끼를 휘두를 수밖에 없었다.

바질가라드는 드넓은 날개를 움직여 높이를 유지한 채, 숲을 향해 머
리를 돌렸다. 화염이 순식간에 번지며, 우아한 가문비나무와 울퉁불퉁
한 전나무를 불태우고, 오래된 참나무와 어린 느릅나무를 먹어 치우
고 있었다. 숲이 품고 있는 그 모든 생명체들도 마찬가지 신세였다. 바
람이 불 때면 나뭇가지에서 경이로운 음악을 만들어내는 하모나 나무
(harmona trees)조차도 속수무책으로 타들어가고 있었다. 이들은 이제
소리 없는 비명을 고통스럽게 질러댔다. 그 소리는 발톱으로 영혼을 후
벼 파는 것 같았다.

초록 용은 주춤했다. 저 불길은 숲으로 삽시간에 번져 마침내 바질
가라드의 고향 영토, 우드루트 대부분을 파괴할 것이다. 어떻게 하면 저
불길을 멈출 수 있을까? 하지만 바질가라드는 불길을 막을 수 있는 아
무런 마법도 지니지 못했다. 물을 분수처럼 내뿜어 불길을 끌 수도 없
었다. 냄새를 피우는 능력은 아무런 도움이 되지 않았다. 설령 유용한
마법을 지니고 있다 할지라도, 시간이 별로 없었다.

어떻게 하면 좋지?

바질가라드는 몹시 괴로웠다. 이 전투가 시작된 뒤 처음으로, 힘겹게
망설이고 있었다. 만약 이 초록 용이 전투에 끼어들지 않으면, 우르날다
를 비롯해 아발론의 수많은 충성스러운 방어자들은 분명 죽음을 맞이
할 거다. 그리고 만약 저 불길을 어떻게든 막지 못한다면…… 오랜 시간

보금자리였던 자신의 소중한 숲이 사라지고 말 거다.

더 많은 도움을 받을 수 있으면 얼마나 좋을까! 결국 언제나 혼자서 아발론을 위해 승리를 거둬야 했다. 이 세상을 고향이라고 부른 가장 강력한 인간, 그 마법의 씨앗으로 위대한 나무를 탄생시킨 멀린조차 바질가라드를 버렸다. 혼자 아발론을 지키게 남겨두었다.

멀린은 왜 떠난 걸까? 지구라고 부르는 아주 먼 세상에서 젊은 왕을 도와주기 위해서라고 멀린은 말했었다, 하지만 용은, 마법사는 이 용을 바질이라고 불렀는데, 언제나 다른 이유를 의심했다. 개인적인 이유. 이기적인 이유. 간단히 말해, 마법사는 자신이 그토록 사랑하던 아내 할리아의 죽음, 그리고 아들 크리스탈루스와의 고통스러운 불화에 따른 슬픔을 치유하기 위해 떠난 것이다.

충분한 이유가 되지는 않아.

용은 투덜거렸다. 화가 나 콧바람을 힝힝 불었다. 아발론의 다른 위대한 전사들은 지금처럼 필요할 때 다들 어디 있는 걸까? 예전에는 용감하게 싸웠던, 살아남은 거인 누구도 이 싸움에 오지 않았다. 옛 친구 심조차도 도와주러 오지 않았다. 끔찍했던 '메마른 봄 전투' 이후에 거인들은 모두 숨었다고 사람들은 말했다. 하지만 누구도 그 이유를 알지 못했다. 이유가 뭘까? 아마도 이기적인 이유일 것이다.

심지어 지난 수년 동안 평화를 지키기 위해 강력한 힘을 발휘했던 리아조차도 용을 등졌다. 필요할 때 아발론을 포기한 것과 마찬가지로 말이다!

바질가라드는 허공에 꼬리를 휘두르며 좌절감으로 울부짖었다. 진정한 친구가 하나도 없는 걸까? 누구도 아일라보다 더 의지할 수 없을까? 수많은 곳에서 바람으로 다가왔지만, 그 어디에도 오랫동안 머무르지 않는 바람 누이.

"또다시, 모든 게 내게 달렸어. 하지만 내가 뭘 어떻게 하면 좋을까?"

바질가라드는 투덜거렸다. 창처럼 날카로운 이빨을 부드득 갈며, 턱을 굳게 다물었다. 아주 오래전에 잃어버린 이빨이 있던 한 곳만 제외하고, 그 어떤 틈도 남지 않았다.

엘라노의 마법으로 반짝이는 커다란 두 눈이 앞뒤로 움직였다. 숲을 구할까? 아니면 동맹군을 구할까? 둘 모두를 다 하기에는 정말로 시간이 얼마 남지 않았다. 무엇을 선택하든, 지금 당장 해야 한다.

순간, 아이디어가 번뜩 떠올랐다. 전쟁터를 다시 쳐다보느라 시간을 낭비하지 않고, 또는 곰곰 생각하지도 않고, 두 날개를 허공에 힘차게 저어 불타는 숲을 향해 재빨리 날아갔다.

대형 화재 위에서 방향을 바꾸어, 커다란 날개를 활짝 펼쳤다. 하늘에서 내려온 거대한 손처럼, 불기둥 꼭대기 위로 곧장 내려가, 불타는 나무들을 온몸으로 덮었다. 치지직 요란한 소리가 허공에 가득 차며, 타닥타닥 맹렬하게 타오르는 불꽃과 수액이 터지는 소리가 사그라졌다.

몇 초 동안 꼼짝 않고 그렇게 앉아서, 넓적한 날개로 연기가 피어오르는 나무들을 힘껏 눌렀다. 끝자리에서 연기가 스멀스멀 피어올랐지만, 그것은 불이 꺼지며 내뿜는 마지막 회색 몸부림이었다. 한순간, 한쪽 날개 끄트머리에서 기다란 화염이 솟구쳐 나왔다. 몸이 닿지 않은 곳의 라일락 덤불이었다. 꼬리를 재빨리 휙 내리쳐, 거대한 몸무게로 불을 짓이겼다.

이윽고, 고개를 치켜들고 하늘을 훑어보았다. 이제 연기 기둥이 하나도 남아 있지 않았다. 로 발디어그의 흔적도 없었다.

널 반드시 찾아내고 말겠어, 겁쟁이 쓰레기 같은 놈아! 내가 찾아내

서…….

바질가라드는 생각을 마무리 짓지 못했다. 마음은 이미 살인적인 플레임론 전사들과 자신들을 기다리고 있는 것에 가 있었으니까. 초록 용은 검게 그을린 숲에 두 날개를 마지막으로 한 번 더 문지르며 허공으로 뛰어 올라, 크게 방향을 바꾸어 전쟁터로 되돌아갔다.

3

크다는 것의 의미

관점은 늘 변할 수 있다. 하지만 밖에서 안으로 들어갈 때 가장 많이 변한다.

우르날다가 올라서서 싸우고 있던 쓰러진 불 용 위로 플레임론 전사 셋이 기어 올라가 각기 다른 방향에서 일제히 공격했다. 이들의 단단한 신발이 용의 심홍색 가슴 비늘 위를 긁었다.

불의 강에서 주조한 날카로운 양날 검으로 우르날다를 찌를 때, 잔인한 얼굴과 구릿빛 눈동자에는 아무런 감정도 드러나지 않았다. 이들은 훈련받은 대로 일사분란하게 공격했다. 그래서 우르날다는 한순간도 멈출 수 없었다. 칼날이 우르날다의 얼굴, 팔, 다리를 끊임없이 베었다. 짧은 팔과 다리에는 보호 갑옷이 하나도 없었다.

젊은 소인은 전투용 도끼를 열정적으로 휘두르며 맹렬하게 맞서 싸웠다. 하지만 거칠게 숨을 몰아쉬며 무거운 무기를 휘두를 때마다 끙끙 신음을 토해냈다. 플레임론 하나가 우르날다의 무릎을 찔러 피가 터져 나왔다. 또 다른 플레임론은 얼굴을 향하는 체 속임수를 써서 우르날다의 균형을 잃게 한 뒤 가슴을 힘껏 찔렀다. 가까스로, 우르날다는 공격해 오는 칼을 도끼 손잡이로 밀쳐냈다. 하지만 이 공격으로 뒤로 멀찍이 밀려나, 용의 가슴에서 발이 미끄러지고 말았다.

우르날다는 한 발로 선 채 비틀거렸다. 필사적으로, 공격자들을 향해 몸을 숙여, 뒤로 나뒹굴지 않으려 버둥거렸다. 가까스로 다시 도끼를 휘둘러 플레임론 전사의 관자놀이를 맞히었다. 투구가 즉각 두 동강 나고, 녀석은 신음 소리를 내며 용의 몸통 아래로 곤두박질쳤다.

하지만 남은 녀석들은 그때를 기회로 삼아 우르날다를 향해 있는 힘껏 돌진했다. 칼날 하나가 우르날다의 목을 스쳐 지나갔다. 너무 가까워서 빨간색 머리카락 묶음과 머리에 단 수정 장신구 한 쌍에 닿았다. 수정은 우르날다 옆, 심홍색 비늘 위에 땡그랑 떨어졌다.

자세가 불안정했지만, 우르날다는 다시 한번 도끼를 휘두르려 했다. 하지만 도끼의 무게에 완전히 균형을 잃고 말았다. 한 손을 도끼 손잡이에서 떼고, 주먹을 쥔 채 추락하지 않으려 버텼다.

한편, 전사의 칼끝이 우르날다의 얼굴을 베었다. 칼날이 턱을 가볍게 스쳐 지나갔다. 본능적으로, 우르날다는 뒤로 몸을 젖혔다……

너무 젖혔다! 우르날다는 저 아래 모여 있는 플레임론 전사들을 향해 곧장 곤두박질쳤다. 전사들은 칼을 들어 올려 환호성을 울리며 우르날다의 목숨을 끝낼 기회를 음미했다.

그 순간, 커다란 발톱 하나가 우르날다의 가슴받이 끈을 휙 낚아챘다. 거대한 그림자가 머리 위에 드리우자, 전사들의 환호는 놀라움과 탄식으로 바뀌었다. 그 탄식은 바질가라드가 곤봉 달린 꼬리로 대가리를 내리치기 전, 이들이 낸 마지막 소리였다.

거대한 용에 이끌려 하늘로 솟구치며, 우르날다는 자신을 구해준 용을 올려다보았다. 전투용 도끼를 꽉 쥔 채, 용의 반짝반짝 빛나는 눈을 뚫어지게 쳐다보았다. 그러고는 머리를 치켜 올렸다. 그러자 머리에 매달린 수정 장신구에서 땡그랑 소리가 났다.

"타이밍이 안 좋았어. 내가 막 녀석들을 모조리 죽이려 했었다고!"

우르날다가 입꼬리를 들어 올리며 거칠게 말했다.

바질가라드는 우르날다에게서 눈을 떼지 않았다. 아무 말도 하지 않고 그저 거대한 날개를 움직여 더 높이 올라갔다.

천천히, 우르날다의 굳게 다문 입이 웃음으로 녹아들었다.

"하지만 어쨌든 고마워."

"마지막으로 본 뒤로 꽤 컸네."

"넌 안 컸어. 물론 넌 그럴 필요가 없지만 말이야."

우르날다가 대답했다.

바질가라드는 소리 없이 웃었다. 목구멍 깊숙한 곳이 울렸다.

"살아 있으려고 노력할 거지, 그렇지?"

"당연하지. 아직 해야 할 일이 더 있거든."

우르날다가 두 손으로 도끼를 만지작거렸다.

"나도 마찬가지야."

용이 쩌렁쩌렁 말했다.

우르날다가 다시 얼굴을 찡그렸다.

"바질가라드, 저 사악해 보이는 탑을 조심해, 알겠지? 피라미드처럼 생긴 거 말이야. 전쟁터에서 저런 걸 본 적이 한 번도 없어. 어쩌면 저게……."

우르날다가 말했다. 목소리에 갑자기 걱정이 묻어났다.

"저게 뭐?"

"널 노린 게 아닐까 싶어. 널 해치려고, 널 죽이려고."

소인의 눈이 석탄처럼 타올랐다.

탑에 대해서는 걱정스러웠지만, 바질가라드는 그저 콧방귀를 뀌었다.

우르날다가 얼굴을 잔뜩 찡그리자 얼굴에 주름이 잡혔다.

"너는 살아남아야 해, 거대한 친구. 아발론을 위해서."

이제 용이 얼굴을 찡그릴 차례가 되었다.

"아발론을 끝까지 구하려면, 내가 싸워야 할 마지막 싸움이 있어. 유령의 늪에서."

우르날다가 고개를 저었다. 수정 장신구가 짤랑거렸다.

"늪이라고? 거기에 부패와 독과 분명한 죽음 말고 뭐가 더 있는데?"

"내가 반드시 죽여야 할 놈."

바질가라드가 으르렁거리며 대답했다.

우르날다는 잠시 바질가라드를 뚫어지게 쳐다보았다. 초록 용은 날개를 연신 움직여, 우르날다를 전쟁터의 다른 곳으로 데리고 가고 있었다. 마침내 우르날다가 말했다.

"너희 용들은 정말 이상한 일을 해."

"네가 아는 것보다 더 이상하지."

바질가라드는 날개를 기울여, 살짝 왼쪽으로 미끄러지듯 날아갔다. 발톱 하나로, 풀 덮인 언덕을 가리켰다.

"저곳이 네 눈에는 어떻게 보이지?"

둘 모두 언덕을 물끄러미 내려다보았다. 어제까지만 하더라도 순수한 샘이 흘러나와 바위에 물을 튀기고 히아신스 꽃에 물보라를 일으키며 저 아래 초원으로 굽이치듯 흘러갔었다. 그런데 오늘, 진흙, 피, 쓰러진 투석기의 파편으로 더러워져 있었다. 언덕 꼭대기에는 흙투성이 요정

무리가 서 있었다. 능숙한 궁수였지만, 이제 상처를 입고 지쳤다. 마지막 화살까지 다 쏴 버렸다. 그중 하나가 전투가 시작되기 전에 자신에게 마법의 지도를 보여줬던 바로 그 트레시미르라는 걸 바질가라드는 알아차렸다.

"저곳은 괜찮을 거야."

소인이 대답했다. 우르날다는 험상궂은 표정으로 언덕 아래 모여 있는 플레임론 전사들을 눈여겨보았다. 대학살의 냄새를 맡은 전사들은 힘겹게 분투하는 요정들을 압박해 들어가고 있었다. 화살이 점점 줄어들자 이들은 더 높은 곳으로 행진해 올라갔다.

용은 재빨리 아래로 내려갔다. 트레시미르는 바질가라드를 처음으로 알아보고 크게 기뻐하며 소리쳤다. 다른 요정들이 무슨 일인지 알아차리기도 전에, 바질가라드는 언덕 옆에 요란한 소리를 내며 내려앉았다. 풀밭을 미끄러지며 오십 명 이상의 플레임론 전사를 쓸어 버렸다.

살아남은 몇몇 전사들은 하늘에서 내려온 거대한 짐승을 피해 서둘러 달아나다 자기들끼리 걸려 넘어졌다. 한편, 우르날다는 땅에 풀쩍 뛰어내려 전투용 도끼를 휘두르며 달아나는 전사들을 뒤쫓기 시작했다. 그러다 문득, 걸음을 멈추어서 목숨을 구해준 용을 향해 뒤돌아섰다. 한순간 이들의 시선이 마주쳤다. 우르날다는 고개를 끄덕이더니, 다시 휙 돌아서 플레임론들을 쫓아갔다.

"이제, 다시 할 일을 해야지."

용이 선언했다.

바질가라드는 하늘로 솟아올랐다. 바로 그때 펄펄 끓는 기름통이 땅에서 폭발했다. 뜨거운 액체가 사방에 흐르며 요정들을 내리쳤다. 액체 방울이 바질가라드의 눈에도 튀었다. 초록 용은 갑작스러운 고통에 울부짖으며, 눈을 깜빡여 기름을 털어냈다. 이윽고, 눈앞이 다시 밝아지자 기름통을 쏘아댄 투석기를 눈여겨보았다.

날갯짓 두 번 만에 하늘에서 투석기를 향해 돌진했다. 꼬리를 커다란 망치처럼 휘둘러, 투석기를 무지막지하게 산산조각 내 버렸다. 나뭇조각, 굵은 밧줄 그리고 투석기 꼭대기에 있던 불운한 플레임론들이 사방으로 흩어졌다.

투석기가 무용지물이 된 것에 흡족해하며, 바질가라드는 다시 날아올랐다. 바로 그때 사악한 탑이 저 멀리 눈에 띄었다. 플레임론 다수가 커다란 구조물을 전쟁터 한가운데로 낑낑대며 옮기고 있었다.

다른 전사들은 삼각형 틀의 거대한 마룻대(ridgepoles) 세 개 위로 올라갔다. 마룻대는 땅에서 엄청 높은 곳까지 솟아 있었다. 각각의 마룻대는 강철나무 수십 그루로 만들어, 서로 이어 붙였다. 튼튼하고 곧은 적갈색 나무등치가 쇠붙이처럼 번들거렸다. 뾰족한 마룻대 꼭대기는 강철 밧줄로 튼튼하게 싸여 있었다. 전체 구조물은 거대한 피라미드의 뼈대처럼 보였다.

용은 날개를 펼쳐 하늘을 날며 탑을 자세히 살펴보았다. 병사들이 삼각형 틀을 따라 철사를 거미줄처럼 묶고 있었다. 철사는 뾰족한 지렛대 수백 개에 붙어 있고, 지렛대는 마룻대 길이만큼 뻗어 있어, 완벽한 삭구*를 형성하고 있었다. 저 아래, 더 많은 병사들이 바닥의 커다란 나무 상자 위에서 일하고 있었다. 판자를 두드리고, 밧줄을 감고, 그 테두리를 따라 더 많은 철사를 덧붙이고 있었다.

바질가라드는 의심스러운 듯 두 귀를 실룩 움직였다. 저 탑이 도대체

---

* 주로 배에서 쓰는 밧줄이나 쇠사슬 따위를 통틀어 일컫는 말.

뭘까? 저 탑의 나무 상자 안에는 뭐가 들어 있을까? 커다란 날개로 허공을 가르며 수수께끼 같은 구조물 쪽으로 다가갔다.

불현듯, 전쟁터 가장자리에서 자그마한 생명체 하나가 눈에 들어왔다. 누군지는 알 수 없었지만, 그 생명체가 곤경에 처해 있다는 건 분명해 보였다. 끔찍했다. 옹이진 늙은 참나무의 높은 나뭇가지에 걸려, 주변에 모여 있는 스무 명 이상의 플레임론이 던지는 돌과 창을 맞고 있었다. 귀에 거슬리는 웃음소리와 떠들썩하고 거친 장난으로 보아하니, 놈들은 저 자그마한 생명체를 괴롭히고 있는 게 분명했다. 저놈들은 저 생명체가 땅에 떨어질 때까지는 멈추지 않을 거다. 그러고 나서 발로 밟고 죽을 때까지 난도질할 거다.

나는 저렇게 남을 못살게 구는 짓이 싫어! 늘 싫었어.

바질가라드는 날개로 방향을 틀어 그 생명체를 구하러 달려갔다.

호수 하나를 통째로 덮을 정도로 거대한 날개를 펄럭이며, 자신이 저 작은 동물만큼이나 작았던 때가 있다는 사실을 떠올리며 씩 웃었다.

하지만 더 이상은 아니야!

분명 이제 작지 않았다. 그리고 다시는 작아지지 않을 거다!

나무에 가까이 다가가다 깜짝 놀라 고개를 치켜들었다

잠깐만! 저건 내가 아는 녀석 아니야?

날갯짓이 느려졌다. 좀 더 자세히 살펴보았다. 확실히, 그 어리숙한 용이었다. 앙상한 날개가 종잇장처럼 얇아 보였다. 그리고 그 심홍색과 자주색 비늘은 도토리만큼이나 작았다.

그래, 맞아. 저건 간타야. 성깔 있는 어린 녀석!

바질가라드는 커다란 눈을 깜빡거렸다. 자신의 조카를 잊을 수는 없었다. 녀석은 늘 싸움에 열정적이었다. 지나치게 열정적이었다. 이들의 첫 만남은, 그 당시 바질가라드는 작았는데, 거의 죽음에 이르는 싸움으로 변했었다. 이제 바질가라드는 아발론을 위한 싸움 한가운데에 있었다. 땅과 하늘을 온통 불길에 휩싸이게 만든 싸움…….

초록 용은 참나무 가까이에서 방향을 획 틀었다. 거의 땅을 스치듯 한쪽 날개를 아주 낮게 내려 잔디와 칼과 투구와 몇몇 죽은 새들 그리고 나무 아래 있던 플레임론 거의 대부분을 퍼 올렸다. 몇몇 플레임론들은 가까스로 피해 걸음아 나 살려라 하고 줄행랑을 쳤다. 한편, 붙잡힌 동료들은 둥글게 말린 날개 안에서 산더미처럼 쌓여 구르며, 두려움에 비명을 지르는 것 말고는 달리 어떻게 할 도리가 없었다.

바질가라드는 귀를 기울이고 있을 시간이 없었다. 날개를 들어 올려, 플레임론들을 숲 저 너머, 저 멀리 지평선 너머로 날려 버렸다. 이들이 떨어진 곳이 어디든 그곳에서는 정말로 커다란 고통이 뒤따를 것이다. 용은 플레임론들이 고개를 도리깨질하듯 떨며 시야에서 사라지는 모습을 지켜보며 만족스럽게 고개를 끄덕였다.

바질가라드는 아래로 방향을 바꿔 요란하게 내려앉았다. 그 바람에 근처 나무들이 쓰러지고 전쟁터가 요란하게 진동했다. 천천히, 나무를 향해 고개를 내밀어, 간타의 의심스러운 시선을 마주했다. 어린 용은, 바질가라드의 비늘 하나보다 크지 않는데, 오렌지색 눈동자로 멀뚱히 바라볼 뿐이었다.

"안녕, 간타."

"어…… 안녕하세요, 바질 대장님."

초조하게 이 어린 용은 작은 날개로 주둥이를 쓱 문질렀다.

이들의 첫 만남에서 생긴 간타의 코끝에 난 가느다란 상처를 바라보며, 바질가라드는 웃음을 꾹 참으며 단호하게 말했다.

"이곳은 위험해. 네 엄마는 어디 있지?"

어린 용은 나뭇가지에서 멀찍이 허둥지둥 달아나며 대답했다.

"엄마는 형과 누나들과 함께 스톤루트의 동굴로 돌아갔어요. 하지만
나는⋯⋯."

간타는 침을 꼴깍 삼켰다. 가느다란 목이 물결처럼 출렁였다.

"나는 싸우고 싶었어요. 아발론을 위해서."

"정말이냐? 그냥 큰 싸움에 끼어들고 싶었던 건 아니고?"

간타는 두 날개를 화난 듯 흔들었다.

"아니요, 바질 대장님. 정말이에요! 나는 싸움을 좋아해요. 진짜예요.
하지만 지금은⋯⋯ 이건, 음⋯⋯ 커질 기회라고요."

삼촌이 커다란 눈썹을 치켜떴다.

"커진다고?"

"기억 안 나요? 우리가 온천 옆 풀밭, 드래곤그라스에서 만난 날 말이
에요. 삼촌이 말했어요. 내가 전에 한 번도 들어보지 못한 말을요. 나는
그 말을 이해하느라 시간이 걸렸어요. 커진다는 건 단순히 몸뚱이가 아
니라고, 무엇을 하느냐에 관한 거라고 삼촌이 말했잖아요."

간타가 열정적으로 소리 높여 지껄였나.

바질가라드는 더 이상 웃음을 참을 수 없었다.

어쩌면 결국 이 어린 문제아에게도 희망이 있는 건지도 몰라.

하지만 초록 용의 목소리는 여전히 단호했다.

"너는 집으로 가야 해, 간타. 여기는 위험해. 아직 제대로 날지도 못
하는 어린이에게는 너무 위험해."

"하지만 나는 날 수 있어요, 바질 대장님! 나는 우리 엄마만큼이나
빨리 날 수 있다고요. 그리고 언젠가 나도 엄마처럼 불을 뿜을 수 있을

거예요!"

바질가라드가 그 커다란 고개를 절레절레 저었다.

"지금 가, 간타. 네가 마침내 불을 뿜을 수 있을 때, 그러면 적어도 너는 스스로를 지킬 수 있을 거야. 그때 이런 싸움에 끼면 돼."

"그건 정말 엄청 오랜 시간이 걸릴 거라고요! 이 싸움은 그때쯤이면 다 끝날 걸요."

간타가 불만을 터트렸다.

"나도 그러기를 바란다. 그리고 지금."

바질가라드가 단호하게 말했다. 커다란 몸을 나무에서 멀찍이 물러나며 하늘을 향해 날아오를 준비를 했다.

"나는 싸우러 가야 해."

아발론에서 가장 거대한 용이 두 날개를 활짝 펴고 힘차게 날갯짓을 했다. 그 바람에 돌풍이 일어 참나무 나뭇가지가 마구 흔들렸다. 간타는 경외의 표정으로 삼촌이 하늘로 솟구치는 모습을 지켜보았다. 이 작은 녀석은 흔들리는 나뭇가지를 꽉 붙잡은 채, 눈도 깜빡이지 않았다. 그렇게 저 강력한 날개의 움직임을 하나도 놓치지 않았다. 결국, 그 날개는 간타가 지금껏 본 가장 커다란 생명체의 것이었다.

4

새로운 결심

용에게조차도, 비전이란 안타깝게도 믿을 만하지 못하다. 아주 분명하게 보이는 것이 진실이 아닐 수도 있다. 제대로 보이지 않는 것이 궁극적인 진실일 수 있다.

바질가라드가 전쟁터 위로 솟구치자, 즉각적으로 어디에든 있는 것처럼 보였다. 날개 끝으로 또 다른 투석기를 깨부수자 파편이 폭발했다. 발톱으로 조심성 없는 병사 몇 명과 함께 투석기의 커다란 돌을 들어 올려 한 줄로 나란히 나아가는 플레임론 위로 떨어트렸다. 독약이 묻은 창이 날아와 박히기 직전 젊은 사제 하나를 위기에서 구해준 뒤, 몸을 돌려 사제의 옷 주머니 안에서 떨어질 뻔한 원기 왕성한 다람쥐 한 마리를 구해주었다. 꼬리를 플레임론 무리 한가운데로 내리쳐, 병사와 무기들을 풀밭 저 너머로 날려 버렸다.

꼬리를 휙 휘둘러 화염 방사기 한 쌍을 파괴했다. 화염 방사기의 쇠붙이 골격이 그 충격으로 휘고, 뜨거운 가마솥은 산산조각이 났다. 화염 방사기를 쏘아대던 병사들은 속수무책이었다. 묵직한 발을 쿵 밟아

기름이 흠뻑 묻어 불타는 건초 더미를 모조리 짓이겨 버렸다.

오늘, 나는 평화의 날개라는 이름에 정말이지 걸맞지 않는군.

바질가라드는 엄격하게 생각했다.

바질가라드의 도움으로 목숨을 건진 아발론의 방어자 대부분은 싸움에 너무 지친 나머지, 바질가라드가 이들을 내려놓자마자 땅에 널브러졌다. 하지만 일부는 어쩐지 다르게 굴었다. 초라한(하지만 사나운) 노전사 카타(Babd Catha)를 내려놓자마자, 카타는 자신이 플레임론 병사 여섯과 싸우는 걸 방해했다는 이유로 바질가라드에게 심하게 욕을 퍼붓기 시작했다. 마치 딸기 파이 조각을 먹지 못하게 말린 것처럼, 아니면 사랑스러운 노래를 부르는 중에 노래를 못 부르게 한 것처럼 말이다. 이 사람은 수년간 흉악한 오거*들을 사냥하며 '오거 사냥꾼 카타(Babd Catha, the Ogres' Bane)'라는 이름을 얻었다. 카타는 자신이 화가 났다는 걸 똑똑히 보여주려는 듯, 들고 있던 칼로 용의 커다란 턱을 찰싹 때리는 것으로 자신의 저주를 마무리했다.

"다시는 그러지 마, 이 비늘 덮인 녀석아! 이제 너는 가서 저 나쁜 녀석들 여섯 명을 찾아서 네 할 일을 마저 끝내!"

카타의 갈색 눈이 빛났다.

용은, 이 늙은 전사에 대한 이야기를 수없이 들어왔기에, 그 투지를 보며 빙긋 웃었다. 카타가 아주 오래 살았다는 걸 알고는 있었지만, 그 나이를 제대로 가늠할 수는 없었다. 어쩌면 멀린이 카타의 상처를 치유해줄 때 흘러들어 간 마법사의 피 몇 방울 때문일지도 모른다. 전설에 의하면 카타는 멀린의 엄마, 엘렌을 도와 아발론의 새로운 질서를 세운

---

* 이야기나 게임 속에 자주 등장하는 사람을 잡아먹는 괴물.

최초의 인간 중 하나라고 한다. 어릴 때 부모님이 약탈자들한테 목숨을 잃은 뒤 오거들을 상대로 싸움을 시작했다고.

바질가라드는 또 다른 것도 기억하고 있었다. 몇몇 음유시인들은 카타의 가족에 대한 잔인한 공격이 눈 폭풍이 불 때 일어났기에, 카타가 이 세상에서 두려워하는 건 오직 눈밖에 없다고 주장했다. 몇몇은 심지어 더 나아가, 눈송이 하나라도 닿을라치면 카타가 도망칠 거라고 말하기도 했다. 바질가라드는 그 이야기가 진짜인지 정말 궁금했다. 특히 지금, 카타의 얼굴과 팔에 난 전쟁터의 그 수많은 상처를 직접 보았으니까. 정말로 눈을 어떻게 생각하는지 물어보려고 싶은 충동을 느꼈지만, 지금은 적당한 때가 아니라는 걸 알았다.

대신, 바질가라드는 커다란 귀를 내리고 말했다.

"내가 미안해, 위대한 전사."

이처럼 얌전한 말은 용에게는 매우 이례적이지만, 카타는 전혀 놀라는 기색을 드러내 보이지 않았다. 결국, 카타의 마음속에는 사과가 분명 마땅한 일이었으니까. 카타는 그저 투덜거렸다.

"좋아, 용. 다시는 나를 방해하지만 말아줘."

그렇게 말하고는, 이 원기 왕성한 노전사는 몸을 휙 돌려, 넓적한 칼을 들어 올리며 전투 속으로 다시 뛰어들었다.

카타가 다시 전쟁터로 돌아가는 모습을 지켜보다, 바질가라드는 전쟁터 한가운데 있는 시커먼 탑을 향해 고개를 돌렸다. 아직까지 파괴하지 못한 단 하나의 플레임론 무기. 일종의 투석기일까? 피라미드 틀을 따라 거미줄처럼 얽힌 철사와 지렛대를 보면 그럴지도 몰랐다. 하지만 저렇게 커다란 투석기가 정말로 작동할 수 있을까? 도대체 무엇을 쏘아 올릴까? 구조를 보아하니, 돌이나 기름통 또는 다른 위험한 물건이 들어 있을 것 같지는 않았다. 바닥에 커다란 나무 상자 말고는 아무것도 없었다.

사실, 그 구조물은 전혀 위험해 보이지 않았다. 그 외관의 그 어떤 것도 놀랄 만한 건 없었다. 그저 뭔가 위험한 냄새가 났을 뿐이다.

바질가라드는 전쟁터 저 너머로, 그 물건을 뚫어지게 쳐다보며 진흙투성이 땅 위에서 몸을 움직였다. 그때 뭔가 이상한 걸 알아차렸다. 탑 위에서 기어 다니며 이곳저곳에서 일하던 플레임론 병사들이 모두 사라지고 없었다. 이제 그 틀, 철사 또는 바닥에 단 한 명의 전사도 보이지 않았다. 탑 바닥 근처에서 싸우던 병사들조차 일정한 거리를 유지하고 있는 것처럼 보였다. 마치 그 모든 것들이 거기 없기라도 하는 것처럼 모른 체했다.

정말 희한한 일이로군.

바질가라드는 궁금해 그 커다란 코를 벌름거리며 생각했다.

저 위 하늘을 흘끗 쳐다보며 로 발디어그를 찾아보았다. 기이하게 생긴 탑보다 더 유혹적인 유일한 목표물. 불 용의 흔적은 물론이고 시커먼 연기의 희미한 자취조차 보이지 않았다. 바질가라드는 사납게 으르렁거리며 커다란 꼬리를 땅에 탁탁 두드려댔다.

이제 저 탑을 파괴할 시간이야! 플레임론의 무기 때문에 벌써 너무 많은 사람들이 목숨을 잃었어.

이윽고 커다란 날개를 움직이며 날아오를 준비를 했다.

바질가라드는 전쟁터를 한 번 더 훑어봤다. 전보다 더 세심하게. 치열한 전투 한복판에, 동맹군의 시체가 셀 수 없을 만큼 많이 보였다. 쓰러진 독수리와 올빼미. 플레임론의 발에 짓밟혀, 땅에 흩뿌려져 있었다. 건장한 곰. 한때는 너무나 강력했지만, 지금은 꼼짝 않고 영원히 누웠다. 남자와 여자, 요정과 소인 그리고 불굴의 켄타우로스. 이제 흙을 뒤집어쓴 채 썩어가고 있었다.

몸부림치는 시커먼 괴물이 마음 한가득 떠올랐다. 적어도 잠시 동안은 대학살이 멎었다. 괴물의 그 사악한 계획이 이 전쟁을 낳았다. 그 괴물의 은신처는 유령의 늪 깊숙한 곳에 있었다.

이 전투가 끝나면, 내가 널 반드시 잡고 말겠어! 공포를 불러일으키는 너를 완전히 끝장내고 말겠어.

바질가라드는 사납게 으르렁거리며 생각했다.

하지만…… 그 복수, 그 승리가 저 많은 목숨보다 무게가 더 나갈까? 저 모든 불필요하고 순진무구한 죽음보다? 바질가라드는 피를 흘리며 주변에 널브러진 시체를 훑어보았다. 너무나 많은 사람들, 선량한 사람들. 바질가라드가 그토록 열심히 애를 썼지만 목숨을 구하지 못했다!

바질가라드는 턱에 힘을 주어 커다란 이빨을 부드득 갈았다. 저 쓰러진 전사들은 헛되게 죽은 것일까? 너무나도 많은 죽음을 과연 무엇이 정당화시킬 수 있을까?

"아무것도. 저들은 바보였어. 나처럼. 그리고 나는 그중에서도 가장 멍청한 바보였고. 그동안 나는 내 자신이 아닌 무언가를 위해 싸우고 있다고 생각했어. 내 친구들, 내가 사는 세상."

바질가라드는 크게 울부짖었다. 소리가 그 기분만큼이나 비통하게 흘러나왔다.

바질가라드는 콧방귀를 뀌었다.

"음, 멀린, 리아, 아일라…… 내 친구 대부분은 떠나갔어. 그리고 내가 사는 세상에서 지금 남아 있는 건 죽음의 악취뿐이야. 사실, 나는 이 안에 혼자 있어. 내가 원하는 걸 위해 싸우고 있어. 복수. 그리고 내 자신의 목숨."

전에 수없이 그랬던 것처럼 다리에 힘을 주어 하늘을 향해 날아오를 준비를 했다. 하지만 눈동자에는 이전과 다른 새로운 빛이 일렁였다. 바질가라드는 끝까지 계속 싸울 거다. 로 발디어그와 유령의 늪에 숨어 있는 괴물을 찾아내 없앨 거다. 하지만 뭔가 고상한 이념을 위해 그런 일을 하는 게 아니다. 달콤한 복수를 위해 하는 것이다. 저 끔찍한 적들에게 저들이 일으킨 이 모든 고통, 비통함, 죽음을 되갚아줄 것이다.

바질가라드는 단호하게 고개를 끄덕였다.

나는 녀석들을 모조리 박살 내고 말 거야! 그러고 나서, 다 끝마치고 나서, 마침내 내가 아주 오랫동안 하려던 일을 하겠어. 가서 만냐를 찾을 거야…… 그리고 우리가 어떤 미래를 보낼 수 있을지 확인할 거야.

물 용의 감청색 푸른 눈동자 그리고 처음으로 하늘을 날려던 그 열정을 생각하니 커다란 가슴 속 심장이 두근거렸다. 만냐도 자기와 같은 느낌일까? 만냐가 자기 같은 바보와 함께 있고 싶어 할까? 확인해봐야 할 시간이다. 그렇다, 자신의 삶을 위해 무엇이 최선인지 생각할 절호의 시간이다!

바질가라드는 아무도 없는 기이한 탑에 시선을 맞추었다. 어서 빨리 저걸 무너뜨려야겠다. 그러고 나서 나머지 적들 또한 빨리 무찔러 버릴 거다. 엄청난 분노와 복수로, 그것이 바로 이 용이 원하는 것이었으니.

초록 용은 하늘로 솟구쳐, 넓은 날개를 펄럭여 탑을 향해 날아갔다.

5

탑

아, 삶은 살짝 경이롭다! 언제든 잊을 수 없다…… 언제든 마지막이 될 수도 있다.

"꼬리를 한 번 휘두르기만 하면 돼."

바질가라드가 플레임론의 수수께끼 같은 탑을 향해 가까이 다가가며 자신 있게 말했다. 바람이 귓가를 스쳐 지나가자 귓속에 난 수많은 초록 털이 파르르 떨렸다.

날개를 다시 한번 힘차게 저었다. 어디를 공격하는 게 가장 좋을까? 궁리했다. 철사가 수없이 붙어 있는 피라미드 틀의 꼭대기? 아니면 탑의 기초처럼 보이는 저 아래쪽 커다란 나무 상자?

꼭대기가 좋겠어. 저기 뾰족한 곳. 저기를 내리치면 탑이 완전 박살나겠지.

바질가라드는 결심했다.

결심은 했지만, 가마솥 같은 마음은 대답 없는 질문을 계속 끓어 올렸다. 다른 플레임론의 탑들과 달리, 이 구조물에는 왜 병사가 아무도 없는 걸까? 그리고 왜, 이 모든 싸움에서, 저 탑은 한 번도 사용하지 않은 걸까?

지금, 플레임론은 갖고 있는 무기는 뭐든지 사용해야 할 때인데?

바질가라드는 궁금했다.

탑 주위를 빙글 돌며, 꾸물꾸물 피어오르는 의심을 한쪽으로 밀어두었다.

저건 결국 그저 나무와 철사와 밧줄로 만든 하나의 구조물에 불과해. 그게 뭐든 내가 쉽사리 무너뜨릴 수 있어.

바질가라드는 위로 방향을 바꾸어, 날개로 허공을 가르며 높은 곳까지 올라갔다. 꼬리에 최대한 힘을 주었다. 거대한 꼬리를 위로 접고 등을 구부렸다. 그러고는 전에 수백 번도 더 했던 행동을 했다. 꼬리에 달린 묵직한 곤봉을 목표물을 향해 내리쳤다.

즉각, 탑이 폭발했다. 하지만 예상과는 달랐다. 충격에 산산조각 나는 대신, 틀의 나무 기둥이 안쪽으로 꺾이더니 굴림대 위에서 옆으로 미끄러지며, 수많은 지렛대가 스르르 풀렸다. 지렛대가 모조리 튀어 나가며, 일렬로 늘어선 톱니바퀴와 맞물렸다. 기둥 아래 홈 안에 숨어 있던 톱니바퀴가 일제히 회전하기 시작하자, 탑의 철사들이 모두 단단히 조여지며 삐걱거렸다.

밧줄이 풀리며, 바닥에 놓인 거대한 나무 상자를 덮고 있던 문이 눈에 보이지 않던 스프링이 풀리며 열렸다. 이윽고 커다란 그물 하나가 요란한 소리를 내며 나무 상자에서 튀어나와 곧장 날아왔다. 하늘을 향해……

그리고 바질가라드를 향해.

무슨 일이 벌어졌는지 미처 깨닫기도 전에, 용은 완전히 덫에 걸려들었다. 굵고 질긴 그물이 날개와 다리와 턱 그리고 강력한 꼬리까지 감싸 버렸다. 바질가라드는 빠져나가려 버둥거렸다. 하지만 움직일 때마다 그물은 점점 더 조여올 뿐이었다. 꼼짝달싹 못 하는 두 날개로는 아무리 애를 써봐도 그 밧줄을 끊을 수 없었다. 강력한 턱과 날카로운 이빨로도 틈을 벌릴 수 없었다.

순식간에 기운을 잃고 하늘에서 떨어져 내리기 시작했다. 허공을 가르며 빙빙 돌 때, 시간이 느리게 흐르는 것 같았다. 하지만 바질가라드는 시간이 완전히 멈추기만을 바랐다. 닫힌 입으로 울부짖었다. 지금껏 낸 적 없는 그런 울부짖음이었다. 그 모든 분노와 놀라움과 뒤섞여 공포의 흔적이 분명 묻어 있었다.

함정에 빠졌어! 내가 함정에 빠졌어!

풀려나기 위해 버둥거리며 속으로 비명을 질러댔다.

거대한 몸이 땅으로 곤두박질치는 동안, 탑의 잔해들이 마구 튀었다. 나뭇조각, 철사 줄, 지렛대, 그리고 톱니바퀴들이 사방으로 흩어졌다. 그래도 달라지는 건 없었다. 바질가라드를 함정에 빠트리기 위해 특별히 고안된 덫은 제 역할을 다했다.

초록 용이 땅에 추락한 순간, 전쟁터는 일순간에 침묵에 휩싸였다. 칼싸움은 멎고, 병사들은 얼어붙고, 전투는 끝이 났다. 싸움 그 자체가 숨을 고르려 멈추기라도 한 듯했다.

이윽고, 전쟁터에 있던 플레임론 전사들은 귀에 들리지 않는 명령을 받고 갑자기 방향을 돌려 달려가 바질가라드를 공격하기 시작했다. 일제히 바질가라드에게 덤벼들었다. 바질가라드가 그물에서 벗어나려 낑낑대는 동안, 이들은 승리에 도취되어 소리치며, 가슴과 꼬리에 달라붙어 넓은 칼과 창으로 인정사정없이 난도질했다. 하지만 용의 튼튼한 비늘은 이들의 공격을 모두 막아냈다. 칼날은 금이 가고 창은 산산조각 났다.

"녀석의 눈! 녀석의 눈을 찔러!"

눈치 빠른 대장이 용의 눈꺼풀에 비늘이 덮여 있지 않다는 걸 알아차리고 소리쳤다.

플레임론 전사들은 굵은 밧줄 사이 틈을 밟으며 그물에 기어오르기 시작했다. 바질가라드는 몸을 흔들어 이들을 떨쳐내려 했다. 몇몇 병사들을 옆으로 내동댕이치고, 몇몇을 몸통 아래 짓이길 수는 있었지만, 몸을 움직일 때마다 정교하게 엮은 그물이 더욱 단단히 조여올 뿐이었다. 곧 꼬리, 다리, 머리 하나 조금도 움직일 수 없게 되었다. 그물이 가슴을 꽉 조여와, 숨 쉬는 것조차 버거웠다.

다시 한번 울부짖었다. 하지만 이제 바질가라드의 목소리는 길고 고통스러운 신음과 비슷하게 들렸다.

어떻게 이런 일이 있을 수 있지? 내가 덫에 갇혔어. 힘을 도무지 쓸 수가 없어.

단단한 근육의 우락부락한 플레임론 대장이 용의 눈에 가장 먼저 도착했다. 용의 진초록빛이 전사를 마법의 빛으로 물들였지만, 대장은 알아차리지 못하는 것 같았다. 그저 그물 위에 발을 걸치고, 넓은 칼을 머리 위로 들어 올려, 아무런 보호 장치도 없는 살점에 칼날을 깊이 박을 준비를 했다.

"네 눈을 멀게 해주지, 이 빌어먹을 용!"

대장은 소리치며 칼을 더 높이 들어 올렸다.

한때 아발론에서 가장 강력한 생명체였던 바질가라드는 칼이 올라가는 모습을 그저 지켜볼 수밖에 없었다. 용의 몸을 타고난 이후로 이렇게 작게 느껴진 적이 결코 없었다. 이렇게나 약하고, 이렇게나 철저히 혼자라는 느낌은 처음이었다.

난 이제 유령의 늪에 절대 가지 못할 거야.

바질가라드는 침울하게 생각에 잠겼다. 이윽고 힘겹게 한숨을 내쉬며 덧붙였다.

만냐를 두 번 다시 만나지 못할 거야.

크게 울려 퍼지는 거친 웃음소리가 바질가라드의 생각을 뒤흔들었다. 그 소리를 알아차린 순간, 그물에 갇힌 채 온몸이 분노로 떨렸다. 하지만 그것이 자신이 볼 수 있는 마지막 모습이라는 걸 알았기에, 하늘을 올려다보고 싶지 않았다. 만족스럽게 웃는 로 발디어그의 얼굴을 도저히 참고 볼 수가 없었다.

"이런, 이게 누구야? 초록 벌레. 그물 안에 갇혔군!"

적이 비웃었다. 아주 낮게 날아왔기에, 불 용의 뜨거운 입김이 바질가라드의 귀에 닿을 듯했다.

빠져나가기만 해봐라……

바질가라드는 이빨을 부드득 갈며 생각했다.

"지금 너는 분명 풀려나면 나를 어떻게 할지 생각하고 있겠지. 음, 진정해, 초록아. 절대 빠져나갈 일은 없을 테니까! 절대로."

로 발디어그가 웃음을 터트리다 말고 말했다. 그러고는 다시 껄껄 웃어댔다. 그 바람에 그물에 걸린 바질가라드와 그 몸에 기어오르는 플레임론 모두에게 불꽃이 비처럼 쏟아져 내렸다.

그 불꽃 하나가 플레임론 대장의 눈썹에 떨어졌다. 바질가라드의 빛나는 눈에 칼을 내리치려던 바로 그 순간이었다. 대장은 잠시 멈추어 고개를 숙이고 불꽃을 털어냈다. 그러고는 다시 몸을 똑바로 세우고 두 손으로 칼자루를 움켜쥐었다. 그러다 갑자기 그 자리에서 얼어붙었다.

바질가라드는 플레임론 대장의 온몸이 긴장하는 모습을 의아해하며 지켜보았다. 전사의 표정이 분노에서 충격으로 바뀌었다. 적갈색 붉은 눈동자가 휘둥그레졌다. 이윽고, 칼날 하나가 가슴을 뚫고 나와 갑옷 가슴받이가 두 동강 나 버렸다.

플레임론 대장은, 여전히 자기 칼을 든 채, 서 있던 그 자리에서 땅으로 곤두박질쳤다. 대장이 공격하기 위해 자세를 잡았던 바로 그 자리에, 오거 사냥꾼 카타가 회색 머리카락을 바람에 휘날리며 서 있었다.

카타는 그물에 걸린 바질가라드를 향해 고개를 까딱해 보였다. 눈은 만족스럽게 빛났다. 이윽고 몸을 돌려 소리쳤다.

"용을 풀어줘라, 소인들! 내가 나중에 한턱 단단히 내지."

즉각, 카타는 죽임을 당한 대장의 복수를 위해 용의 주둥이로 기어오르던 플레임론 전사 셋을 향해 몸을 던졌다. 번갯불처럼 빠른 동작으로, 한 녀석을 꼬챙이에 꿰고, 다른 녀석의 머리를 댕강 잘라내고, 칼자루로 세 번째 녀석의 이마를 내리쳤다. 너무 세게 치는 바람에 녀석은 곧장 의식을 잃고 쓰러졌다. 카타는 잠시도 쉬지 않고 새로운 전사 무리를 향해 달려들어 맹렬하게 찌르고 베었다. 그렇게 용의 넓은 입 주변을 완전히 쓸어 버렸다.

한편, 바질가라드의 눈에 더 많은 움직임이 흘끗 보였다. 소인 부대는 카타의 대활약을 방패막이 삼아 바질가라드의 주둥이로 행진해 올라와 도끼로 그물을 자르기 시작했다. 우르날다가 이끄는 소인들이 두꺼운 밧줄을 맹렬하게 잘라냈다. 우르날다의 빨간 곱슬머리 타래에는 여전히 수정 줄이 매달려 있었다.

"저 녀석들 막아, 이 멍청이들아!"

로 발디어그가 사납게 으르렁거렸다. 그러고는 날개를 펄럭이며 아래로 휙 내려와 불꽃을 마구 내뿜었다. 하지만 로 발디어그는 소인들의 키를 잘못 생각했다. 그래서 놈의 사나운 숨은 이들의 머리를 그을리지도 못했다. 대신에, 공격을 위해 모여 있던 플레임론 병사들을 공격하고 말았다. 병사들은 불타는 옷과 머리카락 때문에 비명을 지르며 땅으로 우수수 떨어졌다.

"계속 잘라내!"

카타가 소인들을 향해 소리쳤다. 카타는 전사 스무 명 만큼의 엄청난 기운으로 싸웠다. 끊임없이 빙글 돌며 공격했다. 하지만 두렵게도, 그 몸통과 다리에 깊은 상처가 곳곳에 있는 것을 바질가라드는 알아차렸다. 부러진 칼날 하나가 목에서 그리 멀지 않은 어깨 갑옷에 그대로 박혀 있고, 그 자리에서 피가 흘러나오며 갑옷을 적셨다.

로 발디어그는 다시 몸을 돌려 소인들을 향해 곧장 날아왔다. 숨을 깊게 들이쉬어, 도끼를 휘두르는 골칫덩이들을 태워 버리려 했다. 이번에는 좀 더 낮게 조준해 화염을 내뿜기 시작했다. 그 순간, 작은 물체하나가 곧장 로 발디어그의 눈으로 날아왔다.

로 발디어그는 고통에 비명을 지르며 균형을 잃고 비틀거렸다. 날개를 마구 휘저으며, 땅에 부딪히기 직전에 가까스로 균형을 잡았다. 어질어질한 머리에 아픈 눈으로, 하늘을 향해 느릿느릿 날아올랐다. 상처 입지 않은 눈 하나로 무엇이 자신에게 날아왔는지 보려고 하늘을 훑었다. 하지만 위험한 흔적은 전혀 보이지 않았다.

저 아래, 가녀린 날개의 어린 용 한 마리가 전쟁터 한 귀퉁이, 늙은 참나무 나뭇가지 위에 쉬려고 내려앉고 있었다. 녀석의 작은 폐는 지쳐서 헉헉거리고, 날개는 떨리고, 발톱은 로 발디어그의 눈을 힘껏 할퀴느라 부러질 정도로 아팠다. 하지만 간타는 웃음을 참을 수 없었다. 간타는 용감한 행동을 했다. 어쩌면 커다란 행동일지도 몰랐다.

찍! 바질가라드는 아랫입술 옆 그물 줄 하나가 아주 살짝 느슨해지는 걸 느낄 수 있었다. 끙끙거리며 입을 벌리려 했다. 그러는 사이 소인들의 도끼가 밧줄을 더 많이 끊어 버렸다. 또 하나의 밧줄이 요란한 소리를 내며 벌어졌다. 그러고 나서 또 하나…….

용은 입을 벌리기 위해 안간힘을 썼다. 머리가 마구 떨렸다. 하지만 아직도 너무 많은 줄이 몸을 옥죄고 있었다. 저 위, 심홍색 로 발디어그가 다시 공격하기 위해 빙글 몸을 돌리고 있는 모습이 보였다.

서둘러! 더 빨리!

바질가라드는 소인들을 향해 맹렬하게 소리쳤다.

한편, 카타는 움직임이 느려지고 있었다. 비틀비틀 공격이 빗나갔다. 플레임론을 전부 다 상대하기가 버거웠다. 이미, 플레임론 셋이 카타를 피해 소인들을 향해 달려들고 있었다. 우르날다는 그물을 자르다 말고 플레임론 전사들로부터 자기 백성들을 보호했다. 비록 적에 비해 키가 훨씬 작았지만, 도끼를 회오리바람처럼 휘둘러 적의 접근을 막아냈다.

로 발디어그는 가까스로 기운을 차리고 자신에게 이처럼 많은 문제를 안긴 초록 용을 노려보았다. 지금이 이 초록 용을 죽일 마지막 기회라는 걸 알고 있었다. 자신의 적이 그물에서 풀려나기까지 이제 몇 초밖에 남지 않았다는 게 성한 한쪽 눈으로 보였다. 위험 부담이 있었지만, 바질가라드의 눈에 내려 앉아 발톱으로 눈을 도려내려 했다. 그러고 나서, 환호를 터트리며, 불꽃을 맹렬하게 퍼부어 적의 뇌를 태워 버릴 거다.

로 발디어그가 아래로 내려올 때, 바질가라드는 하늘을 다시 흘끗 올려다보았다.

녀석이 공격해오고 있어! 그런데 나는 아직도……

턱에 힘을 주며 풀려나려 낑낑거렸다.

움직일 수 없어.

열심히, 더 열심히 힘을 썼다.

필사적으로 노력했지만, 여전히 입을 벌릴 수 없었다! 몇 초만 있으면, 감당할 수 없는 적이 자신을 죽이기 위해 덤벼들 것이다. 하지만 아무것도 할 수가 없었다. 바질가라드의 심장이 재빨리 움직였다.

내가 뭘 할 수 있을까?

다시 하늘을 바라보던 초록 용의 심장이 마구 뛰었다. 이윽고 심장이 쿵 내려앉았다. 심장이 뛴 이유는, 또 다른 용이 갑자기 나타나, 로 발디어그를 향해 달려드는 게 보였기 때문이다. 심장이 내려앉은 이유는, 그 용이 누군지 알아차렸기 때문이다. 적보다 한참 작고, 서툴게 하늘을 날고, 분명 전사로서는 경험이 없었다.

안 돼, 만냐! 그러지 마!

바질가라드는 소리치지 못하고 그저 생각만 할 뿐이었다. 입이, 나머지 몸처럼, 아직도 묶여 있었으니까.

6

용의 눈물

누구는 마치 그것이 엄청 충격적인 뉴스라도 되듯, "끝이 가까이 왔다"고 말한다. 사실, 끝은 늘 가까이 있다. 정말 충격적이게도, 우리 자신이 그 끝을 선택할 수 있다.

만냐는 바질가라드가 곤경에 처한 모습을 보고 전쟁터로 날아들었다. 싸움의 경험이 부족하고 불 용의 엄청난 크기와 힘에도 불구하고, 주저하지 않았다. 만냐에게는 '분노'라는 소중한 자질이 있었으니까. 싸움에 참가하지 않는다면, 자신이 사랑하는 용이, 항상 곁에 있고 싶은 열망의 대상이 분명 죽게 될 것이다.

날개보다는 좁지만 하늘을 날 때 몸을 지탱해줄 정도로 넓은, 길고 튼튼한 지느러미발을 쭉 펴 로 발디어그를 향해 저돌적으로 곧장 날아갔다. 진청색 등 비늘이 고향, 무지개 바다에 일렁이는 물처럼 반짝였다. 감청색 눈동자는 이보다 더 밝게 빛났다. 바질가라드가 가르쳐준 대로 지느러미발 가장자리에 있는 물갈퀴를 힘껏 펼쳐 방향을 잡으려 최선을 다했다.

만냐가 다가오는 모습을 보고, 로 발디어그는 스스로를 방어하기 위해 갑자기 방향을 틀었다. 자신이 증오하는 적은 여전히 그물에 묶여 있었다. 그리고 새로운 적의 호리호리한 몸집과 불안정한 비행으로 보건대, 손쉽게 무찌를 수 있을 듯했다. 그러고 나서 다시 피라미드 목표물로 돌아가 바질가라드를 죽이면 된다.

로 발디어그는 공격 자세를 취하고, 두 날개를 민첩하게 펼쳤다. 가슴 안의 뜨거운 용광로가 부글부글 끓기 시작했다. 바로 그때 상처 입지 않은 눈이 뭔가 중요한 걸 알아차렸다. 자신을 공격해오는 적은 물 용이었다!

"어떻게 저럴 수 있지?"

로 발디어그는 당혹스러워 큰 소리로 말했다. 그러고는, 커다란 머리를 흔들며 덧붙였다.

"알게 뭐야. 어쨌든 저 녀석은 곧 죽을 텐데!"

저 아래, 바질가라드가 움츠러들었다.

안 돼, 만냐! 돌아가. 저 녀석이 널 죽일 거야!

바질가라드는 입을 미친 듯 벌리려 했다. 자신의 모든 걸 그 일에 쏟아부었다. 끙끙거리며 몸을 떨었다. 두 눈이 머리에서 터져 나올 것 같았다. 하지만 두꺼운 밧줄은 여전히 단단했다. 소인들은 도끼 날로 밧줄을 연신 끊고 있었지만 충분히 속도를 내지 못했다.

필사적으로, 바질가라드는 뭔가 도움이 될 만한 게 있나 주위를 살펴보았다. 하지만 도움이 될 만한 건 아무것도 없었다. 남아 있는 동맹군은 지금 하고 있는 것, 그러니까 목숨을 부지하기 위해 싸우는 것 이상을 할 수 없었다. 묵직한 도끼를 마구 휘두르는 우르날다는 더 이상 플레임론을 막을 수 없었다. 위대한 전사 카타는 점점 더 힘이 빠지는 듯했다. 찌르고 받아넘길 때마다 몸을 비틀거렸다. 반면 적들은 카타를 무자비하게 난도질했다.

바질가라드는 다시 하늘을 올려다보았다. 눈에 보이는 모습은 전투의 상처보다 더 충격적이었다. 만냐는 로 발디어그에게 정면으로 달려들었다! 하지만 하늘을 배회하는 적을 향해 곧장 날아가면서, 부지불식간에 적이 뜨거운 불꽃으로 공격할 기회를 주었다. 바질가라드와 달리 엘라노로 딱딱하게 굳은 비늘이 없었기에, 만냐는 저러다 분명 죽고 말 것이다. 엄청나게 고통스럽게…….

만냐가 더 가까이 다가오자, 불 용의 가슴에서 요란한 소리가 났다. 콧구멍에서 연기가 쏟아져 나오기 시작했다. 기대감으로 허공에 발톱을 내밀고 만냐가 사정거리 안으로 날아올 정확한 때를 기다렸다. 이윽고, 숨을 깊이 들이마시고, 커다란 입을 벌리고…….

분노의 함성을 내질렀다! 적을 향해 뜨거운 바람을 막 불려는 바로 그 순간, 만냐 또한 돌풍을 내뿜었다. 파란 얼음이 콧구멍에서 터져 나와 크게 벌어진 로 발디어그의 입 안으로 쏟아져 들어갔다. 즉각 불꽃이 꺼져 버렸다.

그 충격에 로 발디어그는 뒤로 나뒹굴었다. 몸을 바로잡으려 버둥거렸지만, 파란 얼음이 입과 목구멍을 막아 숨을 쉴 수 없었다. 분노로 탁탁 소리를 내며 입을 앙다물어 이빨로 얼음덩어리를 산산조각 냈다. 남아 있는 얼음덩어리를 뱉어내며, 적을 죽여 버리겠노라고 다짐했다.

로 발디어그는 빙글 돌아, 복수에 불타 발톱을 휘두르며 만냐를 마주보았다. 이번에는 따돌리지 못할 것이다! 죽기 전에 가능한 모든 고통을 느끼게 해주리라. 힘차게 날갯짓을 하며 돌격해 들어갔다.

저 아래에서 이 모습을 지켜보던 바질가라드는 만냐의 현명한 전략에 마음이 푹 놓였다. 만냐의 성공을 환호해주고 싶었지만, 그물에 걸린 입에서 낼 수 있는 소리라고는 격렬한 신음 소리뿐이었다. 이윽고, 로 발디어그의 성난 돌격을 지켜보며, 초록 용의 신음 소리는 흐느낌으로 바뀌었다. 만냐가 곧 죽게 생겼다! 불 용은 곧 만냐를 난폭하게 내리쳐, 발톱으로 갈기갈기 찢어 버릴 거다.

초록 용은 입을 벌리려 있는 힘을 다해 낑낑댔다. 마지막 근육의 힘까지 쥐어짰다. 하지만 저 높은 곳에서, 로 발디어그는 만냐를 향해 곧장 돌진해 들어갔다. 이제 정말 시간이 얼마 남지 않았다는 걸 알았기에, 커다란 초록 용은 그물 안에서 그 어느 때보다 더 힘을 주며 몸부림쳤다.

후드득.

밧줄 하나가 풀렸다!

또 하나. 또 하나. 밧줄이 차례로 풀렸다. 도끼를 휘두르던 소인들은 기쁨에 겨워 소리쳤다. 바질가라드는 입을 살짝 벌렸다. 더 힘을 주었다. 틈이 벌어졌다. 더 많은 밧줄이 풀리더니 완전히 떨어져 나갔다.

한순간, 그물이 한꺼번에 떨어져 나갔다. 밧줄은 허공으로 폭발했다. 바질가라드는 용이 낼 수 있는 모든 힘을 다해 입을 벌려 울부짖었다.

번갯불 같은 속도로 움직여, 다리와 날개와 꼬리를 옥죄고 있는 그물에서 풀려났다. 찢어진 그물은 등에 담요처럼 매달렸지만, 더 이상 옥죄지 못했다. 바질가라드는 몸을 마구 흔들어, 거대한 그물을 꼬리 쪽으로 털어냈다. 이윽고 마음을 다잡고 강력한 등을 구부려 그물을 하늘 높이 내동댕이쳤다.

로 발디어그는 이제 먹잇감에서 날개 하나 정도 떨어진 거리에서 발톱으로 허공을 할퀴었다. 만냐는, 어찌해야 할지 확신이 없었지만, 돌격해오는 녀석을 용감하게 마주했다. 그처럼 강력한 공격자를 피할 수 없으리라는 걸 알았다. 다시 얼음을 쏘려 해봤지만, 그러기 위해서는 시간이 필요했다. 작은 얼음조각밖에 만들어낼 수 없었다.

불 용의 발톱이 만냐의 얼굴을 할퀴기 바로 직전, 커다란 그물이 저 아래에서 로 발디어그를 향해 날아왔다. 그물이 몸에 부딪치자 놈은 깜짝 놀라 갑작스레 비명을 질러댔다. 굵은 밧줄이 날개와 목을 감싸며 완전히 조여왔다.

꼼짝달싹 못 한 채 허공을 구르며, 놈은 만냐를 지나쳐 날아갔다. 만냐는 재빨리 지느러미발을 기울여 로 발디어그가 뒹굴며 지나갈 때 같이 얽히지 않도록 가까스로 피할 수 있었다. 이윽고, 심홍색 불 용이 아래로, 아래로, 아래로 곤두박질치는 모습을 지켜보며 마음을 놓았다. 로 발디어그는 공포의 비명을 마지막으로 질렀다. 비명이 사나운 바람 소리처럼 허공에 울려 퍼졌다. 이윽고 전쟁터에 머리부터 충돌했다. 플레임론 군대는 무엇이 자기들을 내리쳤는지도 몰랐다.

바질가라드 또한 적이 추락하는 모습을 지켜보았다. 적이 비명을 질러댈 때, 쾌감이 밀려왔다. 불 용의 목이 부러지는 소리가 와지끈 들리자 그 쾌감은 더 커졌다. 물론, 그 감정은 만냐가 무사히 살아남아 하늘을 나는 모습을 본 기쁨과 비교하면 아무것도 아니었다.

하지만 만냐와 함께 축하하기에 앞서, 바질가라드는 할 일이 있었다. 자신을 덫에 걸려 죽이려 했던 플레임론들을 향해 몸을 돌려 즉각 행동에 나섰다. 날개를 한 번 그러모아 우르날다와 싸움을 벌이던 전사들을 움켜쥐었다. 이들을 마구 으깬 뒤, 그 시체를 영토의 경계 너머로 휙 던져 버렸다. 이윽고 상처 입은 카타를 무자비하게 찔러대고 있는 플레임론 무리를 무시무시한 주둥이로 내리쳤다. 잠시 뒤, 자신의 몸 위로 달려들었던 녀석들을 꿀꺽 집어삼켰다.

분노에 이글거리는 용의 입에서 가까스로 탈출한 몇몇 병사들은 줄 행랑을 쳤다. 서로 걸려 나뒹굴며 달아났다. 동시에, 전쟁터 여기저기 살아남은 플레임론들은 고통스러운 진실을 깨달았다. 처음 분명 승리하리라 확신했던 침략이 실패했다는, 게다가 대참사로 끝났다는 것을…….

마치 산들바람에 실려 온 그 사실을 갑자기 냄새 맡기라도 한 듯, 놈들은 서둘러 퇴각하기 시작했다. 병사 수십 명이 대열을 이탈해 근처 숲으로 허둥지둥 달아났다. 화 난 켄타우로스나 요정 궁수들이 그 뒤를 추격했다. 로 발디어그가 땅에 추락하고 얼마 지나지 않아, 전쟁터에는 공격자들이 거의 남아 있지 않았다.

엄청나게 압도적인 수적 우위, 고도의 훈련, 엄청난 무기에도 불구하고, 침략군은 대학살을 당했다. 어제까지만 하더라도 오염되지 않았던 초원에는 플레임론 병사와 불 용들의 시체가 수북이 쌓였다. 수많은 방어 전사들 또한 죽임을 당했다. 이들이 엄청난 정신력과 용기로 적과 맞서 싸웠기에, 다른 많은 이들이 살아남을 수 있었다.

바질가라드는 전쟁터를 훑어봤다. 수많은 죽음에 슬퍼하면서도 자부심이 솟았다. 정말로 자랑스러웠다. 압도적인 적을 상대로 고향과 자유와 세상을 위해 자기 목숨을 용감하게 던진 사람들. 탐욕과 복수가 아니라 사랑의 힘으로.

어쩌면, 저들은 그렇게 멍청하지는 않을지도 몰라.

바질가라드는 생각했다.

이 전투로 마침내 호전적인 플레임론과 보석에 눈이 먼 불 용 사이의 추악한 동맹이 깨졌다는 사실을 알았다. 이로써 '폭풍의 전쟁'이 가져온 고통도 끝날 것이다. 유령의 늪에 있는 괴물을 마주하는 일만 빼고 말이다. 그리고 하늘과 땅에서의 이 사나운 전투가 방랑하는 음유시인들의 발라드에서 유명해지리라는 것 또한 알았다.

끝없는 불의 전투(The Battle of Fires Unending), 이게 멋진 이름이 될 것 같군.

바질가라드는 생각에 잠겼다.

하늘을 흘끗 쳐다보며 만냐가 내려오는 모습을 지켜보았다. 만냐의 길고 튼튼한 지느러미발이 허공을 쉽사리 갈랐다. 자기 아버지의 동굴 밖에서의 첫 번째 서툰 훈련 이후 분명 많이 향상되었다. 다가오는 동안, 감청색 눈동자가 기억보다 훨씬 더 밝게 빛났다.

그때, 카타 근처에서 고통스러운 신음 소리가 들려왔다! 이 늙은 전사는, 회색 머리카락에 피가 마구 튄 채 등을 대고 누워 있었다. 칼은 옆에 둔 채로, 상처로 갈기갈기 찢긴 몸이 숨 쉴 때마다 마구 떨리고 있었다.

재빨리, 바질가라드는 주둥이를 카타 옆으로 돌렸다. 카타는 이 초록 용의 거대한 얼굴을 올려다보며 시선을 마주했다. 엄청난 고통과 출혈에도 불구하고, 짙은 갈색 눈동자에서는 여전히 불꽃이 타올랐다.

"용, 내가 저 병사들을 다 없애게 내버려 둬야 해. 내가 놈들을 달아나게 했어."

카타가 거친 목소리로 말했다.

당황하여, 바질가라드는 깜짝 놀라 커다란 눈을 깜빡거렸다. 한편으로는 카타의 원기 왕성한 본성에 살짝 미소 짓고 싶었지만, 다른 한편으로는 카타의 고통을 줄여주고 싶었다.

"나도 알아, 하지만 내가 저 녀석들을 끝장낼게. 너는 그다지 자비롭지 못하잖아."

바질가라드가 마침내 말했다.

그 대답에 기뻐하며, 카타는 거칠게 웃었다. 하지만 웃음은 고통스럽고 힘겨운 기침으로 순식간에 변했다. 상처 난 입술에서 피가 튀었다. 한참 뒤, 기침이 마침내 잦아들며, 가슴이 힘겹게 움직이고 눈동자의 불꽃이 점점 줄어들었다.

"내가 어떻게 도울 수……."

카타가 말을 끊고 재빨리 말했다.

"용, 나는 네가 살아남으면 좋겠어. 그래, 살아남아! 그리고 아발론을 위해 더 싸워줘."

"그럴게. 하지만 내가 널 어떻게 도울 수 있을까? 나는 멀린처럼 마법으로 널 치유할 수 없어. 내가 아는 유일한 마법은 냄새를 피우는 거야. 하지만 그건 전혀 쓸모가 없어! 하지만 내가 할 수 있는 게 뭔가 있을지도 몰라."

바질가라드의 굵은 목소리가 울렸다.

"살아남기만 해. 이건 죽기에 멋진 전투였어. 자랑스러운 마지막 전투 ……."

카타가 선언하듯 말했다. 주름진 이마가 떨렸다. 기침이 나오려 했지만, 억지로 참고 말을 이었다.

"내게는. 하지만 네게는 아니야! 이곳은, 이 세상은, 용…… 이 세상은…… 우리 같은 사람이 필요해. 전사들. …… 평화롭게 살고자 하는……."

바질가라드는 다시 한번 눈을 깜빡여 눈에 낀 구름을 없애려 했다. 그리고 덧붙였다.

"우리 친구들을 보호하기 위해 죽음을 무릅쓰고 싸울 사람."

늙은 전사는 손을 힘겹게 움직여 칼자루를 쥐었다.

"우리 친구들을 위해서 뿐만이 아니야. 우리의 아름다운 세상을 위해서. 우리의 대담한 이데아를 위해서."

우리의 대담한 이데아.

바질가라드가 조용히 그 말을 따라했다.

한참 뒤, 바질가라드가 대답했다.

"그럴게, 카타. 나는 살아남아서 싸울 거야."

바질가라드의 커다란 입술이 살짝 뒤틀렸다.

"하지만 너처럼 잘해내지는 못할 거야."

카타는 한순간 살며시 웃음 지었다. 이윽고 고통이 물결처럼 밀려와 몸부림쳤다. 호흡을 가다듬기까지는 꽤 시간이 걸렸다. 말을 할 때, 목소리는 거칠고, 바싹 마른 입술을 적시느라 여러 차례 말을 중단해야 했다.

"한 가지…… 더 있어. 너한테…… 한 가지…… 부탁이 있어."

카타가 희미하게 말했다.

"그게 뭐든, 다 들어줄게."

카타는 거친 숨을 몰아쉬었다.

"날 북쪽에 묻어줘…… 높은 봉우리에……. 깊은 눈 속에……."

얼굴이 살며시 빛났다.

"너도 알겠지만, 난 언제나…… 눈을…… 무척…… 좋아했어."

오거 사냥꾼 카타는 마지막으로 눈을 감았다. 바싹 마른 입술은 이제 용의 눈물로 촉촉해졌다.

7

뭔가 다가오고 있다

때때로, 지평선 너머에 무엇이 있는지 궁금할 때, 나는 지평선이 그저 하나의 끝이 아니기를…… 대신 하나의 장벽이기를 바란다.

만냐는 전쟁터에 내려앉았다. 진흙과 잔디를 흩뿌리며 스르르 멈추어 섰다. 죽어가는 카타에게 고개를 숙이고 있는 바질가라드를 보고, 천천히 옆으로 걸어왔다. 만냐는 아발론의 위대한 전사 둘이 마지막 대화를 나누는 모습을 조용히 지켜보았다. 이윽고, 초록 용이 눈물을 흘린 때, 기다란 파란색 지느러미발을 바질가라드의 목에 살며시 얹었다.

천천히, 바질가라드는 고개를 들어 만냐를 향했다. 둘의 커다란 눈이 마주쳤다. 감청색 눈동자는 깊은 바다처럼 일렁였다. 빛나는 초록 눈동자가 아발론의 마법으로 고동쳤다. 그 마주한 눈빛 속에서, 말없이도 많은 말이 오갔다. 친구의 헌신, 삶의 덧없음, 사랑의 복원력에 대해…….

마침내, 바질가라드가 짐짓 단호한 표정으로 얼굴을 찡그리며 입을 열었다.

"이곳에 오다니 정말 멍청해."

"그래, 나도 알아. 하지만 너보다는 덜 멍청해. 물속에 사는 용에게 하늘을 나는 법을 가르치려 했잖아."

만냐가 웃음을 꾹 참고 대답했다.

바질가라드는 계속 얼굴을 찡그리려 했지만 이내 웃음을 지으며 말했다.

"내게는 특별히 도전적인 학생이 하나 있었지. 넌 네 아버지와의 내기에서 내가 이길 수 있는 유일한 방법이었어."

바질가라드는 커다란 목구멍 깊숙한 곳에서 소리 없이 웃었다.

만냐의 표정이 갑자기 어두워지더니 용만큼이나 커다란 한숨을 푹 쉬었다.

"아버지 때문에 그래? 아버지가 안 좋아?"

만냐는 바질가라드를 바라보았다. 감청색 눈동자가 반짝였다.

"돌아가셨어. 아버지의 왕좌를 훔치려는 반란으로 살해당하셨어."

"살해당했다고? 감히 누가 그딴 짓을 한 거야?"

바질가라드는 성이 나 콧구멍을 벌름거렸다.

만냐는 지느러미발을 바질가라드의 목에서 미끄러지듯 땅에 쿵 내렸다. 그 진동으로 근처 풀밭에 놓여 있던 플레임론 투구와 버려진 칼들이 허공으로 튀어 올랐다.

"아버지의 왕실 호위대. 너랑 싸우다 주둥이에 상처가 난 녀석의 아들이 반란을 이끌었어."

만냐가 대답했다.

초록 용의 온몸이 분노로 떨렸다. 바질가라드가 잔디를 사납게 움켜쥐자 땅이 움푹 파였다.

"그자들이 불 용과 비밀 협약을 맺었어. 불 용은 온갖 보석과 값비싼 수정을 약속했어. 아버지는 용감하게 맞서 싸웠어. 반역자 대부분을 죽였지만…… 상처 때문에 돌아가셨어."

"이 모든 게 아버지가 불 용의 군대에 합류해 전쟁에 참여하기를 거부했기 때문이야."

만냐는 그 커다란 파란 머리를 끄덕였다.

"아버지는 내게 말씀하셨어. 여러 차례……."

말을 멈추고 침을 꿀꺽 삼켰다.

"아버지는 네가 다른 편에 있는 전쟁에는 절대 참전하지 않을 거라고. 아버지는 너의 지혜를 무척 높이 샀거든. 게다가, 내 생각에, 아버지는 너의 분노를 무척 두려워했기 때문인 것 같아."

바질가라드는 얼굴을 찡그렸다.

"물 용들을 다스렸던 위대한 지도자, 벤데짓은 그 누구의 분노도 두려워하지 않았어."

만냐는 바질가라드를 뭉클한 마음으로 바라보았지만 아무 말도 하지 않았다.

"그리고 내 지혜에 관해서 말하자면, 네 아버지가 완전히 틀렸어. 내 지혜는 다 무아도 오거의 머리 하나도 되지 않아."

바질가라드는 고개를 저으며 말했다.

"그렇지 않아. 네 지혜와 용기가 아니었다면, 아발론은 사라지고 없었을 거야. 누구나 다 그걸 알고 있어."

만냐가 반박했다.

바질가라드가 만냐를 찬찬히 쳐다보았다.

"사람들은 내가 얼마나 터무니없는 멍청이인지 몰라! 음, 네가 도착하기 전에, 거의 잊었어……. 그러니까, 아발론의 이데아를. 나는 믿기 시작했어, 정말로 믿기 시작했어⋯⋯."

"뭘?"

"내가 혼자라고. 철저히 혼자라고."

바질가라드의 시선이 전쟁터를 가로질러 방황했다. 용감한 카타의 시체, 쓰러진 전사 수백 구 이상의 시체, 승리를 축하하는 소인과 남자와 여자, 비탄에 잠긴 요정 무리, 로 발디어그의 축 늘어진 몸뚱이 그리고 참나무 나뭇가지에 달라붙어 있는 작은 날개의 용⋯⋯.

만냐는 바질가라드의 검게 변한 어깨 비늘을 지느러미발로 토닥여주었다. 커다란 바윗덩어리 크기의 석탄이 땅에 툭툭 떨어졌다.

"넌 분명 낙담했던 거야, 크게 낙담을 했던 거야. 하지만, 내 사랑⋯⋯ 너는 절대 혼자가 아니야."

만냐의 감청색 눈동자가 빛났다.

바질가라드는 아무 말 없이 만냐를 찬찬히 들여다보았다. 만냐의 말이 실로 옳은 것 같다는 것을 평생 처음으로 깨달았다.

만냐 또한 바질가라드를 찬찬히 들여다보았다. 그러고는 길고 호리호리한 꼬리를 땅에 물결처럼 움직여, 몇몇 쓰러진 플레임론과 자칫 바질가라드를 죽음으로 내몰았을 뻔한 탑의 부서진 기둥들을 옆으로 확 쓸어 버렸다. 만냐가 기쁨에 넘치는 목소리로 말했다.

"이제 이 마지막 전투가 끝났어. 적을 모조리 물리쳤으니, 사람들은 다시 평화롭게 살 수 있을 거야!"

만냐는 미끄러지듯 가까이 스르르 다가와 바질가라드의 목을 비볐다. 그러고는 부드럽게 덧붙였다.

"너무 오랫동안 떨어져 살았던 용 두 마리를 포함해서 말이야."

그 말에 바질가라드의 거대한 몸이 기뻐 떨렸다. 하지만 바질가라드의 표정은 금세 어두워졌다.

"이 전투는, 중요하기는 했지만, 마지막은 아니야. 적어도…… 내게는."

만냐는 긴장하며 멀찍이 물러났다.

"마지막이 아니라고? 네가 또 누구랑 싸울 상대가 있는데?"

"리타 고르를 위해 일하는 괴물. 그 녀석은 불행과 파괴를 불러오려 가능한 모든 짓을 다 저질렀어. 그리고 그 녀석은 숨어 있어……."

바질가라드는 주저했다. 그 말을 하는 게 탐탁하지 않았다.

"유령의 늪에."

"늪이라고? 거기에 가는 사람은 아무도 없어."

만냐가 혼비백산한 표정으로 바질가라드를 쳐다보았다.

"내가 가야 해. 안 그러면 그 모든 사람들의 그 모든 희생이 헛수고가 될 거야."

바질가라드는 숨이 끊어진 카타를 향해 고개를 끄덕이며 말했다.

"거기 가서 뭘 어떻게 할 작정인데?"

"무슨 수를 쓰더라도 막아야지."

바질가라드가 단호하게 대답했다.

불현듯, 만냐가 깜짝 놀랐다. 바질가라드 뒤쪽의 하늘을 눈여겨보며 물었다.

"도대체 저게 뭐지?"

바질가라드는 커다란 머리를 획 돌렸다. 이빨을 뿌드득 갈며 굵은 목소리로 으르렁거렸다. 만냐가 하늘에서 본 걸 바질가라드도 보았다. 밤보다 더 어두운 불길한 구름이 지평선 위로 떠밀려 왔다. 하지만 도대체 어떤 구름이지? 그건 비나 눈을 머금은 구름이 아니었다. 사실, 자연적인 구름도 전혀 아니었다. 움직이는 모양이 지금껏 본 구름과는 완전히 달랐다. 점점 가까이 다가오며 유령 같은 손을 꽉 움켜쥐었다.

바질가라드는 콧구멍을 최대한 벌려 허공에 대고 킁킁거렸다. 즉각, 이마에 주름이 잡히며, 비늘 사이에 기다란 줄이 생겨났다.

"저게 뭐야?"

만냐가 위험천만한 구름을 쳐다보며 다급하게 물었다.

"뭔가 고약한 것, 무척 유해한 것. 어두운 마법이 가득한 것 같아."

바질가라드는 다시 한번 냄새를 맡아보았다. 냄새를 맡는 강력한 감각은 새로운 냄새를 풍기는 능력과는 달리 이따금 유용한 것으로 증명되었다.

"이건 뭔가…… 익숙한 냄새야. 내가 아주 오래전에 맡아본 냄새야."

"그게 뭔데?"

"나도 잘 모르겠어. 하지만 정확히 동쪽에서 다가오고 있어. 거긴 유령의 늪 쪽 방향이야."

바질가라드가 주둥이부터 꼬리 끝까지 신경을 모조리 곤두세웠다.

"저기 봐봐! 지평선에 뭔가 오고 있어요!"

근처에 있던 어린 요정이 소리쳤다.

여기저기 목소리가 들리더니, 이내 입을 모아 한목소리로 미친 듯이 외쳐댔다. 여자와 남자, 매와 곰, 소인과 요정들 모두 그 불길한 구름에 눈길을 맞추었다.

만냐는 불안해하며 신음 소리를 냈다.

만냐의 짝은 다시 한번 코를 킁킁거리며 냄새를 맡았다. 마음이 소용돌이쳤다. 저 냄새를 어디서 맡아봤더라?

"그게 뭔데?"

만냐가 반복해 물었다.

"거머리! 하늘을 나는 거머리. 거대한 거머리 떼. 수천수만 마리도 넘는 것 같아."

바질가라드가 소리쳤다.

바질가라드는 숨을 깊이 들이쉬었다.

"놈들한테 어떤 힘이 있는지 나도 몰라. 하지만 분명 치명적일 거야. 느낄 수 있어. 게다가 놈들이 빠른 속도로 다가오고 있어. 내가 저들을 막아야 해! 이곳에 도착하기 전에."

필사적으로, 바질가라드는 만냐를 마주보았다.

"그리고 너는, 너는 가야 해. 지금 당장!"

만냐는 침을 삼키며, 바질가라드를 똑바로 쳐다보았다.

"아니. 나는 이곳에 너와 함께 남아 있을 거야."

"하지만 너는……."

"남을 거야. 너와 함께. 나는 이미 너와 함께하는 시간을 너무 많이 놓쳤어."

만냐가 확고하게 말했다.

바질가라드는 간청하는 눈빛으로 만냐를 보았지만, 만냐가 마음을 바꾸지 않으리라는 걸 알 수 있었다.

"좋아, 그렇다면. 우리가 저들을 막을 방법을 찾아야 해."

바질가라드가 침울하게 말했다.

"어떻게?"

초조하게, 바질가라드는 거대한 꼬리를 땅에 탁 내리쳤다.

"나도 몰라, 만냐. 나도 정말 모르겠어."

8

하늘을 나는 거머리 떼

문제에는 비슷한 친척이 많다. 그리고 대부분의 친척들과 마찬가지로, 보통 전혀 예상하지 못한 순간에 나타난다.

황금색 아우라새들(aurabirds)이 시커멓게 변하는 하늘을 보고는 화들짝 놀라 후다닥 날개를 퍼덕거렸다. 포근한 노란빛이 이들의 빛나는 깃털에서 쏟아져 나와, 마치 작은 별처럼 모두 빛났다. 새들은 함께 날개를 힘차게 펄럭이며 하늘 높이 솟아올라, 우드루트 동쪽 끝 삼나무 숲의 향기로운 나무 둥지를 떠나갔다.

새들은 바질가라드와 만나가 지금 하늘을 바라보며 서 있는 진흙투성이 전쟁터에서 100킬로미터나 떨어진 곳에서 날아올랐지만, 용들의 눈에는 이 빛나는 새 떼가 훤히 보였다. 새들은 하늘로 우아하게 솟아오르는 황금빛 구름처럼 높이 날아올라 이 세상의 끝없는 경이로움을 몸소 드러냈다. 보통, 이런 광경은 보기 드문 장관이었다. 하지만 용들에게 지금은 공포의 순간이었다.

"새들이 저 거머리 떼를 향해 곧장 날아가고 있어!"

만냐가 그 광경을 지켜보며 발톱으로 땅을 벅벅 긁으면서 소리쳤다.

바질가라드는 소리 내어 대답하지 않았다. 하지만 머릿속은 비명을 질러댔다.

저 새들이 죽으러 가고 있어! 이유를 모르겠지만 그건 확실해.

바질가라드가 그런 생각을 하고 있을 때, 시커먼 거머리 몇 마리가 일부에서 빠져나와 아우라새들을 쫓았다. 암흑의 으스스한 촉수처럼, 엄청나게 빠른 속도로 새들을 향해 뻗어갔다. 바질가라드와 만냐는 그 끔찍한 광경을 지켜보며 숨죽였다. 시커먼 촉수가 쭉 뻗어 나갔다. 하늘을 날아다니는 먹잇감을 향해 다가가 그 주위를 에워싸고, 이윽고 죽음과도 같은 손아귀로 단단히 움켜잡았다.

바질가라드는 분노에 울부짖었다. 사악한 거머리들이 공격하는 모습을 지켜볼 뿐, 자신이 학살을 막을 수는 없었다. 수십 마리 거머리들이 달라붙어 이들의 눈, 날개, 가슴, 꼬리를 먹어 치울 때, 새들의 마법이 사라지는 게 똑똑히 보였다. 순식간에, 빛을 잃은 회색 새들은 음산한 비처럼 후드득 저 아래 숲으로 목숨을 잃고 떨어져 내렸다.

한편, 거머리들은 무시무시한 무리에 다시 합류했다. 그러면서 시뻘건 외눈박이 눈을 동시에 빛내며, 하늘을 핏빛으로 물들였다. 공격 이후 몇 초 만에, 거머리 떼는 다시 하나가 되었다. 한편, 전쟁터를 향해 점점 더 가까이 움직였다.

"저놈들이…… 불쌍한 작은 생명체들한테서 빛을 모조리 빨아 먹고 말았어."

만냐는 방금 목격한 장면에 크게 놀라 더듬더듬 말했다.

"저놈들은 큰 생명체들에게도 똑같이 그럴 거야. 우리처럼 큰 생명체들에게도. 놈들은 늪에 사는 괴물의 부하가 분명해. 목숨이 붙어 있는 생명체를 닥치는 대로 공격하도록 자랐어. 용을 포함해서."

바질가라드가 낮은 소리로 말했다.

"그럼 우리가 어떻게 저 녀석들과 싸울 수 있지? 달아나야 하는 거야? 어쩌면 우리가 저 녀석들보다 빨리 날 수 있을지도 몰라."

만냐가 말했다.

"그럴 수도. 하지만 다른 사람들, 오늘 용감하게 싸운 우리의 작은 친구들은 그럴 수 없어. 저들은 분명 죽을 거야…… 내가 친구들에게 달아날 시간을 벌어주지 않는다면."

바질가라드는 묵직한 꼬리로 땅을 내리쳤다.

"하지만 저 사악한 짐승들과 싸우려 하다간…… 네가 죽게 될 거야."

만냐가 거머리 떼를 향해 귀를 기울이며 말을 더듬거렸다.

둘의 시선이 부딪쳤다. 바질가라드가 부드럽게 말했다.

"그럴 수도 있어. 그리고 우리가 함께할지 모를 우리의 미래도 사라지게 될 수도 있어."

"아발론은 어쩌고? 만약 그 괴물이 승리할 경우 잃게 될 그 모든 것들은? 만약 네가 죽으면…… 누가 남아서 우리를 지켜주지?"

만냐가 이의를 제기했다.

"나도 몰라, 만냐. 하지만 만약 내가 저놈들을 막아 최대한 많이 죽이지 않으면, 누구도 살아남지 못하리라는 걸 잘 알고 있어! 어떻게든 막아봐야 해. 내 목숨을 잃는다 해도."

만냐는 얼굴을 찡그렸다. 반짝반짝 빛나는 파란색 목 비늘이 잔물결처럼 출렁거렸다.

"그럼 함께 싸우자."

"정말이야?"

"응. 우리가 가진 걸 저 녀석들에게 보여주자고."

만냐의 결의를 느끼며, 바질가라드가 고개를 끄덕였다.

"우리가 가진 건…… 엄청 많지."

이제 시커먼 거머리 떼는 이들 앞에 거의 다다랐다. 하도 가까이 와서 하늘 절반이 시커멓게 물들었다. 그날 전투를 치렀던 초원 여기저기에서 두려움의 울부짖음과 고함이 터져 나왔다. 플레임론과 불 용의 대학살에서 살아남은 용감한 전사들이 동료들과 절박한 표정을 주고받았다. 그처럼 값비싼 희생을 치르고 마침내 승리를 거두었는데, 고작 새로이 나타난 악마한테 죽음을 맞이하려 그랬던 것이었나?

순식간에 전사들은 하나둘씩 공포에 허둥대기 시작했다. 이들은 칼과 창을 내려놓고, 심지어는 상처 입은 동료들의 손을 놓고 뒤돌아 달아났다. 한 남자는 숲으로 너무 빨리 뛰어가느라 숲을 향해 절뚝거리며 가고 있던 여인 두 명과 부딪치기도 했다. 요정 아가씨는 시커멓게 변한 사악한 하늘을 보고 너무나도 크게 비명을 질러댔다. 이윽고 단검을 자기 가슴에 푹 찔렀다. 곰들은 남자와 여자 요정들과 함께 숲으로 흩어졌다.

오직 켄타우로스만이 허둥대지 않고 단호하고 의기양양하게 행동했다. 이들은 불길한 하늘을 똑바로 쳐다보며 섰다. 발굽으로 진흙투성이 땅을 쿵쿵 밟으며 초조하게 서성였다. 너무나도 많은 사람들이 두려워 허둥지둥 달아났음에도, 그곳에 그대로 남아 있는 몇 안 되는 생명체 중에는 소인들의 지도자 우르날다도 있었다. 우르날다는 전투용 도끼에 기대 똑바로 서서 불어오는 바람에 머리카락을 나부꼈다. 수정 장신구에서 짤랑짤랑 소리가 났다. 남아 있는 또 다른 전사는 어린 간타였다. 비록 다가오는 거머리 떼를 보고 그 작은 이빨이 다그닥다그닥 떨렸지만, 작은 용은 나뭇가지를 단단히 움켜잡고 있었다. 자신이 우러러보는 거대한 초록 용이 남아 있기로 한 이상, 간타 또한 남아 있을 것이다.

전쟁터에서 혼란이 불거지는 모습을 지켜보며, 바질가라드는 그 커다란 머리를 들어 올려 우렁차게 울부짖었다. 그러자 그 엄청난 돌풍에 밀려 근처에 있던 수많은 사람들이 픽픽 쓰러지고 말았다. 진흙 초원 위의 생명체들은 달아나다 발걸음을 멈추었다. 숲으로 막 달아나던 남자와 여자, 요정들조차 멈추어서 뒤를 돌아보았다.

진절머리 나는 거머리 떼가 일으키는 바람이 전쟁터로 불어오자, 용이 말했다. 눈빛은 빛나고 목소리는 단호했다.

"친구들! 달아나지 마. 용기를 잃지 마. 너희들은 무척 용감하니까 겁먹을 필요 없어!"

바질가라드는 숨을 깊이 들이마셔 커다란 폐를 가득 채웠다.

"이 새로운 적을 무찌를 우리의 유일한 희망은 함께 남아 있는 거야. 함께 싸우는 거라고. 안 그러면, 우리는 분명 죽게 될 거야. 하나도 남김없이."

바질가라드가 목소리를 살짝 낮추자 목구멍이 울렸다.

"만약 우리가 오늘 죽어야 한다면, 그렇다면 함께 죽도록 하자. 바람에 흩어지지 말고, 우리 각자 흩어지지 말고. 안 돼! 우리가 시작했던 것처럼 오늘을 마치도록 하자. 아발론을 위해 함께 뭉치자."

바질가라드가 꼬리를 땅에 쿵 내리치자 사방에 진동이 일었다.

"사실, 친구들, 누구든, 아주 큰 사람도 크기는 한정되어 있어. 하지만 목표를 함께하는 사람들은 무한하게 커질 수 있어. 무한하게 막강해질 수 있어."

여기저기서 모두가 고개를 끄덕였다. 사람들은 서로를, 하늘을 엄중한 표정을 바라보았다. 더 이상 숲속의 잘못된 피난처를 바라보지는 않았다. 사람들은 이해했다. 만약 이 끔찍한 날에 자신들의 목숨이 가치가 있다면, 그 가치를 함께 찾으리라는 것을.

바질가라드는 허둥대던 사람들을 진정시킨 뒤, 시커멓게 변한 하늘을 다시 바라보았다. 자신과 만냐가 이 새로운 적을 곧 공격해야 한다는 사실을 알고 있었다. 용감하게 싸우다 죽을 것이다. 그것은, 카타의 말 대로, '죽기에 멋진 전투, 자랑스러운 마지막 전투'가 될 것이다.

하지만 악랄한 거머리 떼가 다가오는 모습을 지켜보며, 엄청난 슬픔에 가슴이 아팠다.

어둠보다 더 어둡다.

그것이 늪지 괴물을 묘사하는 구절이었다. 그리고 그 괴물의 주인, 리타 고르가 아발론을 정복하려는 계획을 묘사하는 구절이었다. 이제, 치명적인 거머리 떼가 도착하면, 바질가라드는 그 계획을 좌절시키고 그 미친 짓을 끝낼 기회는 사라질 것이다.

바질가라드는 다시 만냐를 바라보았다. 만냐의 얼굴에서 용기와 충성을 보았다. 사랑 또한 보였다. 하지만 희망의 조짐은 조금도 보이지 않았다. 그렇다고 놀라지는 않았다. 자신 또한 전혀 희망을 느낄 수 없었으니까.

하늘의 짙은 그림자가 이마를 가렸다.

"좋아, 이제 하늘을 날 시간이야."

바질가라드는 선언했다. 이 말을 다시 할 수 없으리라는 걸 알았다.

이윽고 두 날개를 활짝 폈다. 어찌나 넓은지 전쟁터를 다 덮을 정도였다. 커다란 입을 앙다물고 다리에 힘을 주어 하늘로 도약할 준비를 했다. 만냐는 바로 뒤에서 따라올 것이다. 그리고 이들의 죽음은 곧 다

가올 것이다. 바질가라드는 발톱을 잔디밭 깊숙이 찔러 넣으며 하늘로
튀어 오르려 했다.

"그럴 필요 없어, 친구."

용은 깜짝 놀랐다. 이윽고 휙 몸을 돌렸다. 그 목소리! 설마?

분명, 오랜 친구를 마주하고 있었다. 자신보다 더 많은 모험을 겪은
사람이었다. 깜짝 놀라게 만드는 재주가 있는 사람이었다.

믿기지 않는 눈초리로 그 친구를 유심히 살펴보았다.

"안녕, 멀린."

9

빛

보려는 의지가 없다면 눈이 무슨 소용일까? 주변에 빛이 없다면 보려는 의지가 무슨 소용일까?

"안녕, 바질."

은빛 별로 수를 놓은 솔기의 기다란 파란색 옷을 입은 멀린이 용을 뚫어져라 쳐다보았다. 새까만 눈동자가 반짝반짝 빛났다. 울퉁불퉁한 지팡이 또한 빛났다. 확실하지는 않았지만, 특히 한 곳이 더 반짝반짝 빛나는 것 같다는 생각이 들었다. 지팡이 자루에 새겨진 용꼬리의 룬 문자.

"음, 내가 떠난 뒤로 뭐 새로운 일 있었어?"

마법사가 무심한 듯 쾌활하게 물었다.

"뭐 새로운 일이라고요?"

바질가라드가 크게 소리쳤다. 하도 크게 소리치는 바람에 마법사의 모자가 휭 날아가 버렸다.

뾰족하게 높이 솟은 구겨진 모자가 멀린의 발 옆, 땅바닥에 툭 떨어

87

져 내렸다. 멀린은 허리를 숙여 모자를 주웠다. 그때, 텁수룩한 턱수염 안에서 뭔가가 꿈틀댔다. 마법사의 가슴 중간까지 내려오는 턱수염 한가운데 깃털로 뒤덮인 자그마한 회색 머리 하나가 불쑥 모습을 드러냈다. 밝은 노란색 눈동자 두 개와 날카로운 부리가 달렸다.

"올빼미다! 늘 한번 보고 싶었는데."

만냐가 목을 길게 빼 가까이 들여다보며 말했다. 만냐는 멀린의 갑작스러운 등장에 어안이 벙벙해서 마법사와 올빼미를 번갈아가며 흘끗 쳐다보았다.

"그래, 그래, 올빼미지. 살짝 고집이 센 녀석이지."

멀린이 모자를 주워들고 말했다.

멀린은 손끝으로 올빼미 머리를 턱수염 안으로 쓱 밀어 넣었다. 이제 검은색이라기보다는 회색에 가까운 턱수염은 올빼미의 깃털을 완벽하게 가려주었다.

"이제 거기 그대로 있어, 유클리드(Euclid). 내가 나와도 괜찮다고 말할 때까지."

턱수염 깊숙한 곳에서 올빼미 부리가 날카롭게 부딪치는 소리가 새어 나왔다.

멀린은 젠체하며 모자를 다시 썼다. 그러고는, 바질가라드를 향해 물었다.

"음, 내가 무슨 말을 하려고 했지?"

"당신은 늘 그렇듯 미쳤다고요! 하지만 그건 나중에 이야기하도록 해요. 지금 당장, 우리는 더 심각한 문제를 해결해야 해요."

용이 대답했다. 긴 귀가 핑그르르 돌았다.

바질가라드는 다가오는 치명적인 거머리 떼를 흘끗 올려다보았다. 너무 많아서 하늘을 거의 다 시커멓게 가렸다. 이제 5킬로미터 정도 떨어진 곳에서 빠른 속도로 다가오고 있었다. 이들이 비행하며 내는 기이한 소리는 고약한 냄새를 풍기며 전쟁터에 벌써 다다랐다. 바질가라드가 가까스로 진정시켜놓은 전사들이 멀린과 용들 주변에서 다시 동요하기 시작했다. 많은 전사들이 다그다와 로리란다 신들에게 기도하며 무기를 만지작거렸다. 무기의 칼날이 이 적에 대항해 아무런 소용이 없으리라는 걸 알면서도 말이다.

"아, 그래. 저 녀석들 먼저 처리해야겠군."

마법사가 용의 시선을 쫓으며 말했다.

바질가라드는 열정적으로 고개를 끄덕이기 시작했다. 마침내 마법사가 다시 말했다.

"그러니까, 저 냄새 말이야. 너무나 비열해! 상한 우유 같아, 아니 더 지독해."

"그 냄새는 문제가 아니에요. 저 사악한 거머리들이 문제라고요!"

용이 딱 잘라 말했다.

"음, 알겠어. 꽤 귀찮겠는걸."

멀린이 하늘을 유심히 지켜보았다.

멀린이 말하는 중에도 하늘은 점점 더 어두워졌다. 전쟁터와 거기에 쓰러진 시체 그리고 살아남은 사람들의 초조한 얼굴에도 그늘이 깊어졌다. 서늘한 바람이 불어와 모두를 덮쳤다. 윙윙 소리가 더 크게 들리고, 냄새는 더 지독해졌다.

"맞아요! 하지만 우리가 어떻게 저 녀석들을 막을 수 있겠어요? 저 거머리들은 모두의 생명을 닥치는 대로 빨아먹을 텐데요!"

바질가라드가 크게 소리쳤다.

"그렇겠지."

멀린은 고개를 끄덕였다. 옷끈이 느슨하다고 용이 지적하기라도 한 것처럼 태연히 물었다.

"하지만 내가 그 문제를 처리하기 전에, 나한테 네 친구를 소개해주는 게 어떨까?"

"내 뭐라고요?"

바질가라드는, 더 이상 참을 수 없는 듯 꼬리를 잔디밭에 탁 내리쳤다.

"여기 있는 네 친구 말이야. 파란 눈동자가 멋진 친구 말이야."

마법사는 지팡이 자루로 가리켰다.

"만나라고 해요. 당신을 만나게 되서 정말 반가워요."

만냐는 바질가라드가 마음을 가라앉히고 자신을 소개해주기까지 기다리지 않고 직접 자기소개를 했다.

"나도 무척 반가워."

멀린이 살짝 고개를 숙여 인사를 건넸다. 그러는 내내 유클리드가 다시 튀어나올지 몰라 손가락으로 턱수염을 움켜잡고 있었다.

마법사는 바질가라드를 향해 차분하게 말했다.

"자, 이제, 소개는 뒤로 미뤄두고, 할 일에 신경 쓸 수 있겠군."

멀린은 거머리 떼로 바글바글한 시커먼 하늘을 향해 한 손을 흔들어 보였다.

"저 녀석들을 어떻게 하면 좋을까?"

"뭐든 해야지요! 곧 이곳에 들이닥칠 거예요!"

용이 포효했다. 그러고는 발로 땅을 움켜쥐었다.

"내가 녀석들을 공격할 거예요. 당신한테 뾰족한 수가 없다면요."

"나도 그럴 거예요."

만냐가 선언하듯 말했다.

모두를 뒤덮고 있는 시커먼 그림자에도 불구하고, 마법사의 눈이 그 어느 때보다 밝게 빛나는 것처럼 보였다.

"그럴 필요는 없을 거야."

멀린은 갑자기 단호한 표정으로 두 손으로 지팡이를 꽉 움켜쥐었다. 지팡이를 들어 올리더니, 발 옆 땅바닥에 지팡이 끝을 힘차게 밀어 넣었다. 지팡이 자루를 단단히 쥐고는, 지팡이를 노려보며 생각을 집중하더니 노래를 불렀다.

빛의 불꽃,

생명의 불꽃……

어둠을 밝히고,

우리의 싸움을 끝내라.

우리를 옭매는 그림자를,

널리 퍼져 있는 장벽을 깨부숴라.

빛을 비추어라,

생명의 불꽃을.

멀린이 용을 흘끗 올려다보며 말했다.

"내가 너라면, 난 눈을 감을 거야."

그러고는 다시 지팡이를 바라보며, 단순한 명령을 내렸다.

"지금."

한순간 빛이 번쩍이더니, 수천 개의 가느다란 빛의 기둥이 지팡이에서 솟아 나왔다. 지지직! 폭발하는 별처럼, 빛이 앞으로 쏟아져 나왔다. 각각의 빛기둥은 머리 위의 거머리를 한 마리씩 곧장 향해 갔다.

거머리들은 꼬챙이에 꿰듯 빛기둥에 꿰어 그 자리에서 즉사했다. 윙윙거리던 소리가 갑자기 멈추었다. 이들이 어떤 조잡한 지능을 지니고 있었든, 주인의 적에게 어떤 증오를 지니고 있었든, 모든 것이 사라졌다. 이들은 끔찍한 악몽과도 같은 비처럼 하늘에서 쏟아져 내렸다. 생명을 잃은 몸뚱이가 저 아래 숲과 초원에 떨어져 땅바닥에 부딪치며 요란한 소리를 냈다. 시커먼 잔해가 땅에 어지러이 흩어졌다.

한참동안, 누구도 아무런 소리를 내지 못했다. 세상이 잠잠해졌다. 그 순간, 부드러운 산들바람이 불어와 나뭇잎이 바스락거리고, 고약한 냄새를 싣고 갔다. 이윽고, 생존자들이 한꺼번에 환호성을 터트렸다. 고함소리, 울음소리, 찍찍, 쨱쨱, 으르렁, 발굽 소리를 드높였다. 바질가라드와 만나도 요란하게 울부짖었다.

전쟁터에서는 축하의 함성이 터져 나왔다. 전사들은 하늘을 향해 두 팔을 들어 올려 마음껏 환호했다. 남자와 여자들은 서로 껴안고, 요정들은 춤을 추고, 소인들은 우르날다의 뒤를 따라 도끼 주위를 기쁨에 겨워 빙글빙글 돌았다. 살아남은 곰들은 초원을 열광적으로 구르며, 우람한 다리로 걷어차고 앞발을 흔들어댔다. 전쟁터에서 조금 떨어진 나무 위에서는 작은 용 한 마리가 기쁨에 소리치며, 날개를 쭉 펴고 바질가라드 근처로 날아왔다.

멀린은 만족스러운 웃음을 감추지 않았다. 손바닥으로 지팡이 끝을 톡톡 두드리며 조용히 말했다.

"잘했어, 내 오랜 친구야."

멀린은 고개를 들어 올려 바질가라드와 시선을 마주했다. 수년 만에 처음으로, 둘은 서로의 생각을 들었다.

정말 멋졌어요. 하지만 당신이 이곳에 오기까지 너무 오래 걸렸어요.

용이 마법사를 향해 귀를 숙이며 말했다.

그래, 음, 오는 길에 몇 가지 방해가 있었어. 고집 센 젊은 왕이 성배를 찾으러 갔어. 궁전에서 반란이 일어났고, 동굴에 나를 가두려던 마법사를 만났지. 늘 있는 일들이야. 그다지 특별한 일은 아니었어.

마법사는 한숨을 쉬고는 크게 말했다.

"하지만 어쨌든 결국 이렇게 왔잖아."

"맞아요. 늘 그렇듯 극적으로 입장했지요."

멀린은 쿡 웃더니, 이내 표정이 진지해졌다.

"희생이 너무 크지 않았으면 좋겠는데."

바질가라드의 아무 말 없는 표정이 모든 걸 말해줬다.

"미안해, 바질. 정말 미안해."

멀린은 숨을 천천히 길게 들이마셨다.

"내가 도착할 때, 네가 여기 다른 이들에게 하는 말을 들었어. 아주 훌륭한 연설이었어. 어렵게 얻은 지혜가 담겨 있더구나."

"무척 어렵게 얻은 지혜죠."

용이 진지하게 대답했다. 용은 시체가 나뒹구는 벌판을 이리저리 둘러보았다.

"많은 사람들, 너무 많은 사람들이 아발론을 지키기 위해 목숨을 잃었어요. 가장 작은 요정부터……."

바질가라드는 잠시 말을 멈추고 만냐와 눈빛을 주고받았다.

"…… 거대한 용에 이르기까지."

"나도 알아. 저건 용감하게 싸우다 쓰러진 전사 중 한 명이야. 난 확신해."

멀린이 땅에 쓰러진 카타의 시체를 바라보며 말했다.

"정말 용감했어요. 카타는 침략자 200명을 무찔렀으니까요."

바질가라드의 콧구멍이 벌름거렸다.

"그런데도 한 명 더 무찌르고 싶어 했지."

멀린이 다정스레 덧붙였다.

"그리고 카타는 산꼭대기 눈 밑에 묻어달라고 부탁했어요."

만냐가 지느러미발을 흔들며 덧붙였다.

"눈이라고? 하지만 카타는 눈을 엄청 싫어했어. 적어도 음유시인들에 의하면 말이야."

멀린이 재빨리 말했다.

"음유시인들이 틀렸어요. 이제 당신이 돌아왔으니, 우리는 할 일이 있어요. 중요한 일이에요."

용이 주둥이를 가까이 대고 말했다. 너무 가까워서 코가 멀린의 옷에 닿을 정도였다.

마법사가 구름처럼 푹신푹신한 솜털로 뒤덮인 흰 눈썹을 치켜떴다.

"말해봐, 바질."

"우리는 유령의 늪으로 가야 해요! 그림자 같은 짐승이 그곳에 숨어 있어요. 어둠보다 어둡다고 알려진 짐승 말이에요."

바질가라드는 발톱 끝으로 땅 위에 죽은 거머리들을 아무렇게나 움켜잡았다.

"그 괴물은 리타 고르를 위해 일하고 있어. 우리가 자기 부하들을 죽였다고 해서 녀석이 공격을 멈추지는 않을 거야."

멀린은 침착하게 턱을 쓰다듬었다.

"그 녀석이 무슨 사악한 짓을 꾸미고 있는지 어떻게 알겠어? 우리 모두한테, 여기 아발론에게."

"그럼, 같이 갈 거죠? 우리의 그 모든 노력이 충분하지 않다고 하더라도요?"

멀린은 씩 웃어 보였다.

"구닥다리 소리처럼 들리는데, 친구. 게다가 너도 알다시피 아무리 미미한 노력도 중요할 수 있다고."

멀린은 수염 끝자락을 만지작거렸다.

"아주 오래전, 나는 특별한 씨앗을 심었어. 조약돌보다 작은 씨앗을. 그 씨앗이 무엇이 될지 몰랐어. 전혀. 당시에는 아주 작은, 그다지 중요하지 않은 몸짓이었지. 하지만 이윽고 씨앗이 이 마법의 세계로 자라났어. 마침내 평화를 찾을 기회로 자라났어."

멀린은 지팡이를 땅에 푹 찔러 넣었다.

"지금까지 일어난 이 모든 일에도 불구하고 우리한테는 아직도 기회가 있어, 바질."

멀린은 숨을 크게 들이쉬었다.

"그리고 우리는 그 기회가 살아나도록 무슨 일이든 해야 해."

"카타는 어떻게 하고요? 우리는 카타의 마지막 요청을 들어줘야 해요. 그러려면 산봉우리로 돌아가야 해요."

만냐가 말했다.

바질가라드가 크게 한숨을 쉬었다.

"네 말이 맞아. 하지만 그렇게 하면 우리의 소중한 시간을 빼앗겨."

"내가 카타를 데리고 갈게."

단호한 목소리가 크게 흘러나왔다.

모두 우르날다로 시선이 향했다. 우르날다는 대화를 줄곧 듣고 있었다. 도끼 손잡이에 기대어 서 있었는데, 힘겨운 싸움을 하고 나서도 여전히 씩씩한 모습이었다. 우르날다는 바질가라드, 만냐 그리고 멀린에게 고개를 숙여 인사했다. 머리의 수정 장신구에서 쨍그랑 소리가 울려 퍼졌다.

"우리 종족은 집으로 가는 길에 산봉우리 근처로 지나갈 거야. 저 위대한 전사의 시신을 모셔 가는 건 큰 영광이지."

우르날다가 설명했다.

바질가라드는 두 귀를 우르날다를 향해 돌렸다.

"고마워, 친구."

"내가 더 고맙지. 네가 오늘 한 그 모든 행동에 대해서."

우르날다가 대답했다.

"우리 모두 다 함께한 거야."

용이 대답했다.

멀린은 우르날다에게 존경의 뜻으로 고개를 숙여 인사했다.

"너를 포함해서, 우르날다. 네 이름의 첫 주인공, 네 할머니가 널 자랑스러워하실 거야."

소인은 길고 긴 그 하루에 처음으로 웃었다. 이윽고 발을 돌려 자신의 병사들에게 신호를 보냈다. 즉각, 단호한 표정의 한 무리 소인들이 우르날다 옆으로 성큼성큼 걸어왔다. 이들은 재빨리 망토와 도끼 손잡이로 들것을 만들어, 카타의 시신을 조심스럽게 그 위에 옮기고 행진해 나갔다.

"잊지 마. 눈 속이야."

바질가라드가 소리쳤다.

우르날다는 뒤돌아보지 않고, 알았다는 듯 튼튼한 두 팔을 흔들었다.

커다란 초록 용은 만냐를 쳐다보았다.

"이제, 두려워, 우리가⋯⋯."

"그런 건 생각하지 마."

만냐가 말을 끊었다. 그 감청색 눈 안에 바질가라드가 담겨 있었다.

"나도 따라갈 거야."

"하지만⋯⋯."

"나도 갈 거야."

만냐는 지느러미발로 땅을 쿵 내리치며 힘주어 말했다. 비늘 여기저기에 진흙이 튀었다.

바질가라드는 어쩔 수 없이 투덜거렸다.

"알았어. 네가 이겼어."

"잘했어, 숙녀. 너희는 함께 멋진 삶을 잘 살아갈 수 있을 거야."

멀린이 한마디했다.

용이 대답도 하기 전에, 또 다른 목소리가 들려왔다. 만냐처럼 깊은 목소리는 아니지만, 똑같이 결의에 차 있었다.

"나도 갈 거야!"

간타가 소리쳤다. 간타의 작은 몸이 흥분으로 떨렸다. 진흙탕을 가로질러 쿵쿵 걸어오다, 자신이 너무나도 존경하는 용 앞에서 갑자기 멈추어 섰다.

"제발, 바질 대장님, 나도 같이 가게 해줘요."

"절대 안 돼. 넌 오늘 끔찍한 전투에서 살아남았어. 그리고 아주 잘 싸웠어. 하지만 네 목숨을 또다시 걸게 할 수는 없어."

거대한 몸집의 삼촌이 으르렁거렸다.

"하지만 바질 대장님, 나도 가고 싶단 말이에요!"

"안 돼, 간타. 네가 좀 더 자라면 그때 어쩌면. 네가 불을 내뿜을 수 있을 때. 그러면 널 데리고 갈게."

"제발요?"

"안 돼!"

간타는 바질가라드를 올려다보더니 작은 코를 긁으며 말했다.

"따라가지 못하게 해도, 어쨌든 나는 따라갈 거예요! 날 막을 수는 없어요!"

초록 용은 간타를 보며 인상을 썼다. 목구멍에서 으르렁거리는 소리가 났다.

"고집 센 건 혈통인가 봐, 친구. 저 녀석이 너한테 선택의 여지를 안 주고 있어."

멀린이 바질가라드의 아랫입술에 손을 얹었다.

바질가라드가 눈을 가늘게 뜨고 간타를 노려보았다.

"그렇다면. 따라와도 돼. 하지만 우리를 절대 놓치면 안 돼."

"그럴게요, 바질 대장님, 그럴게요!"

간타는 신이 나서 펄쩍펄쩍 뛰며 작은 날개로 진흙을 흩날렸다.

바질가라드는 자기 몸처럼 크게 숨을 내쉬고는 동료들을 차례로 쳐다보며 선언했다.

"좋아. 하늘을 날 시간이야."

10

미스터리

어떤 질문은 반드시 대답해야 한다. 하지만 어떤 질문은 절대 해서는 안 된다.

"기다려!"

멀린의 명령이 전쟁터에 울려 퍼졌다. 만나는 등과 지느러미발을 긴장한 채 꼿꼿하게 세웠다. 반면 간타는 깜짝 놀라 작은 이빨을 딱딱 부딪쳤다. 시체가 널브러진 초원 곳곳의 전사들은 동요하며 주의를 기울였다. 켄타우로스는 말발굽과 궁둥이에 진흙이 잔뜩 묻은 채 마법사가 원하는 게 뭔지 확인하러 뒤돌아보았다. 집으로 돌아가기 위해 숲속으로 성큼성큼 걸어가던 요정들은 중간에 발걸음을 멈추었다. 숨이 끊긴로 발디어그의 꼬리에 앉아 있던 늙은 독수리 한 마리는 황금빛 눈을 마법사에게 고정했다. 허벅지에 난 상처 때문에 절뚝절뚝 걷던 젊은 여인 하나는 걸음을 멈추고 지켜보았다.

하지만 멀린은 이들에게 관심을 기울이지 않았다. 멀린의 시선은 자신이 명령을 내린 한 생명체에게 똑바로 향했다. 자기 옆의 커다란 초록 용에게.

바질가라드는 두 날개를 펴다 멈칫했다. 날개는 이미 들판 절반에 그림자를 드리울 만큼 펼쳐져 있었다. 바질가라드는 마치 바다에서 회전하는 산이라도 되는 것처럼 거대한 몸을 움직여 친구를 향해 천천히 고개를 돌렸다. 둘의 시선이 마주쳤다. 초록색으로 반짝반짝 빛나는 용의 눈동자가 마법으로 빛나는 시커먼 눈동자를 똑바로 쳐다보았다.

"왜요? 빨리 가야 해요! 더 이상 시간을 지체할 수 없어요."

용이 따지듯 말했다.

멀린은 그저 긴 턱수염을 쓰다듬을 뿐이었다. 회색 털 한가운데에서 날카로운 올빼미 부리가 딱딱거렸다. 하지만 마법사는 알아차리지 못한 것 같았다.

"나도 이해해. 하지만 아무런 준비 없이 이 새로운 전투 속으로 뛰어들 수는 없어."

멀린이 말했다. 그러고는 손가락으로 회색 턱수염을 만지작거렸다.

"부하들을 보낸 그 괴물에 대해 뭘 알고 있지?"

"거의 없어요. 거머리로 위장해 아발론으로 몰래 들어왔다는 것만 빼고요."

용은 창처럼 날카로운 이빨을 부드득 갈며, 아주 오래전 거머리가 사악한 마법으로 자신을 죽이려 했던 때를 떠올렸다.

"그리고 녀석은 점점 더 강하게 자라서, 너무나 강력해져서, 그 지독한 역병으로 우리를 공격할 수 있다는 것도요."

바질가라드는 꼬리 끝을 휘둘러 거머리 시체 한 무더기를 허공으로 휙 날려 버렸다. 그중 두세 마리가 멀린의 파란색 옷에 부딪혔다. 한 녀석이 지팡이 끝에 부딪히는 바람에, 지팡이가 불꽃으로 지글거렸다. 그러고는 곧장 시체가 재로 변해 버렸다. 한 녀석이 목을 스치듯 지나가자, 만냐는 깜짝 놀란 암말처럼 궁둥이를 들어 올리고는 죽은 거머리를 향해 사납게 으르렁거렸다. 한편, 만냐의 목 비늘이 몇 초 동안 짙은 회색으로 바뀌었다가 마침내 빛나는 파란색으로 돌아왔다.

멀린이 아무도 모르게 얼굴을 찌푸렸다.

"다른 건? 전혀 없어?"

"그 녀석이 리타 고르를 위해 일한다는 것만 알아요. 녀석은……."

용은 잠시 말을 멈추고, 벤데짓의 동굴에서 처음 보았던 그 그림자 속의 이미지를 떠올렸다.

"어둠보다 더 어두워요."

멀린이 손가락을 턱수염 깊숙이 넣어 수염을 밧줄처럼 비비 꼬았다. 그러다 갑작스럽게 덥석 물리는 바람에 비명을 지르며 신발에서 뛰쳐나올 만큼 펄쩍 뛰었다. 얼른 손가락을 턱수염에서 빼내 물린 손가락을 마구 흔들었다.

"이봐, 유클리드, 그건 무례하고 잔인하고 수치스러운 짓이야! 올빼미답지도 못한 짓이라고."

멀린이 꾸짖었다. 얼굴을 찡그리며 상처 난 손가락 끝을 살펴보았다.

"식사 시간까지는 깨무는 것 좀 아껴둬!"

턱수염 깊숙한 곳에서, 털에 감싸여, 킬킬 즐거워하는 소리가 흘러나왔다. 누런 눈동자 두 개가 장난스럽게 빛났다. 이윽고 회색 털 안으로 사라졌다.

멀린은 손가락을 한 번 더 흔들며, 다시 용을 향해 돌아섰다.

"이 모든 게 미스터리야, 바질. 정말 수수께끼 같아."

"그게 무슨 말이에요?"

용이 거대한 꼬리로 땅을 성마르게 내리치자 사방에 진흙이 튀었다.

"내 말은, 이 괴물이 정말로 어떻게 생겼는지 우리는 전혀 모른다는 거야. 약점이 있을까? 오랫동안 숨어 지낸 이유가 뭘까? 너와 네 동맹군을 물리치는 것보다 더 사악한 계획을 품고 있는 건 아닐까?"

마법사가 물었다.

"녀석은 리타 고르를 위해 일하는 거라고요! 그것 말고 더 필요한 게 뭐가 있어요?"

바질가라드가 크게 소리쳤다.

"그래, 우리가 녀석을 물리치려 한다면, 내가 무엇보다 가장 알고 싶은 건 말이야…… 녀석이 정확히 어떻게 그런 힘을 얻는 거지? 힘의 원천이 어딜까? 무엇이 이 어두운 마법에 연료를 공급하는 걸까?"

멀린은 덥수룩한 눈썹을 치켜뜨며 거머리 시체 더미를 발로 툭 찼다.

용의 거대한 머리가 미끄러지듯 가까이 다가왔다. 그래서 용의 아랫입술이 멀린의 모자 끝에 닿을 정도였다. 바질가라드가 나지막한 목소리로 으르렁거렸다.

"유령의 늪으로 가는 게 답을 찾을 수 있는 유일한 방법이에요."

멀린은 유클리드가 닿지 않게 멀찌감치 턱수염을 쓰다듬었다.

"그것도 문제야. 그 늪은 그렇게 호락호락하지 않아. 아발론의 다른 곳으로 가면 갔지 그곳으로는 가고 싶지 않아! 고블린 요새도 그곳과 비교하면 경쾌한 목적지라고. 그 괴물이 어디에 숨어 있는지 어떻게 그렇게 잘 알지? 어떻게 그렇게 확신하는데?"

"이거요."

용이 어깨에 발톱을 가져다 대더니 비늘 사이에서 불에 탄 작은 종잇조각 하나를 꺼내 떨어트렸다. 멀린의 손바닥 위로 종잇조각이 빙그르르 떨어져 내렸다.

마법사는 입술을 깨물고, 불에 탄 종잇조각을 유심히 살펴보았다. 손으로 그린 화살표를 알아보고 손가락을 가져다 댔다.

"마법이 느껴지는데. 작은 종잇조각에 불과하지만, 한때는 마법이 아주 강하게 스며들어 있었다는 걸 알 수 있어. 어디서 난 거지?"

"지도. 마법의 지도예요."

바질가라드는 멀린과 아들 크리스탈루스의 크게 상처 입은 관계가 생각나 주저했다.

"이건 선물이에요…… 친구가 준 거예요. 여행 중에 이걸 손에 넣을 정도로 모험심 강한 친구죠. 그리고 또한 이걸 내게 줄 정도로 관대한 친구고요. 왜냐하면 이건 딱 한 번만 사용할 수 있는 지도거든요."

"그리고 너는 이걸로 괴물이 숨어 있는 곳을 찾아냈고?"

"그랬어요. 이 지도는 의심의 여지없이 유령의 늪을 가리켰어요."

멀린은 지팡이에 몸을 의지한 채 알겠다는 듯 고개를 끄덕였다.

"이 지도는 정말로 귀중한 선물이었군. 아주 관대한 선물. 아발론의 어떤 충성스러운 친구가 그걸 너한테 줬지?"

숨을 깊이 들이쉬자, 용의 넓은 가슴이 부풀어 올랐다.

"크리스탈루스."

멀린은 짐짓 놀랐다. 하마터면 지팡이를 놓칠 뻔했다.

"크리스탈루스라고?"

"그래요, 당신 아들."

마법사의 이마에 고통스러운 주름이 드러났다.

"내게는 아들이 없어."

바질가라드는 친구를 뚫어지게 응시했다. 지금은 그런 고통스러운 주

제를 이야기할 때가 아니라는 걸 알았다. 확고하지만 부드러운 목소리
로, 바질가라드가 크게 말했다.

"우리 얼른 가야 해요."

멀린은 숨을 들이켰다.

"그래, 네 말이 맞아."

마법사는 손을 벌려 종잇조각을 옆으로 버리려다 주저했다. 잠시 멀
린은 그걸 내려다보았다. 마치 한때 그것을 소유했던 인간의 마음을 읽
으려 하듯이……. 마침내, 고개를 무겁게 저으며, 그 종잇조각을 떨어트
려 진흙 속에 떨어지는 모습을 지켜보았다.

"좋아요, 얼른 늪으로 가요."

바질가라드는 넓은 날개를 다시 펼치며 말했다.

만냐 또한 날개를 펼쳤다. 지느러미발 양쪽 끝을 따라, 물갈퀴가 벌어
졌다. 만냐는 빛나는 파란색 꼬리로 땅을 단단하게 눌러, 하늘로 도약
할 준비를 했다.

만냐 옆, 펼쳐진 발톱 가까이에서 젊은 간타가 종이처럼 얇은 날개를
바스락거렸다. 작은 날개는 호리호리한 몸을 더 작아 보이게 했다. 간타
는 날카로운 목소리로 소리쳤다.

"나도 준비되었어요, 바질 대장님. 아발론을 위한 이 싸움에서 승리
를 거두도록 해요!"

초록 용은 이 대담한 어린 조카를 흘끗 내려다보았다.

"우리가 승리하기를 나도 바란다, 간타. 우리가 승리하기를 정말 바
라."

11
그림자의 그림자

생존자의 그 모든 자질 중에서 처음이자 마지막은 바로 '용기'다.

바질가라드와 그 동료들이 목숨을 바쳐 싸운 전쟁터에서 멀리 떨어진 곳에, 젊은 매 한 마리가 소용돌이치는 모래 폭풍을 뚫고 날아가고 있었다.

매는 은빛 날개가 달린 화살처럼, 깃털을 내리치는 작은 모래알을 못 본 체하며 불어오는 돌풍을 뚫고 나아갔다. 모래가 두 눈을 너무도 세차게 내리치는 바람에 눈을 거의 감은 채 사나운 바람 속을 날았다. 소용돌이치는 폭풍을 뚫고 달리며, 두 날개는 심장만큼이나 빨리 움직이고 있었다.

왜냐하면 바로 뒤에 죽음이 뒤쫓아왔으니까.

잔인한 다크틸새 여섯 마리가 들쭉날쭉 날카로운 날개를 힘차게 저으며, 배가 고파 새된 비명을 질러댔다. 날갯짓을 할 때마다 몸이 앞으로 세차게 움직였다. 마치 하늘을 날아가는 게 아니라 펄쩍 뛰어가는 것처럼 보였다. 묵직한 눈꺼풀이 달린, 불그스름한 눈은 거의 감겨 있었다. 하지만 사냥꾼들은 절대 자신의 먹잇감으로부터 방향을 바꾸지 않았다. 거센 모래바람에도 불구하고 먹잇감의 피 냄새를 맡을 수 있었다.

이들은 피 묻은 발톱으로 매를 난도질했다. 소름끼치는 날카로운 발톱이 하늘을 갈랐다. 다크틸새를 피하려 안간힘을 쓰고 있는 이 어린 새의 깃털과 살점을 곧 갈기갈기 찢어 버릴 것이다. 일단 다크틸새가 먹잇감을 선택하면, 거의 언제나 승리와 만족을 얻는다. 아무리 씹어 먹을 것도 없는 비쩍 마른 먹잇감이라 하더라도, 포식자들은 지금 엄청나게 피에 굶주렸기에 배고픔이 이 추적의 동기가 되었다. 맬록 북쪽의 이 사막 위에 부는 폭풍 속에서 자신들을 피해 죽어라 달아나는 매를 보니, 그 욕구가 더 커졌다.

다크틸새들은 그 어느 때보다 요란하게 울어대며, 굽은 부리로 매의 꼬리 깃털 끝을 물었다. 꼬리 깃털은 매의 은빛 날개 깃털처럼 이 추적으로 인해 크게 상처를 입었다. 이미 날개 끝자락 몇 개가 떨어져 나가고, 많은 깃털이 찢기고 뚫리고 굽은 상처가 있었다.

탈출하고픈 간절한 바람에, 용감한 매는 빠른 속도로 북쪽을 향해 날아갔다. 불어오는 모래 속으로 곧장 나아갔다. 갈기갈기 찢긴 날개에 힘껏 힘을 주었다. 날갯짓을 할 때마다 근육이 비명을 질러댔지만. 생존을 위한 유일한 희망은 맹렬하게 불어오는 폭풍 속으로 더 깊숙이 날아가는 것에 달려 있다는 사실을 매는 잘 알고 있었다. 다른 건 아무 문제가 되지 않았다. 여기가 이 사막 끄트머리 너머 그 사악한 곳으로 더 가까이 가는 길이라는 사실조차도 말이다. 사악한 늪지. 죽음의 연기와 유령으로 목이 막히는, 사람들이 '유령의 늪'이라고 부르는 곳.

마침내, 매의 대담한 승부수가 성공을 보여주기 시작했다. 간격이 벌어지며, 비명이 점점 잦아들었다. 처음에는 날개 하나둘 정도의 거리였다가, 이제는 훨씬 더 멀어졌다. 속도를 줄이려 하지는 않았지만, 또한 굳이 시간을 들여 뒤돌아보지 않았지만, 매는 자신의 계획이 먹히고 있다는 걸 알아차렸다. 매는 목숨을 건질 것이다!

근육이 욱신거렸지만, 날개를 더욱 힘차게 저었다. 승리의 맛, 더불어 살려는 강한 의지로 날갯짓에 힘이 들어갔다. 매는 마음의 눈으로 자신의 짝을 볼 수 있었다. 이른 봄, 다이아몬드처럼 밝은 눈과 생동감 넘치는 기백으로 매의 마음을 빼앗아간 바로 그 짝. 머드루트 서쪽 해안의 깎아지른 절벽에 자리 잡은 둥지를 가득 채우고 있는 세 마리 건강한 새끼들의 활기 넘치는 울음소리도 들려오는 듯했다.

다크틸새들이 다가오는 것을 처음 알아차렸을 때, 매는 이 포식자들을 가족한테서 멀리 유인해야겠다는 생각밖에 없었다. 하지만 이제 곧 집으로 돌아갈 수 있으리라고 확신했다. 탈출하느라 온몸이 갈기갈기 찢겼지만, 목숨은 건졌다.

매와 매를 쫓는 새들의 거리가 벌어지며, 폭풍 또한 사그라지기 시작했다. 바람은 크게 울부짖지 않았다. 모래는 덜 매섭게 불어왔다. 일렁이는 돌풍 사이에서 상대적으로 평온한 공간이 나타났다. 조만간 매는 그 바람에 몸을 맡기고 지친 날개를 잠시나마 쉴 수 있을 것이다. 매는 이제 감히 눈을 살짝 떠, 저 아래 모래사막 언덕을 흘끗 보았다.

매서운 폭풍이 점점 잦아들다 깃털에 이따금 부딪히는 모래만 느껴졌다. 마침내, 매는 뒤를 돌아볼 기회가 생겼다. 목을 숙여, 두 눈을 크게 뜨고 자신이 떠나온 소용돌이치는 구름을 살펴보았다.

그 끔찍한 다크틸새의 흔적은 어디에도 없었다!

매의 가슴은 승리감에 부풀어 올랐다. 매는 불가능한 일을 해냈다. 가족의 목숨을 구했을 뿐만 아니라, 무자비한 포식자들에게서 벗어났다. 매는 다시 목을 똑바로 세웠다. 그러다 뭔가 수상한 걸 알아차렸다.

훨씬 더 시커먼 새로운 구름이 앞에 어렴풋이 보였다. 방금 지나온 폭풍과 달리, 이 구름은 불어대는 모래로 이루어지지 않았다. 먼지 또는 습기 또는 만질 수 있는 것과는 상관없는 것으로 이루어졌다. 아니, 이 구름은 으스스하고 쫀쫀한 본질로 이루어졌다. 왠지 그림자의 그림자보다 더 어두워 보였다.

매는 부들부들 떨며, 날개를 옆으로 돌려 빠져나오려 했다. 저 아래 어딘가에서, 귀에 거슬리는 고음의 비명이 들려왔다. 매는 더욱더 급히 방향을 틀었다. 그러자, 뭔가 부패한 공기 냄새가 밀려왔다. 썩어가는 시체의 늪지처럼 역겨웠다.

유령의 늪!

남아 있는 힘을 모두 다해, 매는 날개를 저어 멀리 날아갔다. 어디든 갈 거다. 필요하다면 모래 폭풍 속으로 다시 들어가리라. 이 소름 끼칠 정도로 무시무시한 곳에서 벗어나기 위해서는 무슨 짓이든 하리라. 있는 힘껏 달아나면서 날갯짓에서 새로운 힘이 솟아났다.

하지만 충분히 빠르지는 못했다. 매가 방향을 튼 순간, 시커먼 구름 속에서 뭔가가 움직였다. 가느다란 형상 하나가, 날개는 없지만 놀라운 속도로 움직이는 그런 존재가, 물안개 속에서 솟아올라 매를 향해 재빨리 다가왔다. 마치 그림자 손처럼 높이 더 높이 뻗어 나와, 희생자를 더듬더듬 찾아냈다.

매는 공포에 울부짖었다. 주위가 갑자기 어두워졌다. 동시에, 기온이 급격하게 떨어져 너무나 추웠다. 뼈의 골수가 얼어붙는 느낌이었다. 근육이 굳어지고, 눈앞이 아득하고, 이 사악한 손아귀에서 아무리 빠져나가려 해도 매는 점점 기운을 잃었다.

매는 마지막으로 숨죽인 비명을 질렀다. 마지막으로 마음속에 한 가지 생각만 떠올랐다. 이걸 어떻게 알았을까? 매는 확신이 없었다. 하지만 매는 의심의 여지없이 이것을 알았다.

매는 유령에 사로잡혔다. 유령의 늪에 사는 가장 두려운 거주자에게 붙잡혔다.

12

귀중한 한 입 거리

'무엇을 먹는가'로 우리가 누구인지 결정된다는 말을 들은 적이 있는 가? 그 말은 부분적으로만 사실이다. 우리가 진정 누구인가는 '무엇을 원하는가'로 결정된다.

천천히, 가혹하게, 늪지 유령의 치명적인 손아귀가 조여왔다. 어둠과 추위가 매의 몸 안으로 꾸준히 스며들어, 매의 마음을 짓누르고 숨통을 조였다. 매는 점점 기운을 잃다 마침내 더 이상 버둥거릴 수 없었다.

매는 뼈가 바스러지는 듯한 끔찍한 추위만 느껴졌다. 사방에서. 마치 축 늘어진 깃털 뭉치처럼 매는 유령의 손아귀에 누워 있다. 죽어가는 심장만 미약하게 뛸 뿐이었다.

늪지 그림자 속의 생명체는 지금 당장 매를 죽일 수도 있었다. 한 번만 더 꾹 누르기만 하면, 한 번만 더 차가운 숨을 불면, 이 작은 새의 남아 있는 마지막 생명의 희미한 빛을 꺼 버릴 수 있었다. 하지만 유령은 그러지 않았다. 그 생명의 불꽃이 살아 있게 내버려 두었다. 그러고는 유령의 늪으로 다시 오그라들었다.

왜? 이 새의 살아 있는 고깃덩이가 뭔가 특별해서가 아니었다. 새가 음식으로서 많은 걸 제공해주기 때문이 아니었다. 저 몇 점 안되는 고기는 그저 한 입 거리였다. 그처럼 적은 양이라도 신선한 고기는 유혹적이었다. 늪지의 이 거친 날들에서는 진정 별미였다. 그런데도 유령이 먹잇감을 먹어 치우지 않은 건 단 한 가지 이유 때문이었다. 새는 다른 누군가의 먹잇감이었으니까.

늪지 유령의 주인은 지금도 이 희생자를 기다렸다. 괴물 둠라가는 아주 오래전에 썩은 시체들로 가득 찬 죽음의 구덩이 안에서 몸부림치며, 자신의 노예들이 잡은 생명체를 모조리 즉각 가져오기를 기대했다. 아무리 작아도, 아무리 보잘것없어도, 저 희생자들은 영양분을 제공했다…… 하지만 그 영양분은 살점과 뼈에서 나오는 게 아니었다.

둠라가는 훨씬 더 귀중한 무언가를 바랐다. 생명체의 단순한 몸이 아니라, 이들의 고통, 이들의 슬픔, 이들의 처절한 절망을 원했다. 사실, 둠라가는 자신이 평범한 거머리처럼 먹잇감의 피를 빨아먹었던 게 언제인지 기억나지도 않았다. 이제 몇 년 동안 고통을 갈망했다. 끔찍하면 끔찍할수록 더 좋았다.

늪지의 경계에서 멀리 떨어진 아발론 어디서나, 생명체들이 고통받는 곳이라면 어디서나, 둠라가는 영양분을 찾아냈다. 그래서 둠라가가 이 세상에 증오, 탐욕, 고통의 씨앗을 그렇게나 많이 뿌렸던 것이다. 부하들을 보내 플레임론, 불 용 그리고 다른 녀석들에게 전쟁에 나가게 부추겼던 것이다. 결국 그 씨앗이 싹터서, '폭풍의 전쟁'을 불러일으켰다. 그 모든 부정적인 에너지를 자양분으로 둠라가는 어마어마하게 크게, 어마어마하게 막강하게 몸을 키웠다. 얼마 전, 그동안 계속해서 엄청난 골칫거리였던 그 빌어먹을 초록 용을 파괴하도록 부하들을 전부 보낼 수 있을 만큼 강해졌다. 이제 자신의 가장 위대한 마지막 임무를 수행하기에 충분할 만큼 강해졌다.

하지만 먼저, 둠라가는 늪지 유령이 방금 잡아온 작은 새의 고통을 먹어 치울 것이다. 늪지 유령이 새의 날개를 짓이기고 뼈를 하나씩 하나씩 모조리 부러뜨리는 동안, 신선한 고통을 들이킬 것이다. 그러고 나서 유령에게 새의 눈알을 파내게 시켜서 더 많은 고통을 뽑아낼 것이다. 마지막으로, 유령이 살아 있는 살점을 천천히 조심스럽게 조각조각 뜯어내는 동안 새의 고통스러운 죽음을 빨아먹을 것이다. 그처럼 참을 수 없는 고통을 느끼며 생명체의 심장이 마침내 멈추었을 때, 만찬은 끝날 것이다.

둠라가는 이 맛난 한턱을 눈여겨보며, 기대감에 몸을 떨었다. 빵빵하게 부은 거대한 몸뚱이가 구덩이 안에서 벌레처럼 꿈틀거렸다. 늪지 유령들은 두려움에 떨며 둠라가를 바라보았다. 한편, 이들의 두려움은 둠라가에게 훨씬 더 많은 먹을거리를 제공해주었다.

이들이 자기 주인의 움직임을 지켜보기는 쉬웠다. 유령의 늪에 짙게 배어 있는 어둠에도 불구하고, 둠라가는 눈에 잘 띄었다. 몸에서 빛이 나거나 무슨 빛을 내뿜고 있기 때문이 아니었다. 충혈된 눈 하나에서 이따금 나오는 불빛을 제외하고는. 그 불빛은 너무 강력해서 몇 초 동안 늪지 전체를 붉게 물들이기는 했다.

오히려, 둠라가가 늘 눈에 띄었던 건 깊은 어둠을 내뿜고 있었기 때문이다. 근처의 그 어떤 것보다 더 어두웠다. 왜냐하면 둠라가는 아주 오래전 공간의 완전한 어둠이 되었기 때문이다. 그 형체는 빛으로 규정되는 게 아니라…… '빛의 완전한 부재'로 규정되었다. 이 괴물의 살가죽은 밤처럼 어둠이 꽁꽁 모여 이루어졌다.

괴물의 이름은, 정령의 세계 언어에 따르면, '어둠보다 어둡다'는 뜻이었다. 그 이름은 그 몸은 물론이고 놈의 계획에 딱 들어맞았다. 왜냐하면 둠라가는 훨씬 더 큰 존재의 노예였으니까. 아발론을, 그리고 지구라고 부르는 유한한 생명체들의 고향을 포함해 다른 모든 세상을 정복하기 위해 혈안이 되어 있는 존재.

리타 고르. 정령의 영토에 사는 불멸의 전사는 수많은 시간 동안 아발론을 파멸시키려 했다. 아발론이 탄생하기 이전의 땅, 잃어버린 핀카이라라고 부르는 땅, 위대한 나무가 싹튼 그 마법의 땅을 파멸시키려 했던 것처럼 말이다. 하지만 지금까지 리타 고르는 이처럼 성공에 가까이 이른 적이 없었다. 너무 가까이 와서 자신의 궁극적인 승리를 거의 맛볼 수 있었다.

이제 마지막 임무를 완수할 때가 되었다. 둠라가와 그 주인은 그 사실을 알고 있었다. 아발론을 정복할 때다. 하지만 먼저, 어둠의 괴물은 저 귀중한 한 입 거리를 먹어 치우겠다고 생각했다. 둠라가의 거대한 몸이 구덩이 안에서 몸부림치며, 바닥에 깔린 시체들을 깔아뭉갰다. 그림자 속의 살가죽에서 기대가 부글부글 끓어오르며, 달콤한 독약처럼 그 어둠을 덮었다.

이제 작은 새의 고통스러운 죽음을 맛볼 것이다.

13

어둠의 가닥

나는 상황이 긴급하고 남아 있는 시간이 얼마 없다는 걸 알고 있었다. 하지만 상황이 얼마나 긴급한지, 시간이 얼마나 부족한지는 몰랐다.

늪지 유령은 늪지로 미끄러지듯 물러났다. 유령은 매의 축 늘어진 몸을 움켜쥐고 있었는데, 썩은 내가 지독하게 풍기는 늪지에 털썩 내려앉으며 주인을 올려다보았다. 그러고는 두려움에 벌벌 떨었다. 튜브처럼 생긴 둠라가의 커다란 몸은 이제 그 어느 때보다 커졌다…… 그리고 밤의 구멍보다 더 어두웠다.

최근의 희생자, 그러니까 맛있는 고통 한 입을 줄 생명체가 막 도착했다는 걸 알아차린 둠라가는 기쁨에 몸을 떨었다. 똘똘 뭉친 어둠 사이로 커다란 몸이 물결처럼 출렁였다. 이윽고, 뼈를 오싹하게 하는 거친 소리가 몸통 깊숙한 곳에서 흘러나왔다. 둠라가의 웃음소리가 유령의 늪에 울려 퍼지자 다른 생명체들은 온몸이 모두 얼어붙은 채 절망에 빠졌다.

그 거친 웃음소리는 점점 더 커지며 쇳소리가 났다. 그러다 갑작스럽게 멈추었다. 아주 오랫동안, 아무것도 움직이지 않았다. 숨을 쉬는 것도 없었다. 늪지의 모든 존재가 완전히 꼼짝 않고 잠자코 있었다. 구덩이 속의 시체들처럼 조용히……

그러다 갑자기, 어둠의 괴물이 새로운 소리를 토해냈다. 웃음은 아니었다. 오히려, 둠라는 주체할 수 없는 분노를 느끼며 울부짖었다. 반은 울부짖고 반은 웃어재끼는 끔찍한 소리였다. 게다가 완전히 증오로 가득 찬 소리였다.

누군가 자신의 군대를 파괴했다! 수천수만 마리 부하의 목숨이 한순간에 모두 끝장나 버렸다. 괴물은 부하들이 적을 파괴하기 위해 전쟁터로 떠난 뒤 한참 동안 부하들의 강력한 힘을 느꼈지만, 이제 그 힘이 갑자기 사라졌다는 걸 알았다. 마치 자신의 어두운 심장 한 조각이 잔인하게 찢어져 나가기라도 한 것 같았다.

둠라는 널브러진 시체 위에서 몸을 마구 흔들며 성질 사납게 으르렁거렸다. 아직 박살나지 않은 해골과 뼈가 모조리 몸무게에 짓눌렸다. 커다란 상실감과 분노가 거대한 몸에 끓어 넘쳤다. 부하들이 어떻게 이렇게 쉽게 죽을 수 있단 말인가?

갑작스레, 둠라는 멈추었다. 커다란 몸을 쭉 들어 올려 꼼짝 않고 섰다. 몸의 시커먼 표면만 움직였다. 그곳은 바람에 닿은 물결처럼 흔들렸다. 허공에 뭔가 새로운 게 있었다. 수년 동안 맡아보지 못한 불쾌한 냄새였다.

멀린! 그 비열한 마법사. 자신의 최대 적이 웬일인지 아발론에 돌아왔다! 거기에 더해, 또 다른 익숙한 냄새가 허공에 맴돌았다. 마법사의 애완동물이 내뿜는 고약한 냄새. 그 골치 아픈 초록 용. 그 골칫덩이도 어쩐 일인지 아직 살아 있었다!

이 시커먼 짐승은 또다시 분노의 울부짖음을 토해냈다. 증오에 찬 소리가 늪지를 뒤흔들었다. 어찌나 격렬한지 늪지 유령 수십 명이 몸을 웅크리고 저 멀리 도망쳐 버렸다. 축 늘어진 매를 들고 있던 유령조차 눈에 띄지 않게 최대한 몸을 납작 숙였다. 늪지 저 멀리로 달아나고 싶은 마음이 굴뚝 같았지만, 그러다가는 분명 목숨을 잃으리라는 걸 잘 알고 있었다.

둠라가는 질문이 꼬리에 꼬리를 물었다. 시뻘건 눈이 분노로 번들거렸다. 왜 멀린이 하필이면 지금 나타난 것일까? 둠라가의 마지막 임무가 얼마나 긴박한지 그리고 그것이 리타 고르의 승리를 위해 얼마나 중요한지 멀린이 알아차렸을까?

거기에는 또 다른 성가신 질문도 있었다. 왜 그 빌어먹을 용을 죽이는 게 이처럼 힘든 걸까? 어떤 마법이, 아니면 어떤 행운이 그 멍청한 생명체를 살아 있게 해주는 걸까?

"둘 모두 죽여야 해!"

둠라가가 울부짖었다. 그 외침이 마치 성난 바람처럼 늪지를 갈기갈기 찢어, 지독한 연기를 흩어 버리고, 죽은 나뭇가지를 부러트리고, 거품이 이는 웅덩이를 바람에 날려 버렸다.

"하지만 우선, 다른 걸 먼저 품어야 해."

다시 한번, 괴물은 이리저리 몸을 흔들기 시작했다. 온몸이 격렬하게 흔들리며, 몸통 바닥으로 늪지를 비벼댔다. 드디어 아주 오랫동안 기다리던 때가 되었다.

마법사와 용을 파괴하는 기쁨을 만끽하기 전에, 괴물은 먼저 놀라운 재주를 부릴 거다. 아주 오랫동안 공들인 재주. 완수할 준비가 힘들었던 재주. 아발론의 정복을 불러올 재주.

둠라가는 거대한 몸을 움직여 수직으로 세워 똑바로 섰다. 어둠의 거대한 탑처럼 늪지에서 솟아오르며, 한쪽 눈을 별을 향해 돌렸다. 괴물은 그곳에 흔들흔들 서서, 늪지에서 피어오르는 연기구름 사이로 하늘의 특별한 장소를 찾았다. 마침내 찾아냈다. 시커먼 틈, 한때 '마법사의 지팡이'라고 부르던 별자리가 있던 곳. 리타 고르가 시커멓게 만들어 버린 별자리.

시뻘건 눈이 그 어느 때보다 밝게 빛나며, 늪지 전역을 핏빛으로 물들였다. 이윽고, 저 높은 시커먼 별자리에서 대답하듯 빛이 나타났다. 똑같이 시뻘겋고, 똑같이 무시무시한 빛. 그 빛은 아주 잠깐 이어졌지만, 그걸로 충분했다.

둠라가는 이제 마지막 임무를 막 시작하려 했다. 그리고 그건, 괴물은 잘 알고 있었는데, 아발론의 자유가 곧 끝나간다는 뜻이었다.

둠라가는 다시 한번 요란하게 울부짖었다. 어찌나 시끄러운지 저 위의 별마저 부르르 떠는 듯했다. 하지만, 이번에 이 울음은 분노가 아니라 엄청난 분투에서 나오는 소리였다. 둠라가는 리타 고르의 명령을 따르기 위해 저 깊숙한 힘의 저장고까지 파고 들어가, 그 모든 어둠의 힘을 불러내고 있었나. 이번 임무를 완수하기 위해서는 사악한 마법을 한 방울도 남김없이 다 끌어모아야 했다. 자신의 몸뚱이처럼, 아발론의 고통과 비례해 부풀어 오르는 마법을…….

높이 솟구친 짐승은 자신의 힘에 집중하며 늪지 위에 우뚝 솟았다. 포효의 메아리가 사라지기도 전에, 괴물은 새로운 소리를 내기 시작했다. 깊고도 리드미컬한 으르렁거림. 그 소리는 긴박함으로 고동쳤다. 으르렁거림의 파장과 함께 어둠의 물결이 충혈된 눈에서부터 시체의 구덩이에 있는 몸통까지 흘러갔다. 퉁퉁 부은 벌레가 늪지에서 수직으로 솟구치는 것처럼, 신음 소리를 낼 때마다, 어둠의 마법이 물결칠 때마다, 괴물의 몸이 불길하게 흔들렸다.

둠라가가 힘을 쓰는 동안, 늪지에서 물안개가 솟아났다. 물안개는 둠라가의 몸 주변을 천천히 감싸며, 진동할 때마다 점점 더 두껍게 커졌다. 이윽고, 물안개는 으스스한 리듬을 따라 고동치기 시작하더니, 괴물의 살가죽 위를 유령처럼 기어 다녔다.

동시에, 늪지 유령들이 숨어 있던 곳에서 몸을 일으켜 주인 옆에 빙 둘러섰다. 이들은 주인을 중심으로 빙빙 돌며 으스스한 춤을 추었다. 주인이 내는 신음에 리듬을 맞춰 단 한마디를 반복하고 또 반복해서 노래하기 시작했다.

"둠라가, 둠라가, 둠라가, 둠라가, 둠라가, 둠라가, 둠라가."

둥둥 울리는 늪지 유령들의 무자비한 목소리가 늪지를 가로질러 크게 울려 퍼졌다.

괴물의 안쪽 깊숙한 곳, 튜브 모양의 중간 지점에서, 시커먼 줄 하나가 튀어나왔다. 처음에는 천천히, 이윽고 속도를 더해, 줄은 하늘을 향해 뻗어 나갔다. 응축된 암흑의 에너지로 만들어진 줄은 시커먼 번갯불을 내뿜으며, 딱딱 소리를 내며 늘어났다.

늘어나는 줄이 둥글게 늘어선 유령들 사이를 곧장 지나갔다. 유령들은 움직임을 늦추거나 노래를 멈추지 않고, 줄이 지나가도록 몸을 살짝 움직였을 뿐이다. 줄은 별을 향해 계속해서 높이 더 높이 뻗어갔다. 시커먼 불꽃이 그 줄을 따라 쏟아져 나와 늪지로 떨어지며 고약한 냄새를 풍기는 물웅덩이에 닿으며 지직직 소리를 냈다.

리드미컬한 신음 소리 아래, 둠라가는 만족스럽게 킬킬 웃음을 흘렸다. 이 줄은 리타 고르가 약속한 대로 착착 움직이고 있었다. 한편, 뭔가 다른 것 또한 착착 움직이고 있었다. 하지만 아발론의 그 누구도 아직까지 그 움직임을 알아차리지는 못했다.

사악한 에너지의 또 다른 줄이 '마법사의 지팡이'의 시커먼 별자리에서 나왔다. 그 별은 실제로 정령들의 사후 세계, 리타 고르의 영토로 가는 통로였다. 지금 둠라가의 줄이 더 높이 이르는 동안, 다른 줄이 점점 더 속도를 내며 아래로 뻗어 나왔다. 그리고 머지않아, 이 두 암흑의 줄이 서로 연결될 때…….

둠라가의 신음 소리는 더 크게 둥둥 떠올랐다. 기대가 불러온 힘, 확실한 승리의 맛 때문이기도 했다. 그리고 그 승리가 그 모든 것 중에서 가장 맛있는 열매를 가져오리라는 걸 알았기 때문이기도 했다.

복수.

14

어둠에서 빛나는 안개

이따금 나는 눈을 감을 때 훨씬 분명하게 볼 수 있다.

"네가 뭘 어떻게 했다고?"

세렐라의 당황한 외침이 안개 자욱한 절벽에 울려 퍼졌다. 자신의 감정을 숨기는 법이 없는, 자존심 강한 요정 여왕이 깜짝 놀라 함께 산을 오르는 동료를 향해 소리쳤다.

크리스탈루스는 움츠러들었다. 뒤로 살짝 물러섰다. 이들은 절벽에서 삐죽 튀어나온 좁다란 수평 바위 위에 서 있었다. 이 바위는 협곡 바닥에서부터 사람을 2천 명 높이 세워놓은 것보다 더 높은 곳에 있었다.

"네가 뭘 어떻게 했다고?"

세렐라가 이번에는 훨씬 큰 목소리로 다시 물었다. 목소리가 어찌나 큰지 조약돌이 무너져 내리며 덜컥덜컥 바위 아래로 떨어졌다. 비록 아발론에서 아주 멀리 떨어진 핀카이라에 있었지만, 세렐라의 목소리는 위대한 나무에까지 이르러 가장 높은 나뭇가지를 흔들었을 것이다. 적어도 크리스탈루스에게는 그렇게 들렸다. 크리스탈루스는 바위 끝으로 물러섰다.

"있잖아, 진정 좀 해, 내가 설명할게."

크리스탈루스는 안절부절못하며 허리에 감은 등반 밧줄을 만지작거렸다.

"넌 이미 충분히 설명했어."

세렐라가 크리스탈루스를 노려보았다. 짙은 초록 눈동자가 빛났다.

"너는 지도를 줘 버렸어. 유일한 지도. 지금껏 알려진 가장 마법이 강한 지도! 네가 그 끔찍한 늙은 노파, 돔누한테서 힘겹게 얻어낸 지도였잖아……."

"쉿. 그 이름을 크게 말하지 마. 여기는 돔누의 영토야, 너도 알잖아. 언제든 나타날 수 있단 말이야."

크리스탈루스가 말을 끊으며 고개를 저었다.

"난 상관 안 해. 그 노파가 저 안개 자욱한 절벽에서 불쑥 튀어나온다 해도 나는 굳이 신경 안 써."

요정 여왕이 똑 쏘아붙였다.

자기 말을 강조하듯, 세렐라는 손 하나를 절벽 벽에 두드려, 잃어버린 핀카이라의 다른 곳처럼 절벽 표면을 덮고 있는 안개 장막을 흐트러트렸다. 아주 오래전에 멀린이 이 땅을 구한 뒤로, 그리고 정령의 영토와 합쳐진 뒤로, 어둠 속에서 빛나는 안개가 모든 걸 겹겹이 덮고 있었다. 핀카이라의 나무, 강, 협곡 그리고 그곳에 사는 사람들조차도, 그 안개 옷을 달고 다녔다.

구름 같은 피부, 클라우드스킨(cloudskin).

사람들은 그것을 그렇게 불렀다.

이 비범한 안개 때문에, 핀카이라의 유명한 역사와 더불어, 여행자들에게 이곳은 무척이나 매혹적인 목적지가 되었다. 하지만 이곳에 오려면 너무나도 큰 어려움이 있었기에, 핀카이라까지 오는 사람은 아주 드물었다. 이곳에 오려면 예측하기 힘든 관문을 몇 개 통과해야 했으니까. (안개의 바다 깊숙한 곳에 숨은 관문을 포함해서.) 가장 숙련된 탐험가들만이 여행에 나섰다…… 아발론의 모험심 강한 2인조, 세렐라와 크리스탈루스보다 여기에 더 잘 부합하는 사람은 없었다.

"있잖아, 소리치기 좋은 날이 아니라, 독수리 협곡을 등산하기 아주 좋은 날이어서 우리가 이곳까지 왔다고 생각했는데."

크리스탈루스가 하얀 머리카락을 흔들며 말했다.

"소리치지 않았어! 그저…… 뭐랄까, 그러니까, 이의를 제기한 거라고. 너의 그 천치 바보 같은 짓에 대해서 말이야!"

세렐라가 고함쳤다. 그러고는 얼굴을 잔뜩 찡그렸다.

"있잖아, 나는……."

"어떻게 그 지도를 줄 수 있지? 내가 너한테 준 별 나침반도 줘 버리지 그랬어?"

세렐라가 바위 위에서 신발을 쿵 굴렀다. 그러자 빛나는 안개 조각이 사방으로 흩어졌다.

"절대 안 그럴 거야!"

크리스탈루스가 반박했다.

가까이 다가오며, 크리스탈루스는 손을 뻗어 세렐라가 어깨 위에 걸치고 있는 튼튼한 요정 밧줄에 손을 가져갔다. 그러고는 밧줄 아래로 손가락을 더듬었다. 보라색 리본플랙스(ribbonflax) 줄기로 엮은 밧줄은 무척 부드러웠다. 이윽고, 세렐라의 팔을 따라 내려가 살며시 손을 잡았다.

그러고는 차분한 목소리로 말했다.

"그 나침반은 절대 주지 않을 거야, 무슨 일이 있어도."

세렐라는 눈썹을 치켜떴다. 얼굴에는 의심이 가득했다.

크리스탈루스는 이어 말했다.

"그 나침반이 할 수 있는 놀라운 일들 때문이 아니야. 또는 언젠가 내가 별을 향해 올라가는 데 그 나침반이 필요할 거라는 사실 때문도 아니야. 그걸 내게 준 사람 때문에 절대 주지 않을 거야."

세렐라는 팔을 흔들어 크리스탈루스의 손을 옆으로 떨쳐냈다.

"내가 그 말을 어떻게 믿어? 당신이 딱 한 번밖에 사용할 수 없는 마법의 지도를 줬다면, 다음에 무엇을 할지 내가 어떻게 알겠어?"

"당신은 내 말을 귀담아듣지 않아! 나는 바질을 돕기 위해서 그렇게 했던 거야. 바질의 싸움을 도와주려 했던 것뿐이야."

크리스탈루스가 화가 나 버럭 소리쳤다. 목소리가 다시 커졌다.

"싸움이라고?"

"그래, 세렐라. 이미 말했잖아! 바질한테는 지도가 필요해. 구하기 위해서……."

크리스탈루스는 잠시 말을 멈추고 목청을 가다듬었다.

"지난 몇 년 동안 싸웠던 그 모든 걸 구하기 위해서."

"그게 뭔데? 정확히 뭐가 당신의 지도를 줄 정도로 그렇게나 소중하고, 그렇게나 중요하냐고?"

세렐라는 크리스탈루스를 향해 험상궂게 얼굴을 찡그렸다. 뾰족한 귀 끝이 심홍색으로 변했다.

"아발론! 바질과 우리 아……, 음, 그러니까, 멀린이 그렇게나 신경 쓰는 그 모든 장소. 그렇게나 사랑하는 곳."

세렐라의 표정이 부드러워졌다. 손을 찻잔 모양으로 오므려 협곡 벽을 가로질러 쭉 내밀어, 손바닥에 안개를 가득 담았다. 어둠 속에서 반짝이는 안개가 반짝이는 작은 구름처럼 세렐라의 손 안에 머물렀다.

"이 안개는 핀카이라의 것이야. 이 안개는 이 절벽을 다 덮고 있어. 이곳 주변의 다른 모든 걸 다 덮고 있는 것처럼. 우리 눈에 안 보일지라도, 절벽은 여전히 저기에 있어."

세렐라가 부드럽게 말했다.

크리스탈루스는 이마를 찡그렸다.

"무슨 말을 하려는 거야?"

"때때로, 사람도 이것과 같아. 우리가 알아차리는 건 고통스러운 표면일 뿐이야. 안개는 우리의 깊숙한 감정을 덮어 주지."

세렐라는 손 안의 작은 구름을 쳐다보며 말을 이었다.

크리스탈루스는 침을 꼴깍 삼키며 물었다.

"당신 말은…… 이건 지도에 대한 문제가 아니라는 거야?"

"맞아."

"그리고 이건 아발론에 대한 것도 아니고?"

"맞아…… 적어도, 그건 가장 중요한 게 아니야."

크리스탈루스는 당황해서 이마 위 긴 흰 머리카락을 손으로 쓸어 넘겼다.

"그럼, 이건 도대체 뭐에 대한 건데? 지도도 아니고 아발론도 아니라면, 뭐라는 거야? 나는 무슨 말을 하는지 도통 모르겠어."

세렐라의 푸른 눈동자가 크리스탈루스를 뚫어지게 쳐다보았다.

"더 깊숙한 곳으로 들어가. 저 아래에 있는 단단한 바위까지."

"어쩌면…… 아니, 그게 아니야."

크리스탈루스는 말을 하다 말고 멈칫했다.

세렐라가 눈썹을 치켜떴지만, 아무 말도 하지 않았다.

크리스탈루스는 바위를 따라 신발을 끌어, 겹겹이 쌓인 안개를 갈랐다. 이윽고 주저하며 물었다.

"당신은 설마 이게 멀린 때문이라고 생각하는 건 아니지? 그 사람과 나와의 관계?"

세렐라는 그저 크리스탈루스를 뚫어지게 쳐다보기만 했다.

"하지만 그건 말도 안 돼!"

세렐라의 시선은 흔들리지 않았다.

"정말이야, 세렐라. 그건 터무니없어. 불가능해."

크리스탈루스의 이마에 주름이 잡혔다.

"어떻게…… 이게 멀린과 관계가 있을 수 있다는 거야?"

세렐라는 고개를 갸우뚱 기울였다. 은빛 금발 머리가 한쪽 어깨로 흘러 내렸다.

"그 사람은 당신 아버지야, 당신도 그건 알고 있잖아."

"아버지답게 행동하지 않았는데도? 그러니까, 내가 어렸을 때도, 그 사람은 그걸 명확하게 했어, 내가⋯⋯."

크리스탈루스가 투덜거렸다.

"계속 말해봐."

"내가 자신에게 중요하지 않다고 말이야. 자신의 특별한 그 모든 장소들만큼! 그 사람의 특별한 세상만큼 중요하지 않다고!"

요정은 고개를 끄덕이며 말했다.

"아발론."

"그래, 아발론. 그 사람은 나한테 아주 고약하게 굴었어. 그러니까……, 음, 자기 아버지가 자기를 다룬 것처럼. 나는 느꼈어. 그 사람이 자신의 세상, 아발론을 훨씬 더 많이 사랑한다고……."

크리스탈루스는 입을 앙다물었다.

"자기 아들보다."

세렐라의 강한 말에 깜짝 놀라, 크리스탈루스는 숨을 힘겹게 들이쉬었다. 눈을 깜빡이며 중얼거렸다.

"빌어먹을 안개 같으니라고! 내 시야를 흐리게 하잖아."

"맞아, 안개는 그럴 수 있어."

세렐라가 부드럽게 말했다.

크리스탈루스는 세렐라를 노려보았다.

"나는 이제 성인이야, 세렐라! 탐험가라고. 지도 제작자들을 위한 학교를 설립한 사람이라고. 멀린이 저 장소들을 그렇게 많이 사랑한다는 이유 때문에 내가 아직도 고통스러워한다고 당신은 정말 믿는 거야? 그리고 그것 때문에 내가 지도를 줬다고 믿는 거야?"

"그건 당신이 지도를 준 이유가 아니야. 하지만 당신이 아발론을 돕기 위해 지도를 주었다는 사실을 부정할 수는 없어. 당신이 정말로 사랑하는 세상. 바질이 사랑하는 만큼. 그리고 당신 아버지가 사랑하는 만큼."

세렐라는 손바닥 안의 구름에 대고 천천히 입김을 불었다. 그러자 구름이 허공으로 녹아들었다.

크리스탈루스가 얼굴을 찡그렸다.

"그건 말도 안 돼! 멍청한 소리라고."

크리스탈루스는 주먹을 움켜쥐었다. 그러고는 천천히 주먹을 풀었다.

"그리고…… 완전 맞는 말이야."

세렐라는 가까이 몸을 기대 부드럽게 입을 맞추었다.

"그래서 내가 당신을 사랑하는 거야. 당신은 늦게 깨닫는 사람일지는 몰라…… 하지만 적어도 당신은 솔직해."

크리스탈루스가 눈을 가늘게 뜨고 물었다.

"그리고 내가 당신을 왜 사랑하는지 알아?"

"뭐라고?"

"당신은 등반에서 이기기 너무 쉽거든! 서둘러. 저 위의 다음 바위까지 누가 먼저 가는지 보자고."

크리스탈루스는 세렐라의 밧줄을 잡아당겼다.

크리스탈루스가 말을 끝마치기도 전에, 세렐라는 절벽의 벽으로 돌아서 첫 번째 붙잡을 곳을 찾았다. 크리스탈루스는 방긋 웃었다. 그러고는 똑같이 안개 아래 놓인 바위를 움켜쥐었다.

15

본능

경솔한 대담함이 늘 지혜보다 더 매력적이라는 데 나는 용의 비늘
전부를 걸겠다. 만약 당신이 어떻게든 그 배짱 두둑한 행동에서 살아남
는다면, 당신은 좀 더 지혜로워질 것이다.

크리스탈루스와 세렐라는 커다란 거미 한 쌍처럼 절벽을 기어올라
갔다. 높이 올라갈수록 안개가 작은 폭포처럼 끊임없이 이들 위로 쏟아
져 내려 머리와 등을 씻어내고, 옷과 각반 안에 스며들었다. 이들이 다
음 바위를 향해 서둘러 올라갈 때, 손과 다리는 지지대에 거의 닿지도
않고 다음 지지대에 이르렀다.

몇 분 동안 아무런 방해도 받지 않고 등반한 뒤, 둘 중 그 누구도 앞
서 나가지 않았다. 누구도 속도를 줄일 기미를 보이지 않았다. 한편, 두
등반가 모두 땀과 안개로 젖은 채 연신 숨을 거칠게 몰아쉬었다. 손가
락 끝에서부터 발가락 끝까지 모든 근육을 다 썼다.

독수리 한 마리가 쭉 뻗은 날개 끝으로 세렐라의 등을 스쳐 지나갔
다. 새의 요란한 울음소리가 절벽을 가로지르며 울려 퍼졌다. 하지만

폭발처럼 들리는 그 소리조차 경주자들의 집중력을 흐트러트리지 못했다. 두 사람은 잠시도 쉬지 않고 계속 올라갔다.

몇 년 동안, 이들은 수없이 많은 곳에서 서로 경주하며 더 높이 더 빨리 더 깊이 도전했다. 핀카이라의 안개 자욱한 절벽을 오르든, 무지개 바다의 섬 사이를 헤엄쳐 건너든, '일렁이는 바다'의 빛나는 물고기를 쫓아 텀벙 뛰어내리든, 스톤루트의 산봉우리 정상을 하이킹하든, 이들은 늘 경주했다. 그저 이기기 위해서가 아니라 스스로를 한계까지 밀어붙이는 그 짜릿한 감각을 즐기기 위해서…….

마침내 바위에 이르렀다. 크리스탈루스는 신발 끝을 바위틈에 밀어넣고, 발에 몸무게를 실었다. 그때 갈라지는 소리가 요란하게 들렸다. 갑자기 틈이 무너지며 바위 조각이 저 아래 계곡으로 쏟아져 내렸다.

크리스탈루스는 깜짝 놀라 소리쳤다. 옆으로 펄쩍 뛰어 필사적으로 새로운 지지대를 찾아 손을 휘저었다. 막 미끄러지려 할 때…….

눈에 띄었다! 손가락을 좁은 틈 사이로 겨우 집어넣었다. 몸무게를 지탱해줄 정도로 견고해서 바위 조각과 함께 추락하지 않을 지지대를 찾았다. 절벽에 묶어놓은 요정 밧줄 덕분에 협곡 바닥까지 떨어지지 않았다. 그렇디고 해서 부상을 막아줄 수는 없었다. 또는, 훨씬 더 고약하게, 이 경주에서 세렐라에게 지는 것을 막아주지는 못했다.

크리스탈루스의 비명을 듣고, 요정은 이들의 경주가 시작된 이후 한 번도 하지 않던 것을 했다. 그러니까, 잠시 멈추었다. 그리 오래는 아니었다. 그저 심장이 한 번 뛸 동안만. 자신이 좋아하는 등반 파트너가 떨어져 죽지 않는 걸 충분히 확인할 정도로만……. 하지만 그 짧은 멈춤이 크리스탈루스가 앞서갈 기회가 되었다.

이 남자는 주저하지 않고 계속 올라갔다. 세렐라가 다시 오르기 시작할 때, 크리스탈루스는 벌써 약간 앞서가고 있었다. 둘은 층층이 낀 안개 아래의 새로운 지지대를 찾으며 함께 위로 움직였지만, 크리스탈루스가 우위를 유지했다.

크리스탈루스의 손가락이 바위 언저리를 붙잡았다. 팔과 어깨 근육이 떨렸지만, 몸을 위로 들어 올렸다. 기진맥진함과 자부심이 뒤섞인 신음 소리를 내며 등을 대고 누웠다. 두 다리는 여전히 바위 위에 매달려 있었다. 완전히 지쳐 버렸지만, 살짝 웃음을 지어 보일 만큼 힘이 남아 있었다.

바로 그 뒤를 따라 세렐라가 바위 위로 올라왔다. 크리스탈루스처럼 등을 대고 털썩 누웠다. 크리스탈루스처럼 끊임없이 숨을 헉헉거렸다. 하지만 이 남자와 달리, 얼굴에 옅은 미소가 보이지는 않았다.

대신, 얼굴 가득 함박웃음을 지었다.

"공평하지 않아! 내 생각에…… 너는…… 그 모든 걸…… 연출한 것 같아. 내 속도를…… 줄이려고 말이야."

세렐라는 숨을 몰아쉬며 소리쳤다.

"그렇게 생각해?"

크리스탈루스는 헉헉 숨을 몰아쉬며, 팔꿈치에 기대어 몸을 일으켜 세렐라를 쳐다보았다.

"당신이…… 출발할 때…… 내게 입맞춤을 한 것도…… 그 이유가 아니었어? 내…… 집중력을…… 흐트러트리려고 말이야?"

세렐라도 팔꿈치로 몸을 일으켜 세웠다. 초록 눈동자가 반짝반짝 빛났다.

"영리한데."

"음, 그렇다면, 내 생각에…… 내가 당신한테 빚을 진 것 같군."

세렐라는 궁금해 고개를 갸우뚱하며 말했다.

"속임수를 말하는 거야?"

"아니, 이걸 말하는 거야."

크리스탈루스는 바위에서 좀 더 가까이 미끄러지듯 다가왔다. 세렐라의 몸 위로 파도 같은 안개가 일렁였다.

크리스탈루스는 몸을 기울여 열정적으로 입을 맞추었다.

"자, 이제 우리 공평해졌어."

크리스탈루스가 몸을 떼며 선언하듯 말했다.

"아니. 내가 이긴 것 같은데."

세렐라는 고개를 가로저었다. 머리 위에 앉아 있던 안개가 흩어졌다.

크리스탈루스는 다시 한번 방긋 웃었다.

"다음번에는 내가 더 잘해보도록 할게."

"당신 꽤 잘했어."

갑자기, 크리스탈루스의 유쾌함이 사라졌다.

"그렇지 않아, 세렐라."

크리스탈루스는 독수리를 흘끗 바라보았다. 독수리는 이제 협곡을 가로질러 저 멀리서 실루엣처럼 미끄러지듯 날아가고 있었다. 이윽고 다시 세렐라를 향해 시선을 돌렸다.

"당신이 아까 했던 말. 당신 말이 맞아. 그러니까…… 내 아버지에 대해 했던 말. 그리고 내가 아발론을 얼마나 사랑하는지에 대해 했던 말."

세렐라는 똑바로 앉아 무릎을 가슴으로 끌어안았다. 그러는 내내 크리스탈루스를 유심히 지켜보았다.

"당신은 어떻게든 돕고 싶은 거야?"

크리스탈루스가 고개를 끄덕였다. 긴 머리카락이 어깨를 쓸었다.

"바질을 돕기에 너무 늦지 않았을까 두려워. 그 지도로 뭔가를 하기에도 너무 늦었을지 모르고. 하지만 늦지 않았을지도 몰라……"

"완전히 미친 짓을 하기에는. 내 말이 맞지?"

세렐라가 말을 끝마쳤다.

"내 특기지. 그건 가망 없는 무모한 짓일지도 몰라. 하지만 어쩌면 쓸모가 있을 수도 있어."

가볍게 들리도록 노력했지만, 잘 되지는 않았다.

"무슨 생각을 하는 거야?"

크리스탈루스는 안개 자욱한 공기를 깊이 들이쉬었다.

"유령의 늪에서 이상한 일이 벌어지고 있다는 말을 여러 번 들었어."

"늪이라고? 당신이 무슨 도움을 주고 싶어도, 거기는 당신이 절대 가지 말아야 할 곳이야. 그곳은 황무지야. 그리고 죽음의 함정이고."

위험한 곳을 수없이 탐험한 베테랑이었음에도 불구하고, 세렐라는 얼굴을 찡그렸다.

크리스탈루스가 짧게 자란 턱수염을 문지르며 대답했다.

"그럴 수도…… 그리고 어쩌면 그 이상일 수도."

"이를테면 뭐?"

세렐라가 얼굴을 찡그리며 물었다.

"거의 1년 전쯤, 내 최고의 젊은 지도 제작자 가운데 하나, 베스프윈은……"

"나도 그 사람 만난 적 있어. 그 사람은 우리가 에어루트, 공기 요정들의 고향을 트래킹할 때 당신과 함께 있었지."

세렐라가 끼어들었다.

"맞아. 음, 당신도 기억하는군. 어쨌든, 그 사람은 진정한 탐험가의 심장을 타고났어."

"요정이 아닌 사람치고는."

세렐라가 인정했다.

세렐라의 말을 못 들은 체하고, 크리스탈루스가 말을 이었다.

"베스프윈은 최근 몇 년 동안 여러 번 늪지 근처를 지난 적이 있었는데, 뭔가 우려할 만한 걸 봤다고 했어. 단순히 늪지 유령들의 신음 소리가 아니었다는 거야. 어떤 경우든, 늪지 유령은 대부분의 사람들이 생각하는 것처럼 그렇게 완전히 나쁜 놈들은 아니야. 아니, 그건 늪지 유령보다 훨씬 고약했대, 훨씬 더."

"그게 뭔데?"

세렐라가 궁금증이 가득 찬 말투로 물었다.

"제대로 말해주지는 않았어. 그저 '어둡다, 너무 어둡다' 그리고 '아발론의 골칫거리'라고만 했어. 그 사람은 더 알아보겠다고 고집을 부렸어. 내가 반대했지만, 혼자 다시 갔지."

크리스탈루스는 입술을 깨물고 말을 이었다.

"그러고는 지금껏 돌아오지 않았지."

"그러니까, 당신은 그 사람한테 무슨 일이 일어난 건지 알아내고 싶은 거로군. 그건 이해할 수 있어. 하지만 그 사람이 그 끔찍한 곳에서 죽었다면, 그 이유는 수천 가지가 있을 수 있어. 그런데 당신 목숨까지 걸 이유가 뭐가 있어?"

"'아발론의 골칫거리'라는 말 때문이야. 베스프윈은 그런 말을 함부로 할 사람이 아니거든. 그 사람에게는 이 세계를 지키는 게 최고의 이상이었어. 그런 점에서, 그 사람은 우리 아버지랑 무척 닮았지."

세렐라는 숨을 길게 내쉬고는 부드럽게 말했다.

"너도 마찬가지고."

크리스탈루스는 어깨를 으쓱해 보였다.

"네 말이 맞는 것 같아. 그 사람은 결코 동의하지 않겠지만, 그건 분명해! 내가 할 수 있는 그 어떤 것도 나에 대한 그 사람의 선택을 바꿀 수 없을 거야. 그 어떤 것도. 하지만 어쨌든, 그건 중요하지 않아."

세렐라는 눈썹을 치켜뜨고 크리스탈루스를 쳐다보았다.

크리스탈루스는 어깨를 쫙 폈다.

"중요한 건 아발론이 살아남도록 돕는 거야! 그리고 베스프윈이 말한 것과 내가 오랫동안 들어온 소문을 짜 맞추었을 때, 나는 조사할 필요가 있어. 별 게 아닐 수도 있어. 아니면 아주 중요한 것일 수도 있고. 우리 세계가 처한 문제의 열쇠일 수 있다고."

세렐라는 얼굴 옆에서 구불구불 소용돌이치는 안개를 쓸어내며 말했다.

"네가 해야 한다는 걸 난 알아."

"적어도 시도는 해봐야지."

세렐라가 고개를 끄덕였다.

"나도 당신을 따라가고 싶어. 하지만 나는 '하이 브린칠라'로 탐험대를 이끌어야 해. 당신도 알잖아. 내일 배가 출항해."

"나도 알아. 그래도 당신은 늘 나랑 함께 있을 거야."

크리스탈루스는 손을 뻗어 세렐라의 손가락을 움켜잡았다.

"그곳에 어떻게 갈 건데? 그 늪지는 불 용의 목구멍만큼이나 접근하기 힘들어."

세렐라가 채근했다.

"맬록 북쪽에 있는 관문. 사막 안, 음유시인들이 '숨어 있는 문'이라고 부르는 곳 근처에. 거기부터 걸어가면 돼."

"당신을 이끌어줄 마법의 지도가 없어서 무척 안타깝군."

세렐라가 놀리듯 말했다.

"맞아. 다음번에는 뭔가 성급한 결정을 내리기 전에 당신한테 먼저 물어볼게."

크리스탈루스가 놀리듯 입술을 비죽였다.

"아니, 당신은 안 그럴 거야."

세렐라는 물안개가 자욱한 허공에 손을 흔들었다. 그러자 절벽을 향해 자그마한 바람이 불었다. 어둠 속에서 겹겹이 쌓인 안개가 물결치듯 흩어지며, 저 아래 촉촉한 바위가 모습을 드러냈다. 세렐라는 진지한 표정으로 그 넘실거리는 안개를 지켜보았다. 그러고는 다시 크리스탈루스를 바라보며 덧붙였다.

"그게 내가 당신을 사랑하는 또 다른 이유야."

16
날개

집으로 돌아오는 건 때로는 가장 기이한 여행이 될 수도 있다.

바질가라드는 스톤루트의 높은 산봉우리 위를 날았다. 거대한 두 날개가 저 아래 푸른빛이 도는 빙하보다 더 넓게 뻗어 있었다. 더 빨리 날아가고 싶었지만, 용은 날갯짓 중간중간 바람을 타고 활공해야 했다. 그렇게 만냐와 간타보다 너무 앞서가지 않게 속도를 유지할 수 있었다. 바질가라드를 따라잡기 위해 고군분투하며 그리 멀지 않은 곳에서 뒤따라오는 이들의 힘겨운 숨소리가 들려왔다.

저 아래, 바질가라드의 그림자가 빙하, 눈밭 그리고 산봉우리 꼭대기 위를 둥둥 지나갔다. 바질가라드는 변하는 광경을 지켜보았다. 들쭉날쭉한 날개 그림자가 가파른 언덕을 지나가며 흔들렸다 짧아지고 늘어나는 걸 알아차렸다. 아주 오래전에 멀린과 헤어졌던 할리아의 산봉우리에 이르렀을 때, 귓가에 익숙한 두드림이 느껴졌다.

"이곳에 다시 오니 좋은데, 친구."

거대한 뾰족 귀를 두 손으로 꽉 잡은 채 귀에 대고 말하는 마법사의 목소리가 스쳐 지나가는 바람 소리보다 더 시끄럽게 울려 퍼졌다. 멀린은 강아지를 쓰다듬듯, 귓가에 자라난 기다란 초록색 털 위로 다정하게 손을 움직였다.

"우리는 저 아래에서 몇 가지 모험을 보았어, 안 그래?"

"그랬지요. 당신의 결혼식부터 시작해서요."

초록 용이 커다란 머리를 끄덕이며 크게 소리쳐 대답했다.

"맞아! 네가 결혼식에 왔었다는 걸 깜빡할 뻔했네. 마른 나뭇잎을 날개처럼 단 아주 작은 도마뱀으로 변장하고 왔었지."

용의 목구멍에 웃음이 넘쳤다. 뇌우처럼 요란한 소리가 났다.

"가장 작은 꾸러미가 때로는 가장 큰 놀라움을 담고 있을 수 있죠."

멀린은 친구의 귓등을 쓰다듬었다.

"정말이야. 만약 네가 나를 잘난 척하는 젊은이로 알았다면, 너는 나에 대해서도 같은 말을 했을 거야."

"지금 잘난 척하는 늙은이와 비교해서요?"

"이것 보라고, 바질. 그런 말은, 음……."

"할 말 없지요. 안 그래요? 아니면 당신은 그저 수다스러운 마법사의 허튼소리나 한 무더기 찾고 있는 거예요?"

용이 놀렸다.

"허튼소리라고? 세상에, 네가 나를 모욕하다니! 만약 내가 허튼소리를 한 무더기 했다면, 그건 그저……."

"뭐요?"

"우연히 발견하는 행복의 연결 고리, 그게 그거야."

추가로, 마법사가 덧붙였다.

"확실히."

바질가라드의 커다란 머리가 까닥 움직였다.

"그렇군요."

이들 위로, 하늘이 황금빛 광선으로 물결치기 시작하며 별이 지는 일상의 장관을 연출했다. 아발론의 별들이 희미해지며 하늘은 물론 저 아래 눈 덮인 땅이 밝게 물들었다. 바질가라드와 그 뒤를 따라오는 작은 용 두 마리의 그림자가, 황금빛으로 빛나는 얼어붙은 바다를 가로질러 항해하는 것처럼 보였다.

"바질, 이제 그만 멈춰서 오늘 밤을 보내는 게 현명할 것 같아."

멀린이 말했다. 목소리에는 새로운 긴박함이 묻어났다.

"멈추자고요? 우리한테는 지체할 시간이 없어요!"

초록 용이 큰 소리로 말했다. 깜짝 놀라 귀를 빙글 돌리는 바람에, 하마터면 멀린이 그 자리에서 떨어질 뻔했다.

마법사는 비명을 지르며 용의 귓속 털을 꽉 붙잡아 가까스로 매달렸다. 자그맣게 욕을 퍼부으며 몸을 똑바로 세우려 했다. 마침내, 두 팔로 귀를 꽉 쥔 채 똑바로 섰다. 파란색 옷이 바람에 나부꼈다. 턱수염 깊은 곳에서 유클리드가 부리를 사납게 딱딱 부딪치며, 이렇게 서툴게 구는 걸 책망했다.

"내 실수가 아니었어."

멀린이 투덜거리며 손 하나를 턱수염으로 뻗어 올빼미 머리 꼭대기 깃털을 긁어주려 했다. 그러다 갑자기 물릴 수도 있다는 걸 깨닫고 손을 멀찍이 치웠다.

"이해 좀 해줘, 알겠지?"

그 대답으로, 올빼미는 부리를 사납게 꽉 다물었다.

마법사는 이마를 찡그리며 바질가라드의 귀를 돌아보았다.

"곧 밤이 될 거야. 그러면 늪지는 끔찍하게 어두워지지. 공격하기에 최악의 시간이야."

멀린이 설명했다. 그러고는 생각에 잠겨 턱수염 몇 가닥을 잘근잘근 씹으며 말했다.

"그 황폐한 곳에서 그 괴물과 싸우는 건 차치하고 우리가 자세를 유지하기 위해서라도 최대한의 빛이 필요해."

바질가라드가 이마를 찡그렸다. 마법사의 발아래, 초록색 비늘이 접혔다.

"하지만 우리에게 남은 시간이 너무 짧다고요! 지금도 그곳에서 뭔가 끔찍한 일이 일어나고 있어요. 난 느낄 수 있어요."

"나도 그래, 친구. 하지만 새벽까지 기다린다고 해서 달라질 건 없어."

멀린이 용의 귓등을 톡톡 두드렸다. 그러고는 혼잣말로 중얼거렸다.

"그러기를 바라."

용은 사납게 울부짖었다. 목과 머리가 온통 진동했다. 하마터면 멀린이 다시 균형을 잃을 뻔했다.

"좋아요, 그렇다면. 유령의 늪 가까운 곳에, 하지만 발각되지 않도록 너무 가깝지 않은 곳에 내려앉아 밤을 보내도록 하죠."

"어디가 좋을지 알아."

멀린이 대답했다. 그러고는 용의 귀 우묵한 곳에 기대, 자기 생각을 속삭였다.

말을 끝마치기도 전에, 용은 날개를 기울여 아래로 방향을 틀었다. 한편, 밤은 점점 깊어갔다. 세상은 재빨리 어두워졌다. 용의 날개에 비친 별빛이 희미하게 반짝였다. 이들은 또 다른 세상에 내려앉는 것처럼 보였다. 끊임없이 어두워지는 그림자로 이루어진 세상에……

17

시커먼 틈

다그다는 어디에 있었을까? 우리에게 다그다가 가장 필요했던 그날 밤에?

바질가라드는 그 커다란 날개의 각도를 바꾸어 재빨리 내려갔다. 밤이 깊어가며 저 아래 땅은 수수께끼처럼 회색과 검은색 장막으로 덮였다. 이따금 희미한 별빛이 은빛 줄무늬를 이뤘을 뿐이다. 자신이 어디를 날아가고 있는지 몰랐다면, 바질가라드는 저 어둠의 장막이 산, 숲, 바다 무엇을 뒤덮고 있는지 확신할 수 없었을 것이다.

하지만 바질가라드는 그 풍경을 감상할 기분이 전혀 아니었다. 힘센 발톱으로 허공을 움켜잡았지만 아무것도 잡히지 않았다. 목소리가 크게 떨렸다. 압도적인 좌절감의 징표였다. 왜 지금 당장 유령의 늪으로 뛰어들어 그 비열한 어둠의 괴물이 다음번 끔찍한 짓을 저지르기 전에 공격할 수 없는 걸까?

왜냐하면 그건 멍청한 짓이니까, 바질. 내 생각에는…….

마법사가 실망스러워하는 용의 생각을 듣고 퉁명스럽게 대답했다.

당신은 생각이 너무 많아요. 아침까지 기다리자는 말은 따르겠어요. 하지만 그 생각 자체에 동의하는 건 아니에요.

용은 멀린의 말을 끊고 똑같이 퉁명스럽게 응수했다.

멀린은 두 팔로 용의 귀를 감싼 채 한숨을 크게 쉬었다. 흔들리는 옷소매에 수놓인 은빛 별들을 흘끗 내려다보았다. 하늘을 날며 끊임없이 불어대는 바람 속에서 옷소매가 펄럭이자 별이 아른거리는 것처럼 보였다. 마치 아발론의 하늘에 떠 춤을 추는 빛과 이어지기라도 한 것처럼…….

바질가라드는 아래를 흘끗 내려다보며 날짐승 동료들을 확인했다. 어둠이 깊어가는데도, 만냐가 지느러미발을 움직일 때 파란색 비늘이 반짝이는 게 보였다. 저 물 용한테 하늘을 나는 법을 가르쳐준 걸 바질가라드는 곧 후회하게 될까? 만냐의 모험심에도 불구하고 이 싸움이 지나치다는 것을 보여주게 될까?

바질가라드가 얼굴을 찡그리자 주둥이 비늘에서 뿌드득 소리가 났다. 그런 질문들에는 대답할 수가 없었다. 미래는 숨은 채로 남아 있으니 말이다. 만냐 뒤에서 날아오고 있는 어린 간타를 볼 수 없는 것처럼 말이다.

만냐의 반짝이는 비늘보다 더 밝은 파란 불빛이 바질가라드의 시선을 사로잡았다. 만냐의 눈! 한순간 두 눈길이 마주쳐, 그 거리를 지나 두 용을 연결해주었다. 이들의 눈이 어둠 속에서 마치 사파이어와 에메랄드처럼 빛났다.

땅이 가까워졌다는 걸 알아차렸기에, 바질가라드는 고개를 돌렸다. 겨우 시간에 맞췄다. 저 아래에 넘실거리는 거대한 형상이 어렴풋이 비쳤다. 바질가라드는 두 날개를 뒤로 접고 바람을 잡고 천천히 땅에 내려앉았다.

"저기 있네. 내가 말한 커다란 모래 언덕. 여기는 늪에서 몇 킬로미터 떨어진 곳이야. 저 모래 언덕 뒤에 숨어서 새벽이 오기를 기다리면 돼."

멀린이 용의 귀에 대고 말했다.

용은 머리를 들고 등을 굽혀 땅에 내릴 준비를 했다. 깜깜한 밤이었지만, 무사히 내려앉는 건 어렵지 않았다. 아니, 조용하게 내려앉기가 어려웠다. 적이 알아차리지 못하게 거대한 몸을 아무런 소리도 내지 않고 땅에 내려놓는 건 쉽지 않았다.

바질가라드의 얼굴에 바람이 불어왔다. 예전보다 훨씬 따뜻하게 느껴졌다. 즉각 또 다른 따뜻한 바람을 떠올렸다. 방랑하는 친구, 아일라. 아일라일까? 허공에 대고 코를 킁킁거리며, 바람 누이의 친근한 계피 향을 찾아봤다.

아, 오직 모래, 모래, 엄청나게 많은 모래 냄새뿐이었다. 콧구멍을 벌름거리며 실망스러워 콧바람을 내뱉었다. 언제쯤이면 바람 누이를 잊을 수 있을까? 바람 누이는 아발론을 영원히 떠나갔다. 직접 그렇게 말했었다. 그런데도 왜 그 말을 못 믿는 걸까?

쿵! 바질가라드의 거대한 가슴이 모래 언덕 아래, 모래 계곡에 부딪쳤다. 이 초록 용은 사막을 가르며 앞으로 쓰윽 미끄러졌다. 날개를 뒤로 쭉 내밀어 속도를 줄였다. 모래가 사방으로 튀며, 별을 가로막고 폭풍처럼 소용돌이쳤다.

마침내 멈추었다. 모래가 등과 날개에 비처럼 쏟아져 내리며 비늘에 통통 튀었다. 멀린은 여전히 용의 귀를 꽉 붙잡은 채, 고개를 흔들어 턱수염에 묻은 모래를 털어냈다. 그런데 너무 세게 고개를 흔드는 바람에, 유클리드가 비명을 지르며 자리 잡고 있던 뒤엉킨 턱수염에서 튀어나왔다.

칠흑 같은 어둠 속에서 올빼미가 어디로 날아갔는지 보이지 않았다. 하지만 작은 부리가 연신 딱딱거리는 소리 덕분에, 날아간 방향을 따라가는 건 어렵지 않았다. 이 올빼미는 자신이 지금껏 만난 올빼미와 완전히 다르게 날고 있다는 걸 바질가라드는 문득 깨달았다.

그래, 바질. 유클리드는 사실 기하학적 패턴으로 날고 있어! 음, 저렇게 정방형으로, 별 모양 오각형으로 날지. 귀퉁이에 이를 때마다 녀석이 부리를 딱딱거리는 게 들리지?

마법사가 동료의 생각을 읽고 킥킥 웃으며 이어 말했다.

그래서 녀석이 지금은 딱딱거리지 않는 거야. 지금은 둥글게 원을 돌고 있으니까.

"하지만 왜요? 하늘은 나는 목적이 뭔데요?"

용이 큰 소리로 물었다. 용은 한동안 말을 멈추었다. 그사이 올빼미는 위험천만하게도 용의 눈 가까이서 팔각형 모양으로 돌고 있었다.

"저렇게 나는 목적이 뭔데요?"

멀린은 어깨를 으쓱해 보였다. 그러면서 지팡이를 허리춤에서 빼냈다.

"누가 알겠어? 네가 진짜 유클리드에게 왜 모양을 그리며 그렇게 많은 시간을 보내는지 직접 물어보는 게 낫겠어. 나는 이 영리한 젊은이를 그리스에서 만났지. 그리스는 매력적인 곳이야. 만약 네가 헐렁한 옷을 입고 항상 월계수 화환을 쓰고 다니는 걸 좋아한다면 말이야. 어쨌거나, 그 이유를 알아내기는 불가능해."

갑자기 뭔가가 갈리는 것 같은 소리가 들렸다. 만냐가 땅에 착륙하며 모래가 물보라처럼 허공으로 가득 피어올랐다. 만냐는 초록 용 옆에 미끄러지듯 멈춰 섰다. 바질가라드는 만냐가 더 이상 미끄러지지 못하도록 오른쪽 날개를 들고는 등을 가볍게 감싸주었다. 날개 끝으로, 만냐 어깨의 부드러운 비늘을 살며시 톡톡 두드렸다.

바로 그때, 간타도 작은 날개를 펄럭거리며 땅에 내려앉았다. 하지만 간타는 모래밭이 아닌 바질가라드의 주둥이 끝에 내려앉았다.

"나 여기 왔어요, 바질 대장님."

작은 녀석은 자랑스럽게 큰 소리로 말했다. 간타는 공기를 몇 차례 들이마시더니 이어 말했다.

"바로 여기 당신과 함께 있어요."

"나도 알아."

커다란 용은 입꼬리를 들어 올리며 살며시 웃어 보였다. 간타의 씩씩함을 보니 자신이 아주 작았던 때가 떠올랐기 때문이다.

"우리 언제 전쟁터로 날아가요?"

간타가 작은 발톱으로 비늘을 힘차게 두드리며 물었다.

"새벽에."

간타의 삼촌이 마지못해 말했다. 바질가라드가 콧바람을 부는 통에 모래 바람이 피어올랐다.

유클리드는 그 소리에 비명을 질렀다. 이리저리 돌아다니다 말고 즉각 멀린의 턱수염으로 되돌아왔다. 부리를 마지막으로 한 번 더 부딪치며, 이 작은 올빼미는 뒤엉킨 턱수염 속으로 쏜살같이 파고들어 갔다.

"새벽이 곧 올 거야. 어쩌면 아주 이르게."

마법사가 장담했다. 목소리가 단호했다.

"그게 무슨 말이에요?"

용이 따지듯 물었다.

"나는 우리가 눈을 감고 날고 있는 기분이 들어. 그저 밤이기 때문만은 아니야. 나는 우리가 이 괴물에 대해 좀 더 알았으면 해. 특히 그 녀석의 힘이 어디에서 나오는지."

"그게 어떻게 도움이 되는데요?"

만냐가 바질가라드의 날개 아래에서 초조하게 움직이며 물었다.

"만약 우리가 녀석의 힘의 원천을 알게 되면, 녀석과 어떻게 싸우면 효과적인지 더 잘 알게 될 거야. 그렇지만 지금 우리는 아는 게 거의 없어."

멀린은 유클리드의 부리에 닿지 않도록 조심하면서 턱수염을 이리저리 만지작거렸다.

"우리는 녀석이 리타 고르를 위해 일한다는 건 알아요. 어쩌면 녀석의 힘은 모두 정령의 영토에 있는 자기 주인한테서 나오는 것일지도 몰라요."

만냐가 제안했다.

"처음에는 그랬겠지. 하지만 일단 이곳 아발론에 왔으니, 녀석은 다른 근원을 발견했을 거야. 다행스럽게도, 아발론과 정령들의 사후 세계와는 직접적인 연결 고리가 아무것도 없어."

미법시기 침울하게 고개를 저었다. 그러고 나서 불길한 목소리로 덧붙였다.

"만약 있다면, 그 힘은…… 상상도 못 할 만큼 크겠지."

"게다가 막을 수도 없을 거고요."

만냐는 자기가 선택한 짝을 흘끗 쳐다보며 이어 말했다.

"바질가라드의 믿기지 않는 힘조차 리타 고르 같은 불멸의 힘에 대적이 안 될 거예요."

"그렇게 확신하지는 마."

바질가라드는 으르렁거렸다. 꼬리를 단단히 감아 그 치명적인 곤봉을 하늘로 들어 올렸다.

간타는 용의 코를 가로질러 껑충껑충 뛰었다.

"그 기세대로 가는 거예요!"

"우리가 내일 살아남기를 원한다면 그러지 마. 이 싸움에서 이기기 위해서는 우리한테 용기 그 이상이 필요해."

멀린이 반대했다. 멀린은 언덕 아래에 있는 모래밭을 성큼성큼 걷기 시작했다.

바질가라드는 거대한 머리를 모래에 내렸다. 별 생각 없이, 달콤한 라일락 꽃 향기를 짙게 피웠다. 젊은 시절, 우드루트의 향기로운 숲속 냄새. 낙심할 때마다 그 향기가 기운을 늘 북돋아주었다.

만냐는 재빨리 고개를 똑바로 들어 몇 차례 그 냄새를 맡았다.

"이 냄새는 뭐지?"

"그건 저기 네 재능 있는 친구 짓이야. 바질의 수많은 기술 중에서……"

멀린이 설명했다.

"이건 완전 쓸모없는 기술이야."

용이 직접 말을 끝마쳤다. 바질가라드는 귀를 마법사를 향해 기울여 덧붙였다.

"마법사는 주문을 외치고, 나는 냄새를 풍겨. 하나는 세상을 바꿀 수 있지만 다른 하나는…… 시시해. 공정하지 않지, 안 그래?"

만냐는 물갈퀴가 있는 지느러미발을 들어 바질가라드의 커다란 이마를 쓰다듬었다. 비늘을 어루만지며 조용히 말했다.

"힘이 모두 잔인한 성질로만 측정되는 건 아니야, 내 사랑. 때때로, 사

146

소한 향기도 기분을 드높여줄 수 있어. 그리고 그건, 그 자체의 방법으로, 세상을 바꿀 수도 있어."

바질가라드의 눈에서 감사의 뜻이 빛났다. 바질가라드는 아무 말도 하지 않았다. 조금 뒤, 라일락 향기가 갑자기 사라지고, 그 대신 새로운 향이 맴돌았다. 분명 짭조름한 바다 냄새였다.

"바다네."

만냐가 꿈꾸듯 한숨을 쉬며 말했다.

"그냥 바다가 아니야. 무지개 빛깔 바닷말과 켈프 향이 나지 않아? 만냐, 그건 오직 한 곳에서만 발견돼. 안 그래?"

초록 용이 말했다.

만냐가 고개를 끄덕이자 코의 비늘이 별빛을 받아 반짝였다.

"무지개 바다. 내 고향."

둘은 희미한 별빛 속에서 서로를 아주 오랫동안 바라보았다. 무지개가 밤의 어둠에 압도당하는 이 먼 사막에서 형형색색 바다의 짭조름한 향을 맡는 게 얼마나 신기한 일인지 이 둘은 생각하지 않았다. 중요한 건, 적어도 이 순간에는, 이들이 함께 있다는 사실이었다.

멀린은 걸음을 멈추고 생각에 잠겨 물었다.

"한때, 아주 오래전에······ 나도 누군가를 그렇게 바라본 적이 있었어. 그렇지만 그 사람을 너무 일찍 잃었지."

멀린은 침을 삼켰다.

만냐가 반들반들한 파란빛 얼굴을 멀린을 향해 돌리고서 부드럽게 말했다.

"할리아. 용의 구전 교육에서 할리아는 유일하게 아기 용을 키운 것으로 공경받고 있다는 거 알아요?"

"우리 엄마! 우리 엄마 이야기하는 거죠?"

간타가 신이 나서 노래하듯 말했다. 간타는 바질가라드의 주둥이를 작은 꼬리로 툭 쳤다.

"맞아. 할리아가 네 엄마 귀니아를 키웠지. 온 정성을 다해서 키웠어. 우리 아들 크리스……."

멀린이 대답하다 말고 문득 말을 멈추고는 입술을 깨물었다.

"자기가 사랑하는 다른 사람도."

바질가라드가 긴 목을 떨며 으르렁거리며 말했다.

"크리스탈루스는 여전히 당신 아들이에요. 여러모로. 당신도 인정하게 될 거예요."

어두워 고개를 숙인 멀린의 얼굴이 보이지 않았지만, 용은 의심의 여지없이 자신의 오랜 친구가 얼굴을 찡그리고 있다는 걸 알았다.

"어쩌면, 당신들 두 사람이 다시 만날 날이 올 거예요. 새로운 출발. 새로운 미래."

바질가라드가 제안했다.

멀린은 천천히 고개를 들었다.

"어쩌면. 하지만 나는 그 아이가 그런 일이 생기게 허락할 것 같지 않아. 그 일이 있은 뒤로는……."

멀린의 목소리가 작아지며 모래 언덕을 가로질러 불어대는 사막 바람 소리와 한데 뒤섞였다.

"게다가, 바질, 우리가 늪지의 그 괴물을 어떻게든 물리치지 못한다면 우리 누구에게도 새로운 미래가 없으리라는 걸 너도 나만큼 잘 알고 있잖아."

깊은 주름이 마법사의 이마를 덮었다가, 모자챙 아래 아무렇게나 나온 하얀 머리칼 아래로 사라졌다.

"그리고 희망과 확신 대신 내가 지금 느끼는 건…… 의구심이야. 깊고, 고통스러운 의구심."

"잠깐만요! 그게 대답이 될 수 있어요."

바질가라드가 갑자기 쩌렁쩌렁 말했다. 그러면서 거대한 머리를 모래에서 들어 올렸다.

"뭐에 대해?"

멀린과 만나가 동시에 물었다.

"그 힘의 근원에 대한 당신의 질문요. 녀석은 거머리로 시작했어요, 기억나죠? 다른 생명체의 피를 빨아 먹으며 살아가는, 변장한 작은 짐승이었어요. 그러다가 훨씬 더 커지고, 강해지고, 까매졌어요. 다른 뭔가를 빨아 먹으면서요. 뭔가 다른 종류의 영양분이에요."

용의 눈동자가 밝게 빛나 불타는 듯했다.

당혹스러운 표정으로 멀린은 고개를 갸우뚱했다.

"무슨 말인지 잘 모르겠는데."

용은 얼굴을 가까이 들이밀었다. 그래서 거대한 아랫입술이 멀린과서의 닿을 듯했다.

"그 녀석이 피 대신에 고통과 슬픔을 빨아먹는 방법을 발견했다면요? 만약 녀석의 힘이 고통에서 나온다면? 온갖 부정적인 에너지에서부터요?"

멀린이 등을 꼿꼿하게 폈다. 용의 초록색 눈빛을 받으며, 멀린은 고개를 끄덕였다.

"그렇다면 '폭풍의 전쟁'을 비롯해 아발론에서의 그 모든 잔인한 싸움은 모두 관심을 흐트러뜨리려는 것이었어. 너를 분주하게 만들어서, 자기가 숨어 있는 곳을 네가 찾지 못하도록 하려고."

"맞아요! 또한 그 모든 공포, 탐욕, 분노, 증오, 살인은 그 녀석의 먹거리였어요. 녀석의 힘의 원천이었다고요. 그 짐승은 아발론의 비극과 정비례해서 커졌어요."

바질가라드의 목소리가 아주 깊고도 깊어졌다.

만냐가 몸서리쳤다.

"정말 끔찍해! 그렇다면 우리 아버지의 죽음이 녀석에게 힘을 보태주었다는 거네."

바질가라드가 날개 끝으로 만냐의 지느러미발을 가져다 댔다. 그때, 바람 한 점이 이들 위로 불어와 모래를 날렸다. 모래알 하나가 초록 용의 입술에 부딪혀, 무시무시한 이빨 사이로 튕겨 혓바닥 끝을 때렸다. 초록 용은 깜짝 놀라, 귀를 핑그르르 돌렸다. 그 작은 물체가 느닷없이 닿자 다그다의 명령이 떠올랐다. 아주 오래전, 자신이 모든 영토에서 모래알 하나를 삼켜야 한다고 했던 명령. 바질가라드는 마침내 아발론의 영토의 모든 맛을 맛보았지만, 그렇게 한 이유를 이해하지는 못했었다. 아주 오랜 시간이 흘렀지만, 다그다가 왜 그런 명령을 내렸는지는 여전히 수수께끼로 남아 있었다.

바질가라드는 별이 총총 뜬 하늘을 올려다보며, 지금 다그다는 어디에 있을까 궁금했다. 아발론이 이처럼 오랜 고통의 시간을 겪는데도 왜 위대한 정령은 직접 와서 그 모든 미친 짓, 그 모든 불행을 멈추지 않는 걸까? 분명, 용에게 모래알을 삼키라고 명령했던 위대한 수사슴의 비전을 내려 보냈었다. 하지만 그 수사슴은 진짜 다그다 신의 아주 작은 일부에 불과했다. 정령의 영토에 사는 강력한 지도자는 왜 리타 고르가 아주 오랫동안 시도해온 방식대로 직접 개입하지 않았던 걸까? 물론,

리타 고르와 다그다의 목표는 확연히 달랐다. 리타 고르는 이 세계를 고통에서 구하는 게 아니라, 이곳에 쳐들어와 정복하기를 원했다.

네가 네 질문에 스스로 대답했구나, 바질.

멀린이 손을 내밀어 지팡이 끝을 용의 아랫입술에 댔다. 그러고는 큰 소리로 말했다.

"다그다는 우리의 자유 의지, 우리의 선택의 힘을 소중하게 여겨. 리타 고르는 완전히 무시하는 중요한 덕목이지. 다그다에게 우리는 스스로의 운명을 선택할 권리를 지닌 유한한 생명체야. 하지만 리타 고르에게 우리는 그저 자신의 길을 가로막는 장애물에 불과해."

"여전히, 우리는 지금 당장 다그다의 도움이 필요하다고요."

용이 투덜거렸다.

"그럴 수도 있지."

멀린이 동의했다. 덥수룩한 눈썹을 치켜떠 머리 위의 별자리를 유심히 살펴보았다. 멀린의 시선은 페가수스에서 트위스티드 트리(Twisted Tree)로, 그리고 '마법사의 지팡이' 일곱 별이 있던 곳으로 옮겨갔다. 그 텅 빈 곳을 뚫어지게 바라보며 얼굴을 찡그렸다. 이윽고 깜짝 놀라 말했다.

"바질, 저기 좀 봐봐!"

멀린이 지팡이로 하늘의 시커먼 틈을 가리키며 소리쳤다.

바질가라드와 만냐는 함께 그곳을 올려다보았다. 삼촌의 주둥이에 자리 잡고 앉은 어린 간타도 올려다보았다. 마법사와 마찬가지로, 이들 모두 두려움에 소스라치게 놀랐다.

모두가 볼 수 있는 것처럼, 사라진 별자리 한가운데에서 칠흑처럼 시커먼 작은 줄 하나가 꿈틀거리며 아래로 내려오고 있었으니까. 소름끼치는 뱀처럼, 그 줄은 아래로 뻗어 나와 목표물을 더듬거리며 찾았다.

아발론.

"서둘러! 얼른 유령의 늪으로 가야 해."

멀린이 소리쳤다.

"하지만 아직 새벽이 안 되었어요. 당신이 말했잖아요……."

만냐가 이의를 제기했다.

"내가 한 말은 잊어! 지금 가지 않으면, 다시는 새벽을 보지 못할지도
몰라."

"맞아요. 하늘을 날 시간이에요."

바질가라드가 동의했다. 거대한 꼬리를 모래에 쿵 내리치자 모래알이
사방으로 폭발하듯 튀었다.

18

숨어 있는 문

새로운 세상을 보기 위해서는 낡은 세상을 좀 더 자세히 들여다봐야
한다.

바질가라드와 동료들이 모래 언덕에 내려앉기 전 오후, 누군가 다른
이가 바로 그 사막에 도착했었다. 동쪽으로 25킬로미터 떨어진 곳에서,
외로운 형상 하나가 사막 끝자락에 있는 불타는 관문 밖으로 걸어 나
왔다. 초록 불꽃이 그 사람 주변에서 타닥타닥 타들어가며, 옷, 각반, 신
발을 핥았다. 하지만 그 사람은 눈길조차 주지 않고 불꽃 밖으로 성큼
성큼 걸어 나왔다. 전에도 수많은 관문을 통과했기 때문이다.

크리스탈루스의 신발이 모래를 빠드득 밟았다. 그 거친 소리만으로
도 자신이 의도한 목적지에 제대로 도착했다는 확신을 갖기에 충분했
다. 그리고 눈앞에 펼쳐진 광경은 그 확신을 훨씬 더 굳게 심어주었다.
탐험가의 눈으로 지평선을 훑어보니, 보이는 거의 모든 게 사막뿐이었
다. 모래 언덕, 모래 골짜기, 휘몰아치는 모래 폭풍. 황갈색에서 적갈색에
이르기까지 미세한 색의 변화에도 불구하고, 그 모든 것들이 똑같아 보

였다.

크리스탈루스는 오직 두 가지 예외를 목격했다. 살짝 방향을 돌려, 적갈색 바위의 장엄한 뾰족탑을 먼저 눈여겨보았다. 뾰족탑은 늦은 오후의 별빛 아래 반짝였다. 수 세기에 걸쳐 불어대는 바람에 깎여, 단단한 기둥처럼 솟아 있었다. 사막 위로 50명 이상의 높이까지 솟아 있는 탑은 거대한 원으로 이어졌다. 투박하게 깎은 듯한 거대한 원은 머나먼 세계로 이어진 통로처럼 보였다. 또는 저 너머 구름과 하늘로 이어지는 또 다른 종류의 관문처럼 보였다. 전설에 따르면, 아프리쿠아 숲의 요정 무리가 고향과 가족을 떠나 저 구멍을 통해 올라가려 했는데, 결코 돌아오지 못했다고 한다.

"너를 숨어 있는 문이라고 부르는 것도 당연하지."

크리스탈루스는 경이로운 눈길로 탑을 바라보며 큰 소리로 말했다.

그 순간, 목이 긴 가마우지 한 마리가 뾰족탑을 향해 꾸준하게 날아왔다. 새는 원을 목표로 하는 것처럼 점점 더 가까이 다가왔다. 검은 날개를 저을 때마다 점점 더 가까워졌다. 마침내 크리스탈루스는 새가 그 구멍을 통과해 날아가려 한다는 걸 확실히 알았다. 긴장한 채 서서 유심히 지켜보았다. 신발이 단단하게 모래에 달라붙어, 자신이 뾰족탑이 된 듯했다.

새는 다가오며 목을 길게 쭉 뺐다. 크리스탈루스는 생각했다, 이 새는 몹시도 구멍 사이로 지나가고 싶어 했다! 크리스탈루스는 방긋 웃었다.

탐험가 친구로군.

바로 그때, 오후의 별빛이 바위투성이 표면에 장난질을 하는 걸 알아차렸다.

저건 좀 이상하네.

혼잣말을 했다. 빛이 변하면서 움직이는 것처럼 보였다. 원의 가장자리가 사실상 안쪽으로 흐르며 적갈색의 강물처럼 물결치는 것 같았다.

빛나는 원에 이르고 나서 아주 잠깐 뒤에, 가마우지는 깜짝 놀라 비명을 질렀다. 하지만 돌아서지 못했다. 가마우지는 한 번 더 날개를 움직여 원 안으로 뛰어들어……

사라졌다. 크리스탈루스는 숨이 멎는 것 같았다.

사라졌어. 완전히 사라졌어!

크리스탈루스는 믿기지 않아 고개를 가로저었다. 하얀 머리카락이 어깨 위에서 춤을 추었다. 수수께끼 같은 뾰족탑에서 눈길을 떼지 않은 채, 옷 주머니 안에 손을 넣어 스케치북을 꺼냈다. 이윽고 노련하게 움직여 문어 잉크병을 꺼내 마개를 열고 검은 액체에 깃털 펜을 적셨다.

처음으로 눈길을 돌려 스케치북을 펼친 뒤, 페이지 맨 아래에 *숨어 있는 문, 맬록*이라고 휘갈겨 쓰고, 서둘러 뾰족탑을 그렸다. 검은 가마우지가 원 안으로 들어가려는 순간으로 그림을 마무리했다. 그러고는 돌 가장자리에 물결치는 선을 가볍게 그려 넣었다. 선은 빛과 마법 또는 이 두 가지를 의미했다.

스케치북을 앞으로 들어 올려, 탑을 앞뒤로 훑어보며 제대로 그렸는지 확인했다. 조심스럽게, 선과 그림자를 좀 더 그려 넣어 질감을 살렸다. 마침내 만족스러워, 스케치북을 탁 닫았다. 그러고는 깃털과 잉크병과 함께 주머니 안에 다시 넣었다.

"언젠가 이곳에 다시 올 거야. 와서 너의 수수께끼를 탐험하겠어."

크리스탈루스는 뾰족탑을 보고 말했다. 고개를 힘차게 끄덕이며 덧붙였다.

"꼭 약속할게."

크리스탈루스는 기이한 구멍을 몇 초 더 뚫어지게 쳐다보았다.

"어쨌거나 지금 당장은 가야 할 곳이 있어."

천천히 북쪽으로 방향을 틀어, 모래가 아닌, 눈에 보이는 다른 유일한 곳을 향했다. 그곳을 놓칠 수는 없었다. 지평선 위에, 하늘에 솟구쳐, 시커먼 먹구름이 떼를 지어 밀려왔다.

그런데 지금껏 보아온 다른 폭풍 구름과는 달리, 저 구름은 너무 까맣게 보여서 물안개라든가 어떤 자연의 물질로 이루어진 것 같지 않았다. 아니, 저 구름은 빛을 포함해 무언가의 '부재'로 생긴 것처럼 보였다.

크리스탈루스는 생각에 잠겨 입술을 깨물었다.

유령의 늪. 저기서 무슨 일이 일어나고 있든지 간에, 분명 좋은 일은 아니겠군.

그게 무엇이든, 곧 알아낼 것이다.

눈을 가늘게 뜨고 거리를 가늠해봤다.

20킬로미터, 어쩌면 25킬로미터. 별이 지기 전까지는 그곳에 갈 수 있을 거야.

다른 가슴 주머니에 손을 집어넣었다. 이번에는 가죽끈으로 감싼 유리 공을 꺼냈다. 세렐라가 준 진기한 나침반이었다. 글로브를 손 안에 움켜쥐고, 머리카락처럼 얇은 철사로 매달아놓은 쌍둥이 은빛 바늘 두 개가 마법의 춤을 추며 돌아가는 모습을 지켜보았다. 저 바늘 중 하나는 항상 별이 있는 곳, 위대한 나무에서 가장 멀리 떨어진 가장 높은 곳을 가리킨다는 걸 알았다. 하지만 오늘은 다른 바늘에 주의를 기울였다. 그 바늘은 아발론의 뿌리 영토를 가로지르는 여행을 이끌어주었다.

"57도."

크리스탈루스는 유령의 늪 방향을 확인했다. 목적지를 눈으로 쉽게 볼 수 있었지만, 눈에 보이는 게 계속 이어지지 않는다는 걸 경험으로 알았다. 눈에 보이는 늪지의 풍경은 모래 폭풍으로 가려질 수도, 또는 어떤 일종의 신기루로 바뀔 수도 있었다. 그런 일이 일어나더라도, 지금 방향을 확인해서 길을 찾을 수 있었다.

조용히 세렐라에게 감사하다는 말을 중얼거리고, 나침반을 옷 안에 다시 쑤셔 넣었다. 사막 공기를 깊이 들이마신 뒤, 허리춤에서 가죽 물병을 꺼내 물을 조금 마셨다. 마침내, 그 희미한 어둠의 덩어리를 향해 걷기 시작했다.

"이런 걸 바라지는 않았는데."

크리스탈루스는 드넓은 모래밭을 가로질러 첫발을 내디디며 중얼거렸다. 물론, 유령의 늪은, 그리고 그곳이 지닌 치명적인 비밀은, 크리스탈루스의 마음속에서 가장 우선순위에 있었다. 하지만 이번 여행에는 고통스러운, 피하고 싶은 뭔가가 있었다.

사막. 탐험가로서의 삶에서 마주한 바다, 숲, 깊은 동굴, 섬, 높은 봉우리, 늪지, 불의 땅 등 그 모든 다양한 곳 중에서 크리스탈루스는 사막을 가장 싫어했다. 뜨겁고, 메마르고, 생명력이 거의 없었기에, 사막에서 많은 시간을 보내지 않았다. (오늘이 가장 긴 여행이 될 것이다) 크리스탈루스는 그 사실을 바꿀 아무런 욕구도 느끼지 못했다.

성큼성큼 걸었다. 걸을 때마다 발아래 모래가 뭉개져 나갔다. 무심코, 파도 모양을 이루는 모래 선을 알아차렸다. 발가락을 넘지 않는 그 모래 선은 마치 소형 벽처럼 사막을 가로질러 비뚤배뚤 이어졌다. 특별한 이유 없이, 걸음을 멈추고 그 벽에 발을 툭 쳐서 틈을 내보았다. 그러고는, 발 하나를 그 안에 밀어 넣은 뒤 어찌될지 지켜보았다. 잠시 뒤, 부드러운 바람에 모래알이 신발 속 발가락 사이로 불어오기 시작해, 자신이 끊어놓았던 선을 다시 이어주었다.

저 작은 벽이 다시 이어지고 있어.

크리스탈루스는 깨달았다.

호기심이 일어, 몸을 숙여 한쪽 무릎을 세우고 지켜보았다. 신발 위에 모래알이 하나씩 하나씩 천천히 쌓여갔다. 마침내 끊어진 선이 완전히 다시 연결되었다. 그러고는, 일이 다 끝나기라도 한 것처럼, 바람이 멈추었다. 이윽고 선을 따라 불어대며, 모래를 수직이 아니라 수평으로 움직였다. 벽이 무너지지 않는 한, 바람은 벽을 따라 불어대는 것이 아주 만족스러운 것처럼 보였다. 마치 강둑 옆의 강물처럼……

처음으로, 크리스탈루스는 사막 바닥을 좀 더 자세히 들여다보았다. 주변으로 온통 소형 벽들이 잔뜩 있다는 걸 불현듯 깨달았다. 그리고 그 벽은 모두 자신이 무너뜨린 벽과 수평을 이루며 이어져 있었다. 대부분은 저 멀리 눈에 보이지 않는 곳까지 뻗어 있었다. 바람에 끊임없이 움직이며, 표면을 온통 뒤덮고 있었다.

작은 파도! 저 작은 벽은 마치 바다의 파도 같아.

크리스탈루스는 고개를 갸우뚱하고, 이처럼 드넓은 사막에서 광활한 바다와 비슷한 걸 발견하고는 깜짝 놀랐다. 어쩌면 이건 또 다른 종류의 바다일지도 모른다. 모래로 이루어진 바다.

지평선을 향해 고개를 들어, 길게 이어진 모래 언덕의 선을 보았다. 또 다른, 훨씬 크게 일렁이는 벽. 모래 언덕 하나가 특별히 눈길을 사로잡았다. 다른 언덕보다 훨씬 높이 솟아 있었다. 크리스탈루스는 궁금했다. 저 모래 언덕도 사막의 바람으로 생긴 것일까? 저것이 정말로 거대한 파도였을까?

자리에서 일어나 무릎에서 모래를 털어내다, 문득 색다른 것을 알아차렸다. 모래처럼 적갈색 딱딱한 풀 한 포기가 각반에 달라붙었다. 일종의 나뭇잎! 크리스탈루스는 그걸 떼어내 엄지와 검지로 비벼보았다. 바스락거리는 소리가 미세하게 났다. 이윽고, 아래를 내려다보니, 잎이 달린 작은 식물의 나머지 부분이 보였다. 무릎에 짓이겨 있었다. 튼튼하고도 납작하게 자란 덩굴. 그 색은 모래와 어울려, 주변과 한데 완벽하게 어우러졌다.

이 척박한 곳에서 자랄 정도로 억센 식물이 있다는 사실에 깊은 인상을 받고, 크리스탈루스는 고개를 끄덕였다.

넌 정말 강인한 작은 식물이구나.

그러고는 호기심에, 잎사귀를 혀에 올려놓고 맛을 보려 했다.

"퉤!"

재빨리 잎사귀를 뱉어냈다.

어릴 적에 엄마가 먹여주던 사슴 이끼보다 맛이 더 고약하네.

입에 남은 쓴 찌꺼기를 퉤퉤 뱉어내고는 옷소매로 입을 쓱 닦아냈다. 어쩌면, 덩굴의 고약한 맛 덕분에 저 식물이 살아남았을지도 몰랐다. 두 번 다시 먹고 싶지 않은 맛인데도, 저 식물을 존경해마지 않을 수밖에 없었다.

크리스탈루스는 다시 발걸음을 옮기려다, 자신이 침을 뱉었던 곳을 우연히 흘끗 내려다보았다. 놀랍게도, 모래가 들끓듯 움직이는 듯했다. 좀 더 자세히 살펴보면서, 그 격렬한 요동이 어디에서 나오는지 알아차렸다.

원숭이! 황금빛 작은 원숭이들이, 각각 크리스탈루스의 엄지손가락 손톱보다 작았는데, 축축하게 젖은 모래밭을 폴짝폴짝 뛰어다녔다. 원숭이들은 남은 액체 방울을 마시고 철퍼덕거리면서 서로의 등에 올라

타고 꼬리를 잡아당기고 땅을 굴러다녔다. 이들에게, 사막에 호수 하나가 갑자기 나타났다. 서로 축하를 나누기에 충분한 이유였다.

크리스탈루스는 눈이 휘둥그레져 머리카락을 손으로 쓸어 넘겼다. 소형 원숭이들. 다음은 뭘까? 귀에 손을 얹고 귀를 기울이니, 저 유쾌한 작은 생명체들의 고함과 잡담 소리가 어렴풋이 들려왔다. 저 원숭이들은 어디에 숨어 있었을까? 삶의 대부분을 물을 위해 무엇을 했을까? 다른 생명체들의 눈에 띄지 않은 채 이곳 사막에 과연 몇 마리나 살고 있을까?

크리스탈루스는 물병을 움켜잡았다. 물병을 기울여, 원숭이들이 놀고 있는 곳에 몇 방울 떨어트렸다. 원숭이들은 이 놀랍고 새로운 풍경에 기쁨의 비명을 지르며, 서로 쓰러트리며, 마구 물장구를 치며, 꿀꺽꿀꺽 물을 마셨다.

원숭이들에게 몇 방울을 더 떨어트리다 말고 멈추어 섰다. 주변을 눈여겨보며, 이곳이 처음 생각했던 것보다 얼마나 더 풍요로운지 생각했다. 사막에는 나름의 산, 숲, 바다가 있었다. 다양성, 치밀성 그리고 놀라운 발견으로 가득했다. 크리스탈루스는 자신이 알아차릴 수 없었던 마법의 통로를 보았다. 아주 작고 아주 큰 파도. 거대한 모래 언덕. 억센 식물은 너무나 완벽하게 위장하고 있어서 마치 모래처럼 보였다. 게다가 모래 맛이 났다. 아주 작은 원숭이 떼. 원숭이들의 원기 왕성한 장난질에 기운이 솟았다.

나는 아직 몇 걸음밖에 걷지 못했어.

지평선의 굽이치는 어둠을 향해 돌아서며, 다시 걸음을 옮겼다. 감각이 새로 깨어난 느낌이 들었다. 주변의 모래를 훑어보고, 바스락거리는 바람에 귀 기울이고, 허공에 코를 킁킁대며 기이한 향이 있는지 확인했다. 이 여행에 대한 불길한 느낌은 여전했지만, 또한 뭔가 더 익숙한 게 있었다. 탐험의 전율이…….

19

발견

우리가 아는 것으로 우리의 목숨을 구할 수 있지만 우리가 알지 못하는 것으로 우리 목숨을 *빼앗기는* 이유는 뭘까?

몇 시간 뒤, 크리스탈루스는 유령의 늪에 이르렀다. 저무는 황금빛 별빛이 하늘을 물들이며, 하늘을 가로질러 빛나는 띠를 두르며 밤이 시작되었음을 알렸다. 하지만 크리스탈루스는 거의 알아차리지 못했다. 사막을 지나오며 보았던 것이 마음을 사로잡았기 때문이다.

걸음을 멈추어 늙은 느릅나무에 기댔다. 그 나무는 무슨 영문인지, 작은 모래 언덕 아래 바위틈에 뿌리를 박고 있었다. 이제 저 하늘 위 황금빛에 물든, 비비 꼬인 느릅나무 나뭇가지 아래 앉았다. 옹이진 나무뿌리 사이에 몸을 기대고 나서, 물병을 꺼내 감사의 마음으로 한 모금 마셨다. 그러고는 스케치북을 펼쳤다.

저무는 황금 별빛을 받은 페이지 위, 그날 자신이 찾아낸 긴 목록을 살펴보았다. 각기 다른 다섯 가지 색의 볏 왕관을 쓴 도마뱀, 거대한 사막 뱀 한 마리(다행스럽게도, 그 뱀은 저 멀리 모래 언덕 위에서 스르르 기어갔다), 밝게 빛나는 붉은색 나비 한 마리, 머리 위를 풀쩍 뛰어가는 뿔이 세 개 달린 야생 염소 한 마리, 모래를 먹는 작은 도깨비 가족…… 모두 스물일곱 종류의 새로운 생명체들이었다. 빛나는 모래 소용돌이는 포함시키지 않았다. 소용돌이는 마치 자세히 살펴보기라도 하듯 자신에게 곧장 빙그르르 돌아와 멈추더니 이내 반대 방향으로 가 버렸다. 빛에 반사된, 기이하게 응축된 모래 폭풍일 수도 있었다. …… 아니면 다른 무엇일 수도 있었다.

크리스탈루스는 수수께끼 같은 모래 소용돌이를 재빨리 스케치하고 나서 스케치북을 닫았다. 스케치북 표지를 기분 좋게 톡 치고 나서, 다시 옷 주머니 안에 집어넣었다.

대단한 날이로군. 이 사막을 지나는 내 첫 번째 여행. 하지만 내 마지막 여행은 아니야.

그렇게 혼잣말을 했다.

어깨 너머, 느릅나무 나뭇가지 사이로 2~3킬로미터 정도 떨어진 땅 위에 떠 있는 짙은 먹구름이 보였다. 구름은 일렁거리며 하늘 높이 올라갔다. 유령의 늪. 구름은 크리스탈루스가 이 여행을 시작했을 때보다 훨씬 더 시커멓게 보였다. 끝 모를 암흑의 원천.

구름을 자세히 들여다보았다. 겹겹이 굽이치는 어둠 안에서 붉은빛이 언뜻 보였다. 우뚝 솟은 형체가 어렴풋했다. 주변의 안개보다 더 짙었다. 어쩌면 별이 지며 재빨리 희미해지는 빛일지도 모른다. 아니면 다른 무언가일지도.

저기에 무엇이 숨어 있든, 반드시 찾아내고 말겠어. 그리고 만약 그것이 아발론의 문제와 관계된 거라면, 바질한테 알려주겠어.

크리스탈루스는 다짐했다.

163

밤이 깊어가며 늪지 위 구름이 주변 어둠에 스르르 녹아들었다. 그 모습을 지켜보며 얼굴을 찡그렸다. 지금 당장 늪지로 들어가면 안 된다는 걸 잘 알았다. 아니다. 이 늙은 나무 아래에서 새벽이 올 때까지 안전하게 머물러야 한다. 그러고 나서, 새벽이 되면 늪지로 용감하게 나갈 거다.

흔들리는 별빛 사이로 나무를 자세히 살펴보았다. 한때 단단하고 견고했을 옹이진 나뭇가지는 세월이 흐르며 축축 늘어졌다. 아니면 또 다른 사악한 힘 때문일까? 분명, 한때 건강한 나뭇잎이 수없이 싹텄을 곳에, 지금은 단 몇 개의 허약한 나뭇잎만 매달려 있었다. 크리스탈루스는 주먹으로 뿌리를 톡톡 두드렸다. 나무는 텅 비고 처량하게 느껴졌다. 마치 신음하는 듯한 소리가 울려 퍼졌다.

크리스탈루스는 나무둥치에 손바닥을 올렸다. 벗겨져 떨어져 나간 나무껍질 아래, 기둥을 따라 깊은 홈이 나 있었다. 그 홈은 심재 안쪽까지 이어졌다. 척박한 땅, 부족한 물, 늪지가 가까이 있어도 이 나무는 어떻게든 살아남았다.

"너는 하필 지독한 곳에서 자라고 있구나. 하지만 지금도 잘 버티고 있어. 아직 살아 있어."

크리스탈루스는 늙은 느릅나무 나무둥치를 손가락으로 두드리며 말했다.

이윽고 감탄과 동정심에 고개를 끄덕였다. 힘겨운 조건에서 자란다는 게 어떤 것인지 나름대로 알고 있었으니까. 아버지의 부재. 아버지의 사랑은 언제나 닿을 수 없는 것처럼 보였다. 절대 이룰 수 없을 것 같은 자신의 마법에 대한 기대. 그리고 정처 없이 떠도는 고독한 삶의 바싹 마른 땅. 세렐라를 만나기 전까지는 그랬다.

다시, 늪지를 돌아보았다. 이제 밤의 장막이 내려왔기에, 늪지의 흔적은 거의 보이지 않았다. 거의. 사막의 모래 언덕과 주변의 평지와는 달리, 그곳에서는 반짝이는 별이 하나도 없었으니까. 그 어떤 빛도 그 불길한 구름을 뚫지 못했다. 오직 빛의 부재만이 늪지의 존재를 드러냈다.

물론, 다른 흔적도 알아차렸다. 사막 바람에 어렴풋이 실려 온 고약한 냄새. 썩어가는 식물, 퀴퀴한 이탄, 부패한 살점의 흔적이 실린 냄새. 또한 이따금 들려오는 속삭이는 듯한 소리, 분노로 지저귀는 외침 또는 저 멀리서 들리는 비명.

등골이 오싹한 비명이 밤을 뚫고 지나갔다. 그 소리는 아득히 멀기도 하고 위험천만하게 가깝게도 들렸다. 크리스탈루스는 짤막한 턱수염을 긁적이며 그 소리에 귀를 기울였다. 늪지 유령의 고통스러운 외침이 분명했다. 여행자들은, 그러니까 에오피아 지도 제작 학교를 방문했던 숙련된 탐험가들뿐만 아니라 세속적인 음유시인들은 늪지 유령을 아발론에서 가장 끔찍하고 구제 불능의 잔인한 존재라고 생각했다.

하지만 크리스탈루스는 그 말에 동의하지 않았다. 늪지 유령이 구제 불능의 사악한 존재라고 생각하지 않았다…… 특히 이들의 근본에 대한 미밀스러운 이야기를 알게 된 뒤로는 그랬다. 몇 달 전, 크리스탈루스는 뭔가 귀중한 걸 발견했다. 정보로 풍부한 뭔가를. 평생 찾아왔던 뭔가를.

옷 주머니에 손을 찔러 넣어 가죽으로 묶은, 너덜너덜 헤진 책을 꺼냈다. 너무 낡아서 껍데기가 늙은 친구 얼굴처럼 쭈글쭈글했다. 조심스럽게, 표지를 따라 손가락을 훑고는 책을 단단히 감싸고 있는 가죽 걸쇠를 톡 두드렸다. 아무리 힘을 주고 열려 해도 열리지 않는 걸쇠였다. 힘 센 거인이 잡아당기더라도 절대 열리지 않을 것이다.

그렇다. 크리스탈루스가 알고 있는 것처럼, 걸쇠는 비밀스러운 패스워드를 말해야만 열린다. 몇 주 동안의 시행착오를 겪고 나서, 그리고 수많은 좌절을 하고 나서, 운 좋게도 패스워드를 떠올릴 수 있었다. 게다가 또 다른 면에서도 운이 좋았다. 왜냐하면, 그 패스워드를 말하는 사람이 마법이 없어도 되었으니까. 필요한 마법은 그 걸쇠를 만든 사람, 그러니까 멀린이 걸쇠 안에 보관해놓았다.

이것은 멀린의 잃어버린 일기장이었다. 핀카이라에서의 젊은 시절에 마법사가 이걸 꽁꽁 숨겨놓았었다. 일기장은 수 세기 동안 안개에 둘러싸인 아주 오래된 참나무 나무등치 안에 놓여 있었다. 그 나무는 사실, 크리스탈루스가 그 유명한 아바사라고 어렴풋이 알아차린 바로 그 나무였다. 그 나무를 찾기까지, 그리고 거의 동시에 그 낡은 책을 찾기까지 몇 년이 걸렸다. 그러다 마침내 찾아내고 말았다.

크리스탈루스는 숨을 천천히 내뱉고는 조용히 말했다.

"올로 에오피아."

핀카이라가 정령의 영토와 합쳐지기 전에 다그다가 준 멀린의 진짜 이름, 그 암호를 듣자, 걸쇠가 마치 살아나기라도 하듯 갑자기 뻣뻣해졌다. 즉각, 가죽끈이 스르르 풀리고 가운데 작은 금속 버클에서 딱 소리가 났다. 걸쇠가 열렸다.

크리스탈루스는 씩 웃었다. 기분이 좋았다. 이번만은, 마치 약간의 마법을 부린 것 같은 기분이 들었다. 하지만 그 미소는 재빨리 사라졌다. 그 감정은 그저 하나의 환상에 불과하다는 걸 잘 알았으니까.

크리스탈루스는 생각에 잠겼다.

우리 아버지와 달리, 내게는 마법이 하나도 없어. 아버지는 그걸 절대 이해하지 못해. 분명, 나는 이 책 또는 마법의 지도 같은 마법의 물건을

활용할 수 있을 거야. 하지만 어떤 멍청이도 그 정도는 다 할 수 있겠지. 내게는 마법 따위는 없어.

멀린은 이러한 사실이 아들의 삶에 얼마나 큰 영향을 미쳤는지, 또는 위대한 마법사의 그늘에서 자라는 게 얼마나 버거운 일인지 생각조차 못 했을 것이다.

아버지는 내게 마법이 없다는 게 얼마나 힘든지 한 번도 의아해본 적이 없겠지.

그렇다 할지라도, 잃어버린 일기장을 찾아내어 아버지에 대해 새로이 알게 된 게 있었다. 민간전승을 통해 유명해진 사건들에 대해 마법사가 직접 쓴 글을 읽게 되었다. 어떤 이야기는 몇 번이나 들었는지 셀 수 없을 정도였다. 아버지가 사실은 신화적인 강력한 존재 이상이라는 걸 깨달았다. 멀린 또한, 적어도 젊었을 때에는, 열정적이고 충동적인 사람이었다. 스스로에 대해 확신이 없었을 뿐만 아니라 약점도 많고, 두려움에 떨었다. 멀린은 결국 마법사일 뿐만 아니라 인간이었다.

나랑 크게 다르지 않아.

크리스탈루스는 일기장을 열었다. 묶어놓은 끈이 살짝 삐걱거렸다. 오래돼 너덜너덜한 황금색 테두리가 있는 표지는 저 위 희미한 별빛을 받아 빛나는 것처럼 보였다. 또한, 자체적으로 빛이 흐르는 것처럼 보이기도 했다.

일기장을 앞으로 들어 올려 냄새를 맡았다. 낡은 가죽, 양피지, 석탄이 뒤섞인 냄새가 훅 밀려왔다. 이제 익숙해진 그 냄새는 자신을 환영하는 듯했다.

일기장을 내려놓고, 늪지 유령에 관한 구절을 찾아 책장을 넘겼다. 책장을 한장 한장 넘기며, 멀린 이상의 것을 일기장이 알려준다는 사실을 깨달았다. 사실, 이 일기장은 온갖 종류의 사람과 장소에 대한 이야기, 꿈 그리고 역사의 값진 수집품이었다. 이 이야기 상당수가 세렐라와 젊은 요정 트레시미르를 제외하고는 누구한테도 알려지지 않았다. 이들과는 일기장을 함께 보았지만, 이들을 제외하고 다른 누구도 이 일기장 안에 적힌 놀라운 일들을 알지 못했다.

늪지 유령의 기이한 이야기에 이르기 직전, 크리스탈루스의 시선은 접힌 페이지에 이르렀다. 조심스럽게 그 페이지를 열어, 전에 한 번도 읽어보지 못한 문장을 찾아냈다. 멀린이 아무렇게나 휘갈겨 써서, 마치 바닷가 새들의 발자국 같은 글에는 이런 내용이 있었다.

마법을 먹는 크리릭스와의 싸움에서 가까스로 살아남은 뒤, 나는 내가 왜 마법을 지닌 생명체로 태어나는 저주를 받았는지 궁금했다. 그 모든 힘이 모두 완성되면 뭐하나? 나를 죽이거나 또는 노예로 삼으려는 그 모든 사악한 세력의 목표가 되었을 뿐이다. 내가 가장 사랑하는 사람들, 어머니와 여동생과 사랑하는 할리아가 내 불행 때문에 그처럼 고통을 받아야 하는 이유가 뭘까? 마법이 없었다면 얼마나 좋을까!

크리스탈루스는 어안이 벙벙해 눈을 껌뻑거렸다. 제대로 읽은 게 맞나? 아버지는 질풍노도와 같은 젊은 시절에 정말로 자신의 마법을 저주와 불행이라고 생각했을까? 아들은 다시 집중해 읽어 나갔다.

운명이 내게 이런 마법의 힘을 준 건 다 이유가 있을 거라고 생각할 수밖에 없다. 나는 그 이유를 직접 밝혀내야 한다. 어쨌든, 내 마법을 짐이 아니라 선물이라고 받아들여야만 한다. 내가 사랑하는 사람들 그리고 내가 좋아하는 곳을 돕도록 사용할 수 있는 능력. 내가 그처럼 막중한 임무를 가능하도록 확신을 가질 수 있으면 얼마나 좋을까!

그런 의구심 따위는 신경 쓰지 말자. 만약 이것이 내가 받은 도전이

라면, 나는 이 도전을 받아들인다. 그리고 나는 마법 없이 태어난 생명체 또한 나와 똑같이 힘들다는 걸 깨닫는다. 무엇보다 최악은, 아버지 또는 어머니가 위대한 힘을 지녔지만 마법 없이 태어난 아이의 운명일 것이다. 그 아이를 생각하면 마음이 무척 아프다. 그리고 내가 정말 얼마나 운이 좋은지 상기시켜준다.

크리스탈루스는 다시 눈을 껌뻑이며, 그 문장을 집중해 다시 읽어 나갔다.

그 아이를 생각하면 마음이 무척 아프다.

크리스탈루스는 몸을 뒤척이며 늙은 느릅나무에 등을 기댔다. 그러다 일기장의 마법의 걸쇠가 엄지손가락에 가볍게 닿았다. 즉각, 걸쇠에 대해, 일기장에 대해 그리고 자기 아버지에 대해 뭔가 새로운 사실을 깨달았다.

만약 걸쇠에 이미 존재하는 마법 이외에 다른 마법이 필요했다면 어땠을까? 만약 멀린이 그렇게 미리 계획해둔 것이라면? 그래서 마법이 없는 사람일지라도 언젠가 이 비밀 일기장을 읽을 수 있도록…….

크리스탈루스는 침을 꼴깍 삼켰다. 만약…… 멀린이 마법사의 진짜 이름, 올로 에오피아를 알 정도로 이 마법사를 잘 아는 누군가가 이 일기장을 읽기를 원했다면? 아들이든 딸이든 앞으로 태어날 아이가…….

나. 아버지는 이 일기장이 내 손에 들어가기를 바랐던 거야.

크리스탈루스는 생각했다.

저 멀리서, 흐느끼듯 울부짖는 소리가 솟아났다. 크리스탈루스는 그 소리를 즉각 알아차렸다. 자신이 방금 찾아낸 문장을 마지막으로 흘끗 한 번 더 보며, 늪지 유령에 관한 부분을 찾아보았다. 이들의 비극적인 역사에 대한 서술을 전에도 여러 차례 읽었지만, 지금처럼 그렇게 큰 관심을 끈 적은 한 번도 없었다.

아주 오래전, 잃어버린 핀카이라의 꽃이 만발한 경이로운 초원에, 마법사가 공동체를 이뤄 살고 있었다. 이들은 평화롭게 살며, 보석이나 무기가 아닌 지식에 자신들의 부를 쌓아갔다. 이들의 지혜가 너무나 컸기에, 바람도 이들의 영토에는 불어대지 않았다고 전해진다. 위험한 지식을 다른 사람들에게 퍼트리지 않기 위해서다. 이들은 마법의 거울 속에서 시간을 왜곡하는 법을 배웠다. 꽃에서 마법의 향을 캐내는 법도 배웠다. 이내, 그곳 공기에서 마법의 냄새가 났다. 강력한 마법의 냄새가……:

너무나 강력해서 리타 고르 장군이 그 영토를 정복하려고 했다. 그리고 거의 성공할 뻔했다. 리타 고르의 침략을 막을 수 없었기에, 마법사들은 끔찍한 희생을 결정했다. 리타 고르가 완전히 장악하기 직전, 이들은 사랑하는 고향에 저주를 퍼부었다. 마법의 꽃이 허공에 독과 저주를 뿜어내는 저주였다. 그곳에는 바람 한 점 불지 않았기에, 독은 땅으로 스며들어 삶을 죽음으로, 빛을 어둠으로 바꾸어놓았다. 마법사들은 그곳이 이처럼 가혹하게 변했어도, 소중한 고향을 한사코 떠나지 않았다. 그래서 이들 또한 독이 올랐다. 분노와 슬픔으로 뒤틀려, 치명적이고 잔인한 존재, 늪지 유령이 되었다.

크리스탈루스는 나무뿌리를 톡톡 두드리며, 이들이 처한 역경을 생각했다. 한때는 퍽이나 아름답고 크게 칭송받았지만, 지금은 너무나 잔인하고 두려운 저 생명체들은 아발론으로 이주해와서, 오늘날 유령의 늪이라고 알려진 곳에 정착했다. 오직 분노와 슬픔을 느끼며, 이들은 감히 근처로 들어서는 자들에게 닥치는 대로 복수를 이어가고 있었다. 역사상 오직 한 사람만 늪지 유령에 대적해 살아남았다.

바로 우리 아버지.

크리스탈루스는 입술을 앙다물고, 정확히 무슨 일이 있었던 건지 궁금해했다. 늪지 유령은, 어쨌든, 멀린을 살려두기로 결정했을 뿐만 아니라 도와주기까지 했다. 지금껏 보여준 유일한 친절한 행동임에 틀림없었다. 하지만 왜? 일기장의 서술은 피상적이었다. 단, 이들의 조우는 마법의 거울과 관련되어 있다는 건 확실했다.

어쩌면 언젠가, 내가 직접 아버지한테 물어보겠어.

크리스탈루스는 생각에 잠겼다. 이윽고 입술을 깨물었다.

아니면 안 물어볼지도.

지난번에 만나서 대화를 나눈 이후로, 멀린은 두 번 다시 아들을 만나려고 하지 않았다. 자신의 잃어버린 세월의 비밀을 말해주는 건 두말하면 잔소리였다.

깊은 생각에 잠긴 채, 크리스탈루스는 늙은 느릅나무 나무둥치에 몸을 기댔다. 퍼석퍼석한 나무껍질의 날카로운 가장자리가 등 쪽에 뾰족 튀어나와 있는 걸 알아차리지 못했다. 마치 저 멀리서 두드리는 북소리처럼, 늪에서부터 솟아나 점점 커져가는 합창을 알아차리지 못했다. 또한 마치 공격을 준비하는 살아 있는 그림자처럼, 소리 없이 가까이 기어오는 짙은 유령 같은 형상을 알아차리지도 못했다.

잠시 뒤, 합창 소리가 더 커져갔다.

"둠라가, 둠라가, 둠……."

주변 사막을 가로질러 그 소리가 울려 퍼졌다. 하지만 크리스탈루스는 듣지 못했다. 이미 목이 졸려 의식을 잃고 있었으니까.

171

20

연결

용기란 두려움의 부재가 아니다. 용기란 두려움을 극복할 수 있도록 최선을 다해 행동하는 것이다. 삶에 대한 애정뿐만 아니라…….

냄새, 썩은 냄새. 고기가 부패한 고약한 죽음의 냄새. 유령의 늪에서 풍기는 냄새.

크리스탈루스는 눈을 떴다. 하지만…… 확신할 수 없었다. 주위는 여전히 어두웠다. 무척이나 깊고 차가운 어둠이었다. 눈을 깜빡거리며 눈꺼풀이 정말로 떠지는지 확인했다. 눈꺼풀이 떠졌다. 하지만 두 눈에 들어온 장면을 보고 눈꺼풀이 떠지지 않았으면 하고 바랐다.

늪지의 짙은 연기보다 더 어두운 그림자 형상들이 근처에 둥둥 떠다녔다. 때때로 바로 위를 지나갔다. 크리스탈루스는 얕은 구덩이에 누워 있었다. 딱딱하게 굳은 분비물이 들어찬 구덩이에서는 피와 뼈가 썩어가며 지독한 악취를 쏟아냈다. 끈적끈적한 구덩이 벽에 기대 몸을 슬며시 살짝 위로 들어 올려보았다. 무덤에 내동댕이쳐진 느낌이었다.

어쩌면 내 무덤일지도 몰라.

몸을 흔들어 거름 덩이를 털어냈다. 늪지 유령들이 빙글빙글 도는 모습을 지켜보며, 눈에 초점을 맞추려 노력했다. 하지만 장면은 연신 이리저리 떠다닐 뿐이었다. 머리가 지끈지끈 아팠다.

떨리는 손으로 목을 더듬었다. 살갗이 서늘하고 끈적끈적했다. 몹시 차갑고 치명적인 손가락으로 목이 졸린 것 같았다.

늪지 유령들. 그놈들이 나를 공격했어!

크리스탈루스는 부드러운 피부를 문질러 온기를 되살리며 깨달았다. 침을 삼켰다. 목이 따끔거렸다.

내 목을 졸랐어. 그러고는 나를 여기로 데리고 왔어. 왜?

눈에 초점을 맞추려 노력하며, 낯선 주변을 눈여겨보았다. 빙글빙글 도는 유령들 너머, 연기 자욱한 기둥과 더러운 물웅덩이가 보였다. 웅덩이는 가마솥처럼 끓고 있었다. 솟구치는 연기 기둥을 눈으로 쫓으니, 연기가 굽이치는 구름 속으로 넓어지는 모습이 보였다. 그것은 결국 뭉개뭉개 솟아오르는 시커먼 안개로 합쳐졌다. 안개가 너무 짙어 별도 보이지 않았다.

그래도 무슨 영문인지, 빛이 있었다. 어렴풋이 고동치는 붉은빛이었다. 늪지 공기를 둥둥 떠다니는 빛나는 피처럼 보였다.

지금껏 본 빛과는 달리, 이 기이한 빛은 눈에 보일 만큼 짙었다. 아니, 적어도, 주변의 그늘진 어둠의 층을 알아차릴 수는 있었다. 이 빛은 늪지 어디에서 나온 것일까? 그 근원이 어디일까?

고개를 좀 더 뒤로 기울여봤다. 그러자 머리가 더 지끈거렸다. 어둠 속을 뚫어지게 쳐다보다, 구름 속에서 특별히 시커먼 형상 하나를 알아차렸다. 또렷하지는 않았지만, 땅에서 높이 솟은 그 형상은 긴 원통처럼 생겼다. 엉덩이를 대고 똑바로 서서 하늘을 향해 몸을 쭉 뻗은 거대한 벌레처럼 보였다.

뭐가 됐든, 그것은 어두웠다. 무척 어두웠다. '빛의 완벽한 부재.' 단단해 보였지만 또한 완전히 텅 빈 것으로 만든 것처럼 보이기도 했다.

이것이 다른 것보다 두껍고 어두운 또 다른 연기일까? 크리스탈루스는 눈을 가늘게 뜨고 면밀히 살펴보았다. 그러다 갑자기 깜짝 놀라 숨이 멎을 듯했다. 손가락을 축축한 이탄 아래 쑤셔 넣었다.

살아 있어! 저건 살아 있어!

거대한 짐승이 크리스탈루스 위에 솟아, 마치 불길한 춤을 추듯 시커먼 몸을 꿈틀대며 배배 꼬고 있었다. 일렁이는 어둠의 기둥.

위대한 다그다여, 저 녀석은 바질가라드보다도 더 커! 몇 배나 크잖아. 도대체 뭐지?

마치 대답이라도 하듯, 지끈거리던 머리가 좀 나아졌다. 두개골 밖에서도 또 다른 두드림이 있다는 걸 깨달을 정도로 충분했다. 단조로운 합창이 쉼 없이 들려오며 연기 자욱한 주변 공기가 진동했다. 바로 유령들이 내는 소리였다. 늪지 그 자체에서 흘러나오는 것처럼 들렸다.

"둠라가, 둠라가, 둠. 둠라가, 둠라가, 둠……."

노래가 뛰는 심장처럼 끊임없이 쿵쿵 울려댔다. 하지만 이건 생명을 유지하려는 목표가 있는 심장이 뛰는 것과는 달랐다. 아니다, 이 노래는 그 반대처럼 느껴졌다. 마치 그 목표가 오직 죽음, 파괴 그리고 더 많은 죽음을 포함하고 있는 듯했다.

크리스탈루스는 이곳 늪지로 스며드는 수수께끼 같은 빨간빛이 나오는 곳을 저 멀리서 발견했다. 눈! 시커먼 짐승한테는 빨간색 빛이 나는 눈이 달려 있었다. 너무 높이 있어서 가까스로 볼 수 있었다. 숨 막힐 것 같은 연기로 거의 가려져 있었지만, 눈은 희미하게 빛나며 안개 사이로 붉은빛을 흐릿하게 내뿜고 있었다.

그 눈의 무언가에 크리스탈루스는 몸서리쳤다. 다른 눈과 달리, 그 눈은 그 자체의 불길한 리듬으로 고동치고 있었다. 마치 벌어진 상처처럼 고동쳤다. 고동칠 때마다 분노, 공격, 증오의 물결이 흘러나왔다.

느닷없이, 시커먼 불꽃이 폭발하며 허공에서 치지직 타올랐다. 그 불꽃은 괴물의 몸 한가운데에서 나왔다. 시커먼 불꽃이 요란한 소리를 한꺼번에 내며 쏟아져 나와 늪지로 떨어졌다. 이윽고, 불꽃의 근원이 눈에 띄었다.

뭔가가 자라고 있어!

켜켜이 쌓인 어둠으로 만들어진 뱀처럼, 길고 시커먼 선 하나가 괴물의 몸속에서 나오고 있었다. 줄은 더 높이 굽이치며, 불길하게 더듬더듬 하늘로 뻗어갔다.

크리스탈루스는 그 모습을 지켜보며 어안이 벙벙했다.

저게 뭐지? 저게 도대체 뭐지?

"둠라가, 둠라가, 둠……."

늪지 유령들이 노래했다. 그러면서 그 꿈틀거리는 짐승의 몸 가까이에 둥글게 모였다. 그 짐승의 피부와 하나로 합쳐지는 것처럼 보였다. 이들이 빙글빙글 돌자 그 아래는 완전한 어둠으로 뒤덮였다.

괴물은 계속해서 몸뚱이를 흔들어대며, 그 무거운 몸으로 늪지 바닥을 비벼댔다. 그러면서 늪지 유령들의 노래에 맞춰 신음을 토해냈다. 그러는 내내 그 사악한 줄을 계속해서 만들어냈다. 한편, 시커먼 번갯불의 불꽃이 더 자주 터지며 늪지에 비처럼 쏟아져 내렸다. 크리스탈루스 주변 연기가 뜨거운 백색 열기를 내며 시커멓게 빛났다.

무시무시하게도, 괴물의 눈 근처, 소용돌이치는 안개 속에서 또 다른 뭔가가 보였다. 또 다른 줄! 괴물의 몸에서 튀어나온 줄처럼, 이 줄 또한 뭔가를 더듬더듬 찾으며 아래로 내려왔다. 이 두 번째 줄이 어디서 나오는지 볼 수 없었지만, 분명 저 위 어딘가에서, 솟아오르는 연기보다 더 높은 곳에서 나오는 게 틀림없었다.

크리스탈루스는 믿을 수 없어 고개를 절레절레 저었다. 그 바람에 늪지 거름 덩이가 잔뜩 묻은 긴 턱수염이 목을 때렸다. 저 새로운 줄이 별 사이의 어딘가에서 쭉 뻗어 나올 수 있을까? 이 어둠의 괴물처럼 뭔가 사악한 근원에서부터?

순간적으로, 깨달았다. 괴물 생각에 어렴풋이 사로잡혀, 그 이어지는 신음 소리에서 또 다른 종류의 언어를 들었는지, 아니면 그저 추측인지도 모른다. 어쨌든, 갑자기 분명하게 느껴졌다.

저 새로운 줄은 사후 세계에서 오는 거야. 리타 고르한테서.

괴물은 웃음을 거칠게 터트렸다. 크리스탈루스의 두 귀로 그 소리를 들었지만, 또한 웬일인지 뼛속에서 들었다. 괴물의 소리가 늪지에 울려 퍼지며 크리스탈루스는 엄청난 절망에 사로잡혔다. 동시에, 끊임없이 뛰는 맥박의 충혈된 눈은 또 다른 감정을 불러일으켰다. 삶에서 아주 드물게 느껴본 감정. 바로 공포.

소용돌이치는 그림자들이 늪지에서 수없이 솟아올랐다. 그것이 유령인지 아니면 다른 무엇인지, 알 수 없었다. 하지만 마치 유령의 존재처럼, 시커먼 줄 두 개 사이에 남아 있는 틈을 향해 이들이 솟아오르는 모습을 볼 수는 있었다. 이윽고, 에너지가 갑작스레 폭발하는 소리가 들려왔다. 늪지 유령의 노랫소리와 괴물의 신음 소리보다 더 컸다.

시커먼 번갯불이 줄 양쪽 끝에서 터져 나왔다. 어둠의 에너지 두 줄기가 중간에서 연결되며 소용돌이치는 안개 속에서 탁탁 소리를 내며 타올랐다. 주변 연기가 흔들리고, 검은 불꽃은 사방에서 터졌다. 더 많은 그림자들이 모여들어 줄 주변을 빙글빙글 돌았다. 마치 사이클론처럼, 천천히 줄을 가까이 끌어당겼다.

점점 더 가까이.

어둠의 줄 두 개가 이어지며 거대한 폭발이 늪지를 뒤흔들었다. 안개가 흩어지고, 늪지 유령들은 노래를 멈추고, 아주 짧은 순간 일렁이던 연기가 갈라지고, 몇 조각 별빛에 틈을 내주었다. 괴물조차 몸부림을 멈추었다. 증오에 가득 찬 눈이 연결된 그 줄을 훑어보았다.

어둠의 에너지가 줄을 타고 타오르며 연결을 봉합하면서 시커먼 불꽃을 내뿜었다. 한편, 악취 고약한 냄새가 다시 모여, 어둠을 더 깊게 만들었다. 하지만 희미한 어둠 속에서도, 한 가지는 분명했다. 줄 두 개가 하나로 합쳐졌다.

"저게 뭐지?"

크리스탈루스는 크게 소리쳤다. 엄청난 공포가 밀려왔다.

불현듯, 고동치는 붉은 눈이 시커먼 줄에서 방향을 틀어 크리스탈루스를 곧장 향했다. 잠시 동안, 시뻘건 눈이 분노에 찬 빛을 내뿜었다. 크리스탈루스는 야트막한 구덩이 속으로 더 깊이 미끄러져 들어갔다. 살갗을 할퀴고 콧구멍을 파고드는 분비물을 신경 쓸 겨를이 없었다.

이윽고, 입을 앙다물고 몸을 뒤로 움직였다. 이 괴물이 자신을 한순간 죽음으로 짓누를 수 있다는 걸 알았지만, 괴물을 대담하게 곧장 쳐다보았다. 두려움에 굴복하지 않을 것이다.

둠라가의 거친 웃음이 늪지에 터져 나왔다. 이제, 드디어, 승리를 거두었다는 확신에서 나온 웃음이었다. 리타 고르가 다른 세상을 정복했던 것과 마찬가지로, 나무뿌리의 이 비참한 세상을 정복할 것이다. 이제 불멸의 장군을 누구도 멈출 수 없다! 앞으로 일어날 일을 누구도 막을 수 없다. 마법사를 굳이 신경 쓸 필요도 없다. 그 성가신 초록 용도 마찬가지다. 그리고 분명 구덩이 안에 있는, 죽을 운명의 인간도 방해할 수 없다. 녀석은 곧 가장 끔찍한 죽음을 맞이할 테니까.

늪지의 작은 언덕과 구덩이에 웃음소리가 더 크게 울려 퍼졌다. 늪지 유령들은 공포에 몸을 납작 움츠렸다. 유령들은 둠라가가 웃으면 누군가가 고통을 받는다는 걸 끔찍한 경험으로 잘 알고 있었다. 생명체들은 곧 죽음을 맞이할 것이다. 주인의 한 입 거리 즐거움을 위해 잡았던, 축 늘어진 매를 꼭 쥐고 있는 유령조차, 최대한 가장 어두운 곳에 몸을 숨겼다.

둠라가는 웃음을 멈추었다. 우뚝 솟은 괴물의 충혈된 눈이 다시 줄로 시선을 돌렸다. 동시에, 새로운 소리가 늪지에 울려 퍼졌다. 북처럼 쿵쿵 울려대며, 그 소리는 부드럽게 시작했다가 이윽고 점점 더 강해지며, 점점 더 커져갔다.

크리스탈루스 또한 새로 연결된 줄에 시선을 고정했다. 왜냐하면 거기에서 북을 울리는 듯한 소리가 흘러나왔으니까. 시커먼 줄이 흔들리며, 강력하게 부풀어 올랐다. 그 힘은 아래로 흘러내렸다.

갑작스럽게, 크리스탈루스는 몸이 굳었다. 그 힘은 상상할 수 없을 만큼 사악하다는 걸 알았으니까. 그리고 그 힘이 괴물의 몸에 흘러들어가고 있다는 걸 알았으니까.

21

선택

보통 뭔가를 한다는 건 아무것도 하지 않는 것에 비해 훨씬 더 매력적이다. 그 뭔가 때문에 목숨을 잃기 전까지는……

크리스탈루스는 두려움에 떨며, 시커먼 그 줄이 떨리는 모습을 지켜보았다. 쿵쿵 울리는 굵은 북소리는, 소용돌이치는 안개에 퍼지며 유령의 늪에 울려 퍼졌다. 그 소리는 크리스탈루스의 머릿속에서도 끊임없이 울려 퍼졌다.

괴물은 줄에서 흐르는 그 사악한 힘으로 온몸을 채우며, 아발론에 엄청난 위험의 주문을 걸었다. 크리스탈루스는 그걸 확실히 느꼈다. 썩은 내가 진동하는 늪지의 분비물이 있는 야트막한 구덩이 안에 갇힌 자신의 처지를 잊을 만큼 그 위험을 확실히 느꼈다.

내가 어떻게 하면 될까? 도움을 줄 만한 사람한테 경고할 시간이 없어! 바질. 아니면 어디에 있는지도 모를 아버지.

손가락을 늪지 속에 찔러 넣으며 스스로에게 물었다.

진흙이 잔뜩 묻은 이마에 주름이 잡히며, 피부에 짙은 주름살이 파였다.

내가 어떻게 하면 될까?

크리스탈루스는 다시 물었다. 두 손으로 지저분한 진흙을 움켜쥐다 그 답을 깨달았다.

내가 할 수 있는 건 뭐든.

주변의 그림자들만큼 칠흑처럼 검은 두 눈이 늪지를 훑어보았다. 둠라가의 눈에서 나오는 기이한 붉은빛은 이제 별에서 내려온 줄의 맥박에 맞춰 고동치고 있었다. 크리스탈루스는 그 붉은빛 속에서 일렁이는 연기, 으스스한 거품이 이는 웅덩이 그리고 늪지 유령이 분명한 시커먼 그림자를 바라보았다.

얼굴을 찌푸리며, 저 사악한 늪지 유령들이 그 안에 일말의 선함을 지니고 있을지도 모른다고 상상한 자신이 얼마나 멍청했는지 생각했다. 분명히, 저들은 아버지가 마법의 거울을 찾는 걸 한 번 도와주었다. 하지만 그건 수 세기 전이었다. 리타 고르로부터 소중한 땅을 지키기 위해 끔찍한 희생을 치른 이후로 많은 세월이 흘렀다. 당시에는 죽을 운명이었지만, 그 잔혹한 장군은 여전히 지금도 그 흔적이 남아 있다.

저 생명체들이 결국 리타 고르를 위해 일하게 되었다니, 이 얼마나 쓰라린 역설이란 말인가? 한때 그 누구의 명령도 받지 않던 자부심 강하고 강력한 마법사였던 저들이 어떻게 이렇게 형편없이 추락할 수 있단 말인가?

아니야. 나는 저들한테 어떤 도움도 받지 않겠어.

크리스탈루스는 생각했다.

확고히 결심하고, 입을 꽉 다물었다.

하지만 내가 놈들을 피할 수는 있을 거야.

바로 지금, 늪지 유령들이 괴물의 눈에 띄지 않으려고 숨어 있는 동안, 크리스탈루스는 대담한 행동을 할 기회가 있었다. 제정신인 사람이라면 절대 생각하지 않을 뭔가를.

내가 저 괴물을 공격하겠어. 시간이 아직 남아 있을 때.

진흙이 잔뜩 묻은 옷 안, 허리춤에 칼집에 든 단검이 느껴졌다. 이처럼 큰 괴물을 상대로 하기에 단검은 별 도움이 되지 않을지도 모른다. 하지만 적어도 그 칼날은 아발론의 그 어떤 무기보다 날카로웠다. 기술이 뛰어난 칼 장인 요정들이 만든 칼이었다.

사실, 칼 장인이 했던 말이 지금 떠올랐다. 이 단검은 마법을 지니지 않은 사람이 휘둘러도 '마법으로 단단해진 가죽을' 뚫을 수 있다고 했었다.

음, 이제, 네게 멋진 기회가 될 거야.

크리스탈루스는 칼날을 두드리며 생각했다.

저 위에 우뚝 솟아 있는 어마어마한 모습을 올려다보았다. 단단한 어둠의 기둥처럼, 괴물은 소용돌이치는 안개 속에 우뚝 솟아 있었다. 붉은 눈이 늪지 저 위에서 빛났다. 시커먼 줄은 계속해서 고동치며, 뭔가 무시무시한 것을 괴물의 몸으로 밀어 넣었다. 저게 도대체 뭘까? 저 괴물에게 어떤 사악한 힘을 주고 있는 걸까? 그 어떤 것도 괴물을 막을 수 없을 만큼 괴물이 엄청난 힘을 갖으려면 시간이 얼마나 남았을까?

굳이 그걸 알아내지는 않을 거야. 내가 저 줄을 끊어 버릴 테니까.

얼굴을 찡그리며, 턱에서 진흙 덩어리를 닦아냈다.

조용히 그리고 천천히, 구덩이에서 몸을 들어 올렸다. 웅크리고 있는 유령들에 들키지 않으려 조심했다. 엄청나게 차갑고 썩어가는 살과 뼈가 가득 찬 고약한 물이 옷과 각반에 쏟아져 내렸다. 진득한 거름 덩이가 신발 안으로 스며드는 바람에, 움직일 때 신발이 벗겨질 뻔했다. 하지만 거의 알아차리지도 못했다. 관심은 온통 거대한 괴물에 맞추어져 있었으니까. 독수리 협곡의 안개 자욱한 절벽을 오르는 것처럼, 괴물 위로 기어오를 수 있기를 바랐다.

단, 이번 절벽은 살아 있었다. 그리고 그 절벽은 복수와 분노로 넘쳐나고 있었다.

크리스탈루스는 괴물의 몸통 아래쪽을 향해 슬금슬금 기어갔다. 유령처럼 비밀스럽게 움직이며, 주변의 그림자와 섞이려 최선을 다했다. 단 한 번만 실수해도 늪지 유령들이 떼 지어 달려들 게 분명했다. 그렇게 되면 저 시커먼 짐승의 몸으로 사악함이 흘러들지 못하게 하려는 목표는 성공하지 못할 거다. 아발론을 구하겠다는 결의 또한 성공하지 못할 거다. 그리고 세렐라를 두 번 다시는 보지 못하게 될 거다.

가장 개인적인 마지막 목표를 생각하며, 침을 꼴깍 삼켰다. 입속에서 느껴지는 쓰디쓴 맛보다 더 고약한 건 바로 세렐라와 함께 했던 그 모든 걸 잃을지도 모른다는 끔찍한 예감이었다. 자신이 이 무모한 시도에서 성공하지 못하면, 아발론은 곧 파멸의 운명에 처할 것임을 잘 알고 있었다. 그렇게 되면 결국 그 모든 걸 다 잃어버리게 될 것이다. 게다가, 세렐라는 이 계획을 완전히 이해해줄 것이다. 자신의 모험심을 칭찬해줄 것이다. 결국, 세렐라는 섀도루트로 돌아올 계획을 하고 있는 건 아닐까? 섀도루트에서 멀찍이 떨어져 있으라는 자신의 그 모든 간청을 무시했다. 자기 부족 사람들이 '어두운 죽음'이라고 부르는 전염병의 수수께끼를 풀기를 희망하면서 말이다.

크리스탈루스가 좀 더 가까이 기어가는 동안, 그 끔찍한 줄은 계속해서 고동쳤다. 쿵쿵, 쿵쿵, 쿵쿵. 늪지 그 자체가 치명적인 북소리에 맞춰 진동했다. 손아래 거름 덩이가 흘러나와 손가락 사이로 미끄러져 내렸다. 악취 고약한 웅덩이가 쿵쿵거리는 박자에 맞춰 출렁였다.

진로를 바꾸어, 배배 꼬인 늪지 풀 줄기 뒤로 미끄러져 들어갔다. 바로 앞에, 희미한 붉은빛에 늪지 유령 하나가 웅크리고 있는 게 살며시 보였다. 주인의 눈을 피해 낮은 구덩이 안에 몸을 움츠리고 있었지만, 크리스탈루스가 다가갈 때 의심스럽게 움직이는 게 보였다. 크리스탈루스는 기다렸다. 유령을 바라보는 동안, 심장이 쿵쾅 뛰었다. 긴장의 순간이 흐르고, 유령은 크리스탈루스를 잊은 듯, 구덩이 안으로 더 깊이 몸을 숙였다.

조심스럽게, 다시 기어가기 시작했다. 그 유령에서 가능한 멀찍이 떨어진 채, 다른 유령들에 대한 경계를 늦추지 않았다. 밤이 조금씩 스며들듯, 늪지 땅을 미끄러지듯 나아갔다. 조금씩, 목표물에 점점 가까이 다가갔다. 시간이 점점 흘러가고 있었다.

한편, 괴물은 그 자리에서 꿈틀거리며, 계속해서 펌프질하듯 몸을 출렁거렸다. 시커먼 빛이 줄을 따라 터지며 어둠의 에너지로 딱딱 씩씩 소리를 냈다. 그러는 사이, 쿵쿵 북소리가 내내 울리며 늪지 전체를 전율하게 만들었다.

크리스탈루스는 얼마 떨어지지 않은 곳에서 잠시 멈추었다. 괴물의 몸통 아랫부분이 보였다. 시커먼 주름진 덩어리. 찰랑거리는 구덩이 안에서는 액체가 출렁였다. 코를 쿵쿵거려 냄새를 맡아보고는 얼굴을 찡그렸다.

저 구덩이에서는 썩은 시체의 악취가 풍겨. 저 시체들은 어디서 온 걸까?

그 생각을 한편으로 밀쳐두고, 더 다급한 질문을 생각했다. 괴물의 끔찍한 살갗을 만지면 어떤 느낌일까? 저렇게 끊임없이 흔들리는데, 단단히 움켜잡고 오를 수 있을까? 괴물이 알아차리지는 않을까? 펌프질에 너무 집중한 나머지 알아차리지 못할까?

크리스탈루스는 망설이며 숨을 들이쉬었다.

해보면 알겠지.

그림자처럼 조용하게, 괴물의 웅덩이 안으로 미끄러져 들어갔다. 고약한 물이 각반에 달라붙고 후각을 마구 공격해왔다. 하지만 집중력을 흐트러트리지 않았다. 몇 초 동안, 그 물속에서 이리저리 첨벙첨벙 흔들리는 괴물의 아랫부분을 지켜보았다. 마침내, 기회를 잡고 돌진했다.

몸통 위로! 피부는 차가웠지만 부드러워서 붙잡을 만했다. 축 늘어진 피부에서 붙잡을 곳을 찾아내며, 높이 올라가기 시작했다. 비밀스럽게 계속 움직이며, 고약한 악취 위로 재빨리 몸을 들어 올렸다. 위에 무엇이 있는지 잠시 멈추어 흘끗 바라보니, 괴물이 연기 속에서 흔들리는 모습이 보였다. 거대한 몸통은 엄청나게 높이 솟아 있었다. 저 멀리 머리 위에, 불길한 불꽃으로 빛나는 시커먼 줄을 응시했다.

저 위로 올라가야 해. 너무 늦기 전에.

한순간, 흔들리는 광경에 현기증이 일었다. 시선을 돌려, 괴물의 빛나는 눈빛에 물든 두 손과 그 아래 빛이 하나도 비치지 않는 피부에 집중했다. 피부가 점점 차갑게 느껴졌다. 그건 평범한 느낌이 아니었다. 그 차가움은 서늘한 기온 때문이 아니라 그저 '기온의 부재'에서 오는 것이었으니까. 그 차가움은 완전한 '부정성'에서 왔다.

크리스탈루스는 손잡을 만한 곳을 찾아 더듬더듬 계속 올라갔다. 줄이 고동치듯 움직일 때마다 괴물의 몸에서 떨림이 아래로 흘러내렸다. 그 진동으로 괴물이 끊임없이 흔들렸지만, 앞으로 전진해 나갔다. 미끄러져 떨어져 내리지 않도록 조심스럽게 잡을 만한 곳을 고르며, 괴물이 자신의 존재를 알아차리지 못하도록 조심하며, 더 높이 올라갔다.

그리고 더 높이.

그리고 더 높이.

거친 숨을 몰아쉬며, 잠시 멈추어 얼마나 올라왔는지 확인해봤다. 어둠의 줄이 연결된 곳을 흘끗 올려다보았다. 퍽 가까웠다! 몇 분 뒤면, 그 연결 부위에 이를 수 있을 것이다. 다행이었다. 손가락 감각이 점점 없어지고 있으니까.

괴물의 피부에서 한 손을 떼어내 손가락을 꼼지락거려 보았다. 마비가 안 풀렸다. 단호하게, 옷 속에 손을 넣어 스케치북을 만져봤다. 익숙한 가죽 느낌, 또한 상대적인 온기와 더불어, 감각이 살짝 되살아났다. 하지만 계속해서 괴물에 손을 대고 있을 수는 없었다. 자칫, 때가 되었을 때 단검을 잡을 수 없을지도 모른다.

곧 도착할 거야.

크리스탈루스는 혼잣말을 했다.

위를 올려다보며, 다시 오를 채비를 했다. 갑자기 뭔가 이상한 걸 알아차렸나. 끔찍하게 이상했다. 제대로 보고 있는지 확인하러 눈을 가늘게 뜨고 자세히 들여다보았다.

크리스탈루스는 깜짝 놀랐다. 왜냐하면, 정말이지 제대로 보고 있었으니까.

괴물의 몸이 변하기 시작했다.

22

외눈박이 키클롭스

사람들은 어떤 곳에 들어가는 방식으로 자신을 드러낸다. 또한 나오는 방법으로 더 많은 걸 드러낸다.

크리스탈루스는 그 자리에 얼어붙은 채 이 기이한 새로운 광경을 올려다보았다. 고동치는 줄이 괴물의 몸과 연결된 곳에서, 피부가 잔물결을 일으키며 빵빵하게 부풀어 올랐다.

이 괴물은 변신하고 있어! 그런데 뭐로 변신하는 거지?

크리스탈루스는 초조하게 입술을 깨물었다.

마비된 손가락, 끊임없이 흔들리는 괴물, 심지어 서둘러야 할 필요성 등 다른 문제에 대한 생각은 싹 가셨다. 피부가 부풀어 오르는 모습을 입을 벌린 채 쳐다볼 뿐이었다. 괴물의 몸통 중간 부분 전체가 이제 계속해서 부풀어 오르고 있었다.

시커먼 어둠의 번갯불이 줄을 따라 탁탁 소리를 내고, 줄은 빛나는 눈에 맞춰 계속해서 고동쳤다. 줄에서 괴물의 몸으로 흘려보내는 게 뭔지는 모르겠지만, 빠른 속도로 괴물을 채워 나갔다. 그리고 그것이 괴물을 달라지게 했다.

크리스탈루스의 생각보다 더 빠르게, 괴물의 상반신 전부가 거대하고 튼튼한 가슴으로 부풀어 올랐다. 순식간에 발달한 어깨 위로 그루터기 두 개가 나타났다. 그루터기는 순식간에 밖으로 뻗어 나와 든든한 팔이 되었다. 맨 꼭대기에서는 거대한 머리가 생기고 있었다. 고동치는 붉은 눈 하나가 달린 머리가……

더 이상 밋밋한 벌레 같은 몸통의 거대한 거머리처럼 보이지 않았다. 괴물은 재빨리 뭔가 더 위험한 것으로, 움직이기에 훨씬 수월한 것으로 변신하고 있었다. 게다가 훨씬 더 힘이 센 것이란 걸 크리스탈루스는 확실히 알아차렸다.

저건 마치…… 트롤처럼 생겼어! 외눈박이 거대한 트롤.

크리스탈루스의 머릿속에 한 이미지가 부지불식간에 불쑥 튀어나왔다. 어릴 적에 전해 들은 신화에 나온 생명체. 지구의 그리스라 불리는 땅에서 온 이야기. 머릿속으로 그 생명체의 이름을 더듬어봤어.

키클롭스*. 그래 바로 그거야.

갑작스레, 크리스탈루스 아래 괴물의 피부에 주름이 생기더니, 이윽고 한가운데가 쩍 갈라졌다. 다리가 생겨났다!

찢어지는 소리가 끔찍하게 나며 피부가 갈라지는 순간, 크리스탈루스는 한쪽으로 펄쩍 뛰었다. 너무 차가워 이제 완전히 감각을 잃은 손가락으로 더듬으며, 새롭게 생겨나는 거대한 허벅지를 붙들려 낑낑댔다. 부질없이 시커먼 피부를 필사적으로 꽉 잡으려 했다. 자신의 무게를 버텨줄 무언가를 붙잡을 수 있기를 바랐다.

---

* 고대 그리스 신화에 나오는 외눈박이 거인.

아무것도 없었다! 크리스탈루스는 미끄러져 내리기 시작했다. 점점 속도가 빨라지며 아래로 미끄러졌다. 꽤 높은 곳에 있었기에, 그대로 떨어진다면 추락의 충격이든 아니면 분노한 늪지 유령의 손에 의해서든, 죽을 게 분명했다. 아발론을 구할 기회를 결코 갖지 못할 것이다.

어쩔 수 없이 정신을 완전히 잃고 뒤로 고꾸라지기 바로 직전, 발이 돌기에 걸렸다. 크리스탈루스는 그 돌기 위에 쿵 떨어졌다. 자리에서 일어서며, 몸 아래 확장하는 돌기가 무엇인지 알아차렸다.

트롤의 무릎받이로군.

저 위쪽, 근육질 허벅지와 괴물의 배에서 고동치는 줄을 올려다보며, 이제 시간이 얼마 남지 않았다는 걸 알 수 있었다. 저 줄을 자르려면 지금 당장 해야 했다. 저 줄을 자르면 트롤의 힘을 줄일 수 있을 거라는, 또는 적어도 트롤이 무적이 되는 걸 막을 수 있을 거라는 희망을 품고서……

다시 기어오르기 시작했다. 그 어느 때보다 재빨리. 마비된 손, 그리고 괴물의 몸이 커지고 있었지만, 빠른 속도로 올라갔다. 넘실거리는 거대한 벽을 기어오르는 작은 거미처럼, 점점 더 목표에 가까이 다가갔다.

나쁜 기운 같은 불꽃이 사방에 떨어져 내리며, 늪지에서 솟아나는 안개를 가로질러 식식 소리를 냈다. 불똥 하나가 어깨에 닿아, 차갑게 타오르며 옷에 구멍을 냈다. 크리스탈루스는 감각이 마비된 손으로 얼른 불똥을 털어내고 계속 올라갔다.

한편, 트롤은 더욱 또렷한 모습을 드러냈다. 커다란 팔 끝에서 억센 손가락이 세 개 달린 손이 자라났다. 어깨는 아주 커져, 굵고 단단한 목으로 변했다. 외눈박이 눈 아래로 비뚤배뚤 이빨이 가득 들어찬 거대한 입이 나타났다. 이윽고 입이 벌어지며 엄청난 굉음을 토해냈다. 늪지에 울려 퍼진 그 소리를 듣고, 늪지 유령들은 자신들이 누구를 위해 일하는지 다시 한번 상기했다.

그 굉음의 엄청난 힘 때문에 크리스탈루스도 거의 떨어져 내릴 뻔했다. 휘청거리다, 가까스로 허벅지 위쪽의 물결치는 근육을 잡고 버틸 수 있었다. 틈 사이에 발을 밀어 넣고, 균형을 되찾았다.

하지만 안도하기에는 일렀다. 트롤의 변신을 보며 뭔가 새로운 생각이 불현듯 들었으니까. 아발론의 절체절명의 위기를 알리는 생각……. 그저 추측에 불과했지만, 그 추측이 어찌나 끔찍한지 차라리 사실이 아니기를 간절히 바랐다.

이 트롤은 단순히 리타 고르의 마법으로 연료를 공급받는 게 아니었다. 훨씬 더 고약했다. 이 트롤이 바로 리타 고르 그 자체였다. '정령의 장군'의 몸이 생겼다. 리타 고르가 아발론으로 오는 중이다! 리타 고르는 어둠의 줄을 이용해 괴물의 몸으로 흘러들어 오고 있었다. 괴물의 몸을 자신의 몸으로 이용하고 있었다.

즉각, 크리스탈루스는 다시 기어오르기 시작했다. 이제 일분일초가 아쉬웠다.

내가 저 줄을 반드시 잘라야 해!

트롤이 다시 울부짖었다. 우뚝 솟은 전사는 거대한 팔을 하늘을 향해 쭉 뻗어 주먹을 쥐고 승리와 복수의 고함을 질렀다. 트롤은 자신의 힘이 지속적으로 커지는 걸 느낄 수 있었다. 자신을 위해 봉사한 거머리 같은 부하들 그 이상이었다. 그리고 그 부하들은 이제 중요한 임무를 완수했기에, 더 이상 존재할 필요가 없었다.

리타 고르는 자신의 여행이 시작된 깊은 어둠의 우물을 향해 얼굴을 들어 올렸다. 유한한 생명체의 모습으로, 세계 사이의 이 세계, 아발론으로 돌아올 날을 오랜 시간 기다렸다. 얼마나 오랫동안 이곳을 갈망했던가. 얼마나 오랫동안 이곳을 탐냈던가! 리타 고르는 자신의 풍부한 마법을 궁극적인 목표를 성취하는데 이제 곧 사용할 것이다. 모든 세계를 정복할 것이다.

리타 고르는 새로 자란 거대한 발 하나를 늪지에 힘껏 굴렸다. 거름 덩이, 썩어가는 살점 그리고 썩은 내 나는 물이 사방으로 튀었다. 그 모든 것이, 검은 번개 불꽃과 함께 웅크린 유령들의 등에 비처럼 쏟아져 내렸다.

리타 고르의 넓적한 입에서 침이 새어 나와, 턱 아래로 강물처럼 줄줄 흘러내렸다. 마침내 자신의 노고의 열매를 맛볼 것이다. 이 열매는 너무나 소중해서 이것을 얻기 위해 수 세기에 걸친 전쟁, 곤경, 치욕을 겪으며 버텨냈다. 승리. 정복. 이 세상을 비롯해 모든 세상의 적을 전멸시키는 것.

리타 고르의 무시무시한 눈이 빛나며, 독성 가득한 연기를 핏빛으로 물들였다. 리타 고르는 그 어떤 것도 이제 자신을 멈출 수 없다는 걸 알고 있었다. 어둠의 줄이 계속해서 힘을 채워주고 있었다. 불멸의 힘. 조금만 더 있으면, 이제 절대적인 무적이 될 것이다. 아발론을 지배할 수 있는 강한 힘을 얻을 것이다. 자신에 맞서려는 멍청한 녀석들은 누구든 무찌를 수 있는 잔인함을 얻을 것이다.

리타 고르는 입을 쩍 벌려 다시 한 번 승리의 포효를 내뿜으려 했다. 하지만 그 순간, 소음이 목에서 잦아들었다. 그러고는 승리가 아닌 분노의 울음을 내뿜었다. 그 분노의 힘이 늪지 전체를 뒤흔들었다.

리타 고르의 적! 적이 가까이 왔음을, 그 적이 공격하려 한다는 걸 알아차렸다. 눈이 분노로 이글거리며 사방을 두리번거렸다. 지금 당장 적이 어디에 있든, 고통스러운 죽음이 뒤따를 것이다.

크리스탈루스는, 트롤의 몸에 착 달라붙은 채, 붉은 눈빛이 자신을 향하고 있다는 걸 알아차렸다. 어쩔 수 없이 몸을 떨었다. 들킨 걸까? 목표에 이렇게 가까이 왔는데?

하지만 트롤의 시선은 크리스탈루스를 지나쳐갔다. 증오로 불타오르는 시선이 늪지 저 먼 곳을 향했다. 그곳에는 연기구름이 하늘을 향해 솟아났다. 크리스탈루스 또한 트롤의 시선을 따라 바라보았다.

바질가라드!

이 커다란 초록 용이 멀린을 태운 채 두 날개를 활짝 펴고 구름을 헤치며 다가오고 있었다. 무시무시한 트롤을 향해, 싸움을 위해 곧장 날아왔다.

23

공격

용의 비늘이 두꺼울지는 모른다. 그렇다고 해도 슬픔의 화살을 막을 수는 없다.

바질가라드는 늪지를 에워싼 일렁이는 짙은 연기를 뚫고 나왔다. 자신의 커다란 머리 꼭대기에 올라탄 멀린이 기대감으로 몸을 움직이는 게 느껴졌다. 동시에, 강력한 입에서부터 꼬리에 달린 곤봉에 이르기까지 몸이 바짝 긴장하는 것 또한 느낄 수 있었다. 바질가라드는, 마법사와 마찬가지로, 싸움 한복판을 향해 날아가고 있다는 걸 잘 알았다. 아발론을 위한 궁극적인 싸움.

시커먼 물안개를 흩뿌리며, 용은 저 위 연기를 파고들며 고동치는 붉은빛을 알아차렸다. 보지 않고도, 그 빛이 정확히 어디서 흘러나오는지 알아차렸다.

괴물의 눈이 분명해.

멀린은 동료의 생각을 듣고 고개를 끄덕였다. 턱수염이 바람에 날려 바질가라드의 귀를 철썩 내리쳤다. 어찌나 세게 내리치는지, 올빼미 유클리드가 비명을 지르며 턱수염에서 뛰어나와 마법사의 옷 주머니 안으로 들어가 버렸다.

"바질, 친구……."

멀린은 말을 꺼냈다. 용의 귀에 대고 직접 말하고 있었지만, 사납게 불어대는 바람 때문에 목소리를 높여야만 했다.

"웬일인지 우리의 가장 골치 아픈 문제가 늪지 괴물이 아닌 것 같은 생각이 들어."

"뭐라고요? 괴물은 리타 고르의 하수인이에요. 뭐가 더 골치 아플 수 있어요?"

용이 하늘을 날며 깜짝 놀라 주둥이를 움직여 따지듯 물었다.

"리타 고르 그 작자! 왠지 끔찍한 예감이 들어."

마법사가 소리쳤다. 바람이 멀린의 말을 갈랐다.

"내 평생 고작 몇 번만 느낀 예감이야. 내가 직접 그 전제 군주를 마주했을 때."

바질가라드는 넓은 날개를 저으며 목구멍 깊숙한 곳에서 울음을 토해냈다.

"나도 그 예감을 믿어야 한다는 거 알아요. 하지만 리타 고르가 어떻게 정령의 영토에서 이곳에 직접 올 수 있겠어요?"

"다그다와 달리 리타 고르는 뭐든 자기 뜻대로 시도할 수 있어. 리타 고르가 그 방법을 찾은 것 같아."

용은 단단한 날개로 고약한 냄새가 나는 연기를 내리쳤다. 그러다가 갑자기 귀를 앞으로 숙이는 바람에 마법사가 거의 떨어질 뻔했다. 하지만 바질가라드는 멀린의 놀란 비명을 듣지 못했다. 저 위 어딘가에서 끊임없이 울리는 북소리에 신경이 온통 맞춰져 있었기 때문이다.

"저기예요!"

바질가라드가 구름 장막을 뚫고 나오며 소리쳤다.

바로 앞에 트롤의 모습을 한 우뚝 솟은 전사가 희미하게 보였다. 하늘을 향해 뻗어 있는 줄에 몸통이 연결되어 있었다. 몸은 어둠이 꽁꽁 뭉쳐 생긴 것처럼 보였다. 바질가라드가 구름을 뚫고 나온 순간, 트롤은 하나뿐인 눈을 이들을 향해 맞춰, 분노에 찬 붉은빛으로 비췄다.

"저 줄, 저 줄은 뭔가 마법의 힘으로 움직이고 있어요."

바질가라드가 큰 소리로 말했다.

"맞아! 리타 고르의 마법이야."

멀린이 고개를 들어, 별을 향해 뻗은 어둠의 줄을 쫓으며 대답했다.

"음, 저 녀석한테 정말 끔찍한 냄새가 나는데요! 트롤의 겨드랑이 냄새, 늪지의 썩은 내를 풍겨요."

용은 콧구멍을 벌름거리며 대답했다.

마법사는 얼굴을 찡그렸다.

"지금은 네 후각을 과시할 때가 아니야. 공격 계획에 집중하도록 해!"

"그러고 있거든요, 걱정 마요."

바질가라드가 나지막하게 덧붙였다.

"하지만 침을 질질 흘리는 저 녀석은 정말 목욕 좀 해야겠어요."

용은 속도를 높이며, 저 아래에서 뒤따라오는 빛나는 작은 파란색 용을 흘끗 내려다보았다.

멀찍이 떨어져 있어! 만냐.

바질가라드는 만냐가 자신의 몸을 스스로 소중히 잘 챙기기를 간절히 바랐다. 만냐를 따라오기 위해 미친 듯이 날갯짓을 하는 작은 어린 용을 보며, 바질가라드는 덧붙였다.

그리고 너도, 간타.

"네가 감히 나를 공격해!"

트롤이 외쳤다. 목소리의 엄청난 힘이 구름을 가르고 늪지에 울려 퍼졌다.

"그럼! 네가 아발론을 공격했으니까!"

바질가라드도 울부짖었다. 그 목소리 또한 어마어마하게 우렁찼다.

이제 트롤의 허리까지 올라온 크리스탈루스는 숨을 들이켰다.

저들이 저기 있어! 바질. 그리고 우리 아버지도! 하지만 저들에게 도움이 필요할 거야.

크리스탈루스는 계속 올라갔다. 줄 끝부분에 이르기까지 이제 거리가 정말 얼마 남지 않았다. 등에 비처럼 쏟아지는 어둠의 불꽃을 아랑곳하지 않고, 계속 움직여 줄에 좀 더 가까이 다가갔다. 단검으로 그 줄을 끊을 수 있는지 알지 못했지만 시도는 해봐야 했다.

트롤은 거대한 다리로 빙글 돌아, 다가오는 용을 향해 얼굴을 마주했다. 하지만 트롤이 몸을 돌릴 때, 줄이 몸을 잡아당겼다. 트롤은 이 고동치는 줄 때문에 제대로 움직일 수 없다는 사실을 불현듯 깨달았다. 그 줄에 연결되어 있는 한, 행동에 제약이 있었다. 이 싸움꾼은 얼굴을 찡그렸다.

트롤은 시간이 좀 더 필요했다. …… 조금만 더 있으면 힘이 완성될 거고, 그러면 승리는 보장받을 것이다. 그 영광스러운 순간, 줄은 떨어져 나갈 것이다. 그리고 정복의 시대가 올 것이다.

트롤은 발 하나를 늪지에 쿵 내리쳤다. 고약한 냄새가 나는 물과 거름 덩이가 허공으로 높이 치솟고, 늪지가 요동쳤다.

"일어나, 유령들! 저 침략자들을 막아!"

트롤이 명령을 내렸다.

늪지 유령들은 위협적인 그림자처럼, 늪지에서 즉각 몸을 일으켜 세웠다. 이들은 일렁이는 연기 사이를 미끄러지듯 나아가 대형을 갖추었다. 그러고는, 마치 시커먼 얼룩처럼 한 덩어리가 되어 다가오는 용을 향해 곧장 날아갔다.

늪지 유령들은 돌격하며 거친 비명을 토해냈다. 바질가라드는 화를 내며 으르렁거렸다. 그 소리에 몇몇 유령이 주춤했다. 하지만 대부분은 맹렬하게 공격하며 바질가라드의 날개, 가슴, 머리를 들이받았다. 엘라노로 단단해진 비늘이 있어 이런 공격을 쉽게 물리쳤지만, 유령들이 얼굴 주위로 벌 떼처럼 떼 지어 달려드는 바람에, 바질가라드는 휘몰아치는 그림자 말고는 아무것도 볼 수 없었다.

"저리 비켜!"

바질가라드가 큰 소리로 외쳤다.

하지만 늪지 유령들은 더 세차게 공격해왔다.

바질가라드는 좌절감에 울부짖으며, 정말 하고 싶지 않은 행동을 했다. 속도를 줄였다. 그렇게 하지 않으면 트롤의 커다란 주먹이나 침을 줄줄 흘리는 입에 곧장 날아갈 위험이 있었다. 날개를 뒤로 뻗어 공격의 속도를 늦추었다. 그러고는 낮게 날아 늪지 유령들을 떨쳐내려 했다. 발톱이 늪지의 성가신 풀을 스칠 정도로 낮게 날았지만, 유령들은 계속해서 머리 주위를 에워쌌다.

용은 급격히 방향을 틀었다. 유령 떼를 아주 잠깐 흘끗 보고 날아가려고 했다.

어떻게 좀 해줄 수 없어요? 저 귀찮은 녀석들을 떨쳐낼 수 없어요. 이러다 보면 리타 고르한테 시간을 더 주게 되잖아요!

바질가라드는 멀린에게 텔레파시로 말했다.

하지만 마법사는 너무 바빠서 대답할 수 없었다. 멀린은 지팡이를 마구 휘두르며, 늪지 유령들을 하늘에서 내리쳐 없애려고 했다. 유령들은 마법사의 공격을 제법 잘 피하기는 했지만, 멀린은 이들을 자주 맞추었다. 일련의 불꽃이 지팡이에서 터져 나와 유령들을 시커먼 연기로 갈기갈기 찢어 버렸다. 하지만 잠시 후면, 유령이 다시 모습을 되찾아, 하나로 뭉쳐 다시 공격해왔다.

나도 최선을 다하고 있어. 정말이야.

멀린이 마침내 대답했다. 멀린은 바질가라드의 귓가에서 지팡이를 획획 휘둘렀다.

그걸로 충분하지 않아요!

용이 이리저리 마구 방향을 틀며 대답했다.

사실······.

멀린이 말을 꺼냈다. 그러고는 재빨리 연속해서 몇 차례 지팡이를 휘둘렀다.

이렇게 하는 건 별 효과도 없어. 저 유령들은 아주 똑똑하지는 않지만 파괴할 수는 없어. 놈들을 이길 방법은 없어!

"방법을 찾아봐요! 우리는 귀중한 시간을 허비하고 있다고요."

용이 큰 소리로 말했다.

그 순간, 리타 고르가 갑자기 복수심에 불타는 웃음을 터트렸다. 그 소리가 늪지를 가로지르며 쩌렁쩌렁 울려 퍼졌다.

"너는 나를 찾지도 못할 거야, 용. 어떻게 감히 나랑 싸우려 하지?"

리타 고르가 비아냥거렸다.

리타 고르는 늪지 유령에게서 벗어나지 못하고 이리저리 방향을 바꾸며 하늘을 나는 적의 모습을 지켜보았다. 그러고는 다시 비웃었다.

"우리가 싸우게 되면, 넌 이렇게 시간을 지체한 걸 후회하게 될 거야. 그리고 감히 나를 이길 수 있다고 생각한 네 어리석음도."

리타 고르가 고동치는 줄의 근원을 향해 위를 흘끗 올려다보며 당당하게 말했다.

이 모든 일이 벌어지는 동안, 만냐와 간타는 지독한 연기 장막을 뚫고 미끄러지듯 날아 가까이 다가왔다. 즉각, 이들은 바질가라드가 곤경에 처한 모습을 보았다. 늪지 위의 소용돌이치는 안개 사이로, 이 두 마리 작은 용은 서로 눈빛을 주고받았다.

"가서 바질을 도와줘. 저 유령들의 주의를 돌릴 수 있는 거면 뭐든 좀 해봐."

만냐가 명령했다.

"그럴게."

어린 용이 씩씩하게 말했다. 간타는 날개를 펄럭이며 날아올랐다.

만냐의 감청색 눈동자가 트롤을 향했다. 트롤은 바질가라드를 뚫어지게 바라보느라 연기 한가운데 있는 만냐를 아직 알아차리지 못했다. 만냐는 트롤을 싸늘하게 노려보았다.

"저 짐승 녀석이 완전 자기만족에 빠진 것 같네."

간타의 얼굴은 미소가 번졌다.

"가서 저 녀석을 좀 귀찮게 해봐."

만냐가 고개를 끄덕였다.

"그럴 거야. 하지만 기억해. 저 유령들은 아주 위험한 놈들이야."

만냐는 지느러미발을 조심스럽게 흔들며 말했다.

"나한테는 아니지."

간타가 응수했다. 간타는 주위를 한 바퀴 빙 돌아 방향을 돌려 적을 향해 잽싸게 날아갔다.

만냐는, 나름대로, 일렁이는 가스를 뚫고 크게 방향을 틀어, 트롤 뒤로 다가갔다. 최대한 자제하며, 지느러미발을 넓게 펼쳤다. 적이 방심하기를 바라며, 트롤의 등을 향해 곧장 돌진했다.

트롤의 커다란 몸통에 이르기 직전, 만냐는 위쪽으로 방향을 돌려, 털 없는 머리 뒤쪽을 스치듯 지나치며 꼬리를 들어 올렸다. 바질가라드의 것에 비하면 그다지 크지 않았지만 여전히 강력한 무기였다. 이윽고, 바다를 누비며 얻은 그 모든 힘을 다해, 꼬리를 세차게 흔들어 트롤의 두개골을 그대로 내리쳤다.

탁!

날카로운 소리가 늪지에 울려 퍼졌다. 즉각, 끈적끈적한 시커먼 액체가, 너무 짙어서 어둠의 액체처럼 보였는데, 트롤의 살갗에서 흘러나오기 시작했다.

만냐는 만족감에 고개를 끄덕였다.

바질이 무척 기뻐하겠는걸. 어서 이곳으로 왔으면 좋겠네. 그때까지는……

만냐는 생각했다. 바질가라드를 덮어 버린 짙은 안개를 초조하게 바라보았다.

만냐의 생각은 귀청이 찢어질 듯한 리타 고르의 포효로 멎어 버렸다.

24

우리가 사랑하는 세상

내 오랜 삶에서 여러 차례, 나는 미래를 알았으면 하고 바랐었다. 그런데 그 특별한 시간이 왔을 때, 나는 미래에 대해 생각할 수 없었다.

"으 아 아 아 악!"

리타 고르가 미친 듯이 고함쳤다. 그 울음이 강력한 바람처럼 늪지에 불어대, 연기를 흩어 버리고 웅덩이를 비워냈다.

트롤은 끓어오르는 분노를 느끼며 주위를 둘러보았다. 건장한 팔이 배에 붙어 있는 줄에 걸릴 뻔했다. 분노가 너무나 강렬해서 줄 밑부분에 가까스로 매달려 있는 크리스탈루스의 작은 모습을 알아차리지도 못했다. 아니다, 리타 고르의 마음은 한 가지 목표에 달라붙어 있었다. 감히 머리 뒤를 가격해 자신을 공격한 생명체를 찾아내는 것. 증오로 가득 찬 눈이 하늘을 훑으며 사납게 타올랐다.

트롤이 급작스럽게 몸을 돌리자, 크리스탈루스는 그대로 굴러 떨어지며, 손이 닿을 수 있는 유일한 곳, 그러니까 줄을 향해 돌진했다. 두 팔로 시커먼 줄을 감싸, 가까스로 그 위로 올라갈 수 있었다. 두 다리로 줄에 걸터앉아 보니, 줄이 불멸의 힘을 트롤에게 전달해주며 고동치고 있는 게 느껴졌다.

크리스탈루스는 마음을 가라앉히고, 숨을 깊이 들이쉬고, 그러고 나서 단검에 손을 뻗었다.

한편, 그보다 몇 초 일찍, 멀린은 뭔가 중요한 걸 기억해냈다. 늪지 유령들을 없앨 수 있는 새로운 전략을 생각해내, 휘두르던 지팡이를 옆구리에 넣었다. 바질가라드의 귀에 등을 기댄 채, 떼 지어 달려드는 유령들을 향해 얼굴을 들어 올렸다.

"내 말 들어봐, 나야, 멀린. 내가 말하지. 우리의 첫 만남 기억하나? 핀카이라의 마법의 거울에서 말이야. 우리는 친구야, 적이 아니라고! 너희가 내 목숨을 구해줬어. 그리고 나는 너희를 자유롭게 해줬지. 다시 한번 동맹을 맺자. 아발론의 이 새로운 세상에서."

멀린이 소리쳤다.

늪지 유령 몇몇이 마치 길고도 끔찍한 꿈에서 깨어나기라도 하듯, 비명을 멈추고 몸을 떨었다. 유령들은 멀린 위를 둥둥 떠다닐 뿐 공격하지는 않았다. 하지만 물러서지도 않았다. 그사이, 바질가라드는 늪지 위를 크게 날았다. 여전히 수변이 세대로 보이지 않았다. 바질가라드는 완전한 좌절로 울부짖었다.

하지만 멀린은 목소리를 낮추며 차분하게 계속 말을 이어갔다.

"우리는 함께 세상을 살아가고 있어, 너희와 나. 우리가 소중히 여기는 세상을. 우리가 사랑하는 세상을! 나를 다시 도와줘, 친구들. 너희의 훌륭하고, 현명하고, 진실한 자아로 돌아가 줘. 내가 한때 알았던 자아로. 한 번만 더 나와 함께 해줘. 아발론을 구하기 위한 지금 이 순간에!"

허공을 배회하던 유령들이 움직이기 시작했다. 몇몇은 아주 멀찍이 물러섰다. 그래서 이들이 떼 지어 내려앉은 이후 처음으로, 바질가라드는 늪지를 또렷하게 볼 수 있었다. 바질가라드는 리타 고르로부터 꽤 멀찍이 있었다. 그러자 소용돌이치는 연기 사이로 트롤의 거대한 몸이 살짝 보였다. 안개를 뚫고 다시 앞을 볼 수 있어서 기뻤다. 마침내 공격을 개시한다!

나쁘지 않은데요.

바질가라드가 멀린한테 텔레파시로 전했다.

음, 난 그저……:

마법사가 말을 꺼냈다. 하지만 트롤이 만나의 예상치 못한 공격을 받고 분노로 울부짖을 때 멀린의 생각은 갑자기 끊어졌다. 트롤의 분노가 폭발하며 늪지가 마구 요동쳤다.

그와 동시에, 물러서던 유령들이 멈추어서 분노의 비명을 질러댔다. 전능한 주인이 자신들이 물러나는 걸 보고 울부짖는 것이라고 믿고, 즉각 바질가라드와 멀린을 향해 다시 달려들기 시작했다. 더 빽빽하게 떼 지어 몰려들었다. 용의 눈에 달려들어 시야를 가려 버렸다.

"안 돼!"

바질가라드가 늪지 위에서 마구 빙빙 돌며 소리쳤다.

"젠장! 미안해, 바질. 저 빌어먹을 녀석들은 리타 고르가 두려워서 저러는 거야."

멀린이 공격해오는 유령 둘을 지팡이로 내리치며 소리쳤다.

용은 숨을 헉헉거렸다. 마음속에 번갯불처럼 새로운 아이디어가 환하게 번뜩 떠올랐다.

만약……:

같은 순간, 어린 간타가 삼촌의 시야를 가리고 있는 한 무리 늪지 유령 위로 날아올랐다. 분노가 핏줄을 타고 흘렀다. 뭔가를 해야 했다! 당장! 하지만 뭘 어떻게 한담?

간타의 눈이 분노로 붉어졌다. 저 유령들을 물리쳐야 했다. 유령들이 싸움에 끼어들지 못하게 해야 했다. 아발론 전역이 위기에 처해 있다! 바로 그때, 간타는 가슴 안쪽에서 새로운 울림을 느꼈다. 숨이 뜨거워지고, 목구멍이 단단히 조여 왔다. 이윽고 전에 한 번도 해본 적 없는 행동을 했다.

간타는 불을 내뿜었다! 비록 아주 작은 불꽃이었지만, 너무 작아서 늪지 유령들이 알아차리지도 못했지만, 간타에게 이것은 영토를 모조리 홀라당 태워 버릴 정도로 크고 어마어마한 불처럼 보였다.

한편, 바질가라드는 자신의 새로운 아이디어를 실행에 옮겼다. 냄새를 풍기는 능력을 활용해, 엄청나게 진한 냄새를 만들어냈다. 고약한 겨드랑이 냄새, 지독한 늪지 냄새, 씻지 않은 트롤의 냄새가 뒤섞인 악취였다. 그 악취는 강력하게 뿜어져 나왔다. 리타 고르의 모습과 너무나도 닮았다.

늪지 유령들은 갑자기 공포에 비명을 질러댔다. 자신들이 실수로 주인을 공격했다고 생각했다. 즉각, 사방으로 뿔뿔이 흩어졌다. 구덩이로 파고들고 웅덩이로 뛰어들며, 리타 고르의 끊임없는 분노에 대한 두려움으로 몸을 웅크렸다.

멀린은 눈이 휘둥그레진 채 알겠다는 듯 고개를 끄덕였다.

바질, 이번에는 내가 깊은 인상을 받아야겠는데.

용이 콧방귀를 뀌었다.

냄새를 풍기는 내 기술을 '쓸모없다'고 말하지나 말아요.

다시는 안 그럴게, 친구.

바질가라드는 몸을 휙 돌리며 그 강력한 날개를 움직였다. 깜짝 놀랍게도, 간타가 근처에서 날고 있었다. 바질가라드는 작지만 원기 왕성한 조카에게 눈을 찡긋해 보였다.

"내가 해냈어요, 바질 대장님! 내가 유령들을 겁주었어요. 내 불꽃 숨으로요!"

어린 용이 소리 높여 말했다. 간타는 날개를 열정적으로 펄럭거리며 작은 머리를 까딱까딱 움직였다.

바질가라드는 듣는 둥 마는 둥 고개를 끄덕였다.

"네가 해낼 줄 알았어."

그러고는 날개를 저어, 그토록 싸우기를 고대하던, 그토록 물리치기를 갈망하던 적을 향해 곧장 달려들었다.

바질가라드의 거대한 몸이 연기를 뚫고 나아갔다. 갈가리 흩어진 안개가 바질가라드의 들쭉날쭉한 날개 끝, 치명적인 발톱, 거대한 꼬리에 달라붙었다. 행동을 개시할 준비가 된 멀린은 용의 머리 꼭대기에서 몸을 웅크렸다. 둘 모두 드디어 리타 고르를 정면으로 마주하게 되리라는 걸 알았다. 이 싸움이 아발론의 운명을 결정지으리라는 걸 알았다.

이들이 마지막 구름 장막을 뚫고 나아가자, 트롤이 서 있는 모습이 똑똑히 보였다. 하지만 리타 고르의 관심은 이들을 향하지 않았다. 오히려, 리타 고르의 분노는 온통 다른 적을 향해 있었다. 훨씬 더 가녀린 용, 그 파란 비늘이 늪지의 어둠 속에서도 빛나고 있었다.

만냐! 만냐를 보자 바질가라드의 심장이 마구 뛰었다. 기쁨 때문이 아니라 두려움 때문이었다. 왜냐하면 만냐는 위험천만하게도 트롤 가까이 날고 있었으니까. 트롤이 무지막지한 손을 휘두르면 끝장이었다.

"조심해!"

바질가라드는 날개를 힘껏 저어 속도를 최대한으로 높이며 소리쳤다.

하지만 만냐는 경고를 듣지 못했다. 트롤의 머리를 연신 빙글빙글 돌았다. 귀 하나를 거의 스쳐 지나갔다. 만냐가 빠른 속도로 내려앉으며 꼬리를 세게 휘둘러 트롤의 귓불을 찔렀다.

리타 고르는 분노를 억제하지 못하고 요란하게 울부짖었다. 시커먼 물이 상처에서 새어 나왔다. 만냐는 속도를 줄여 자신이 이룬 성과를 흘끗 바라보며 기뻐했다. 리타 고르의 붉은 눈은 분노로 이글이글 타오르며 만냐의 움직임을 예의 주시했다. 만냐가 속도를 다시 높이기도 전에, 트롤은 거대한 주먹을 휘둘렀다.

"안 돼!"

바질가라드가 울부짖었다.

"조심해!"

멀린이 소리쳤다.

이들의 외침은 만냐의 비명 그리고 리타 고르의 주먹이 만냐의 몸에 부딪쳐 뼈가 박살나는 소리와 뒤섞였다. 만냐는 하늘에서 비틀거리더니 늪지로 곧장 떨어져 내렸다.

25

멀린의 딜레마

나는 무엇보다 두 가지를 바랐다. 그중 하나는 내가 선택한 것에 대한 보다 분명한 이해이고, 다른 하나는 그 선택을 위해 좀 더 많은 시간이 있었으면 하는 것이다.

"만냐!"

바질가라드가 소리쳤다. 그 뒤틀린 메아리가 늪지에 연달아 울려 퍼졌다.

바질가라드는 날개를 기울여 만냐가 추락한 곳을 향해 아래로 방향을 틀기 시작했다. 부글부글 끓는 웅덩이가 짙은 안개에 가려 있었다. 그 순간, 멀린은 바질가라드의 귀 끝을 잡아당겼다.

"지금은 안 돼, 바질!"

"만냐한테 가야 해요."

용이 절규했다.

"나중에, 들어봐, 네 기분이 어떤지 나도 잘 알아. 내 말 믿어, 나도 안다고! 하지만 우리가 저 트롤을 멈출 수 있는 시간이 이제 얼마 남지 않았어. 저 녀석이 저 줄에서 흘러나오는 리타 고르의 그 모든 힘을 다 얻기 전에 해야 해!"

마법사가 간청했다.

바질가라드는 주춤했지만, 계속해서 아래로 내려갔다. 평상시에는 아주 밝게 빛나던 두 눈은 주변 늪지만큼이나 그늘이 짙게 드리웠다.

"만냐를…… 남겨둘 수 없어요. 만냐를…… 잃을 수 없어요."

친구가 처한 곤경 때문에 눈가가 촉촉해지기는 했지만, 마법사는 지팡이로 용의 머리를 토닥였다.

"바질, 이건 우리의 마지막 기회야! 우리는 싸워야 해."

커다란 용은 이빨을 부드득 갈았다.

"아니. 당신은 싸워요. 나는…… 만냐한테 갈 거야."

바질가라드가 선언하듯 말했다.

"좋아. 하지만 먼저 나를 줄로 데려다줘. 최대한 빨리!"

멀린이 마지못해 동의했다.

바질가라드는 위로 솟구쳤다. 강력한 날개를 저으며 으르렁거렸다.

"준비해요."

"준비? 무슨 준비?"

마법사가 물었다.

"혼자 하늘을 날 기회를요."

"혼자서 난다고?"

바질가라드는 날개를 힘차게 저으며 고개를 끄덕였다.

"그래야 눈에 띄지 않고 줄에 다가갈 수 있을 거예요. 그리고 나를 싸움에 끌어들이지 않고요."

바질가라드는 연기를 가르며 점점 더 속도를 냈다.

"하지만, 바질⋯⋯."

갑작스레, 용은 두 날개를 뒤로 접어, 허공에서 비행을 멈추었다. 동시에, 목을 앞으로 휙 내밀어, 멀린을 안개 속으로 내동댕이쳤다. 마법사는 갑작스레 두 팔을 마구 휘저으며 허공을 날았다. 옷은 나풀거리고, 턱수염은 바람에 날렸다. 멀린은 트롤과 저 위 하늘을 이어주는 어둠의 줄로, 그리고 트롤에게로 곧장 날아갔다. 다행스럽게도, 리타 고르의 외눈은 다른 곳을 향하고 있었다. 만냐가 추락한 바로 그곳으로.

멀린은 줄을 향해 곧장 날아갔다. 스쳐 지나가는 바람 속에서 높이를 가늠했다. 트롤의 배와 고동치는 눈 사이 중간쯤이었다.

내가 저 줄을 잡을 수만 있다면, 그렇게 타격이 크지는 않을 거야.

멀린은 생각했다.

주머니 깊숙이 숨어 있던 유클리드는 머리를 쏙 내밀었다. 마법사가 허공을 나는 모습을 보고, 두려움에 비명을 질렀다. 이윽고 마법사가 날아가는 쪽을 보고는 다시 비명을 질렀다. 작은 날개를 미친 듯이 휘저어, 주머니에서 몸부림치듯 빠져 나와 허공을 날았다. 그곳에서 혼자 힘으로 날았다.

잠시 뒤, 멀린은 줄에 부딪쳤다. 바람에 날려 온 나방 한 마리가 나뭇가지에 부딪치듯, 멀린은 줄에 세게 부딪친 뒤 단단히 잡았다. 날아온 속도 때문에 하마터면 떨어져 나갈 뻔했다. 팔과 다리로 줄을 단단히 감싸 안고 매달려서, 추락하지 않으려 버둥거렸다. 살짝 미끄러지기는 했지만, 마침내 몸을 단단히 고정시킬 수 있었다. 숨을 헐떡이며, 이마를 줄에 기댔다.

이 줄이 고동치는 게 느껴져!

멀린은 줄이 쿵쿵 뛸 때마다 적이 강해지는 걸 알았다. 조금만 더 있으면, 리타 고르는 도저히 막을 수 없게 될 거다.

멀린은 고개를 들었다. 그래야 한다는 걸 알았다. 별을 가리고 있는 짙은 안개를 올려다보니, 트롤의 단단한 어깨 윤곽과 뾰족한 입이 보였다. 두 개 다 불길한 저 핏발 선 눈빛을 받아 빛났다. 그 눈은 고동치는 줄과 한 몸처럼 계속해서 빛을 뿜었다.

저 눈이 가장 약한 곳이야. 그리고 내 유일한 희망이고.

멀린이 단호하게 생각했다.

멀린은 줄에서 한 손을 떼어내, 허리춤에서 지팡이를 꺼냈다. 마침내, 비뚤배뚤 옹이진 지팡이를 꽉 움켜잡았다. 이윽고 마치 오랜 친구에게 말하는 것처럼, 지팡이에 대고 속삭이듯 말했다.

"나는 이제 네가 필요해, 오니알레이(Ohnyalei), 그 어느 때보다 더. 네가 지닌 힘을 모두 끌어모아 주기를 바란다. 네가 끌어모을 수 있는 불꽃을 모두 다."

그러고는 저 위에서 빛나는 눈을 흘끗 바라보며 덧붙였다.

"그걸로 충분하지 않을지도 모르지만."

지팡이가 손 안에서 부르르 떨렸다. 이윽고, 섬세한 새벽빛처럼, 지팡이 끝이 살짝 빛나기 시작했다. 곧, 은빛 이 우라가 지팡이 주변을 희미하게 감쌌다.

멀린은 초조하게 하늘을 흘끗 바라보며 지팡이를 유심히 지켜보았다. 저 아래 트롤의 허리께 즈음, 누군가가 고동치는 줄에 매달려 있다는 사실을 결코 알아차리지 못했다.

한편, 크리스탈루스 또한 결코 위를 올려다보지 않았다. 만약 위를 올려다봤다면, 지팡이로 공격을 준비하는 아버지를 알아차렸을 것이다. 사실, 이 아들은 단검으로 어둠의 줄을 자르는데 온 힘을 기울이고 있었다. 얼굴과 손에서 땀이 줄줄 흘러나왔다. 팔 근육이 긴장으로 욱신 거렸다. 그래봤자 지금껏 줄의 거친 표면을 긁어대고 있을 뿐이었다.

바질은 어디 있을까? 그리고 우리 아버지는? 그리고 이 괴물을 공격 했던 그 용은 어떻게 됐을까?

크리스탈루스는 옷소매로 이마의 땀을 훔쳐내며 궁금해했다.

바로 그 순간, 바질가라드는 만냐가 추락한 냄새 고약한 웅덩이에서 만냐의 축 늘어진 몸을 꺼내고 있었다. 이빨로 만냐의 지느러미발을 살 며시 물고, 웅덩이에서 몸을 다 끄집어냈다. 진흙에서 몸이 잘 빠지지 않았지만 결국 해냈다. 축축하지만 훨씬 더 단단한 땅으로 만냐를 끌어 내고는 침울한 표정으로 내려다보았다.

이탄 덩어리와 썩어가는 살점이 만냐의 얼굴을 뒤덮었다. 시커먼 거 름 덩이가 한때 빛나던 비늘에 죽죽 달라붙었다. 감청색 눈동자는 감긴 눈꺼풀 뒤에 숨어 있었다. 설상가상, 만냐는 꼼짝도 하지 않았다. 죽은 듯 꼼짝하지 않았다. 숨을 쉬지도 눈을 깜빡이지도 신음을 토해내지도 않았다.

바질가라드는 커다란 머리를 하늘을 향해 들어 올려, 목을 위로 쭉 내밀고, 고통에 울부짖었다. 분노로 가득 찬 울부짖음이었다. 그 모든 고통을 듣는 건 끔찍했다. 지금껏 아발론에서 들어본 그 어떤 소리도 용의 이 흐느낌보다 더 큰 고통을 실어 오지는 않았다.

근처 그림자 속에 간타가 작은 날개를 등에 접은 채 앉아 있었다. 불 을 내뿜던 그 모든 즐거움은 사라지고 없었다. 대신, 삶의 불꽃이, 특히 그처럼 생동감 넘치는 누군가에게서 어떻게 이처럼 빨리 끝날 수 있는 지 의아해했다.

바질가라드의 눈에서 늪지의 일렁이는 연기처럼 시커먼 눈물방울이

뚝뚝 떨어졌다. 눈물은 비늘을 타고 긴 목을 따라 어깨까지 주르륵 흘러내렸다. 눈물은 초록 눈빛을 담고 흘러내렸다. 반짝이는 눈물이 만냐의 생명 없는 목구멍에 떨어져 내렸다.

"믿을 수 없군! 내가 저 벌레 같은 놈을 다시 죽여 버리겠어. 할 수만 있다면. 네가 고통받는 모습을 보고 싶군."

트롤이 쩌렁쩌렁 소리쳤다. 귀에 거슬리는 웃음소리가 솟아올랐다.

바질가라드는 슬픔에 빠져 아무런 반응도 하지 않았다. 위를 올려다보지도 않았다. 그저 날개로 만냐의 얼굴을 쓰다듬을 뿐이었다.

"내 말 안 들려? 귀 먹었어? 아니면 겁을 먹은 거야?"

리타 고르가 아우성쳤다.

바질가라드가 여전히 아무런 반응이 없자, 트롤은 바질가라드를 노려보았다. 분노에 차, 흐느끼는 용을 향해 발을 옮겼다. 하지만 줄에 걸리는 바람에 한 걸음 이상 뗄 수 없었다. 좌절의 포효로, 그 커다란 발로 늪지를 쿵 밟아, 진흙과 액체를 마구 튀겼다. 고동치는 눈을 바질가라드에게서 떼지 않았기에, 트롤은 작은 두 사람이 줄에 매달려 있다는 걸 알아차리지 못했다.

멀린은, 자신의 지팡이가 마침내 준비가 되었을 거라는 기대를 안고, 지팡이의 은빛 광채를 응시했다.

"이게 네가 지닌 전부니? 우리는 전부 다 필요할 거야."

멀린은 속삭였다.

지팡이 끝이 약간 더 밝아지더니, 찍찍 소리를 내며 에너지로 가득 찼다.

"좋아. 네 강력한 돌풍을 보내……."

멀린은 지팡이를 들어 올려 트롤의 그 사악한 눈을 겨냥했다.

리타 고르가 깜짝 놀라 갑자기 울부짖는 바람에, 마법사는 명령을 끝마치지 못했다. 그 순간, 멀린은 적이 정확히 무엇을 쳐다보고 있는지 알아차렸다. 크리스탈루스! 트롤의 배가 줄과 연결된 곳 아래, 크리스탈루스가 단검을 들고 앉아 줄을 끊으려 끙끙대고 있었다.

세상에, 저 녀석이 대담하게도!

멀린은 트롤만큼 놀랐다.

놀라움의 울부짖음은 재빨리 분노로 바뀌었다. 리타 고르는 커다란 손을 아래로 쭉 뻗어 크리스탈루스를 들어 올렸다. 그러고는 버둥대는 남자의 가슴을 엄지와 검지로 눌렀다. 어찌나 세게 눌렀는지, 크리스탈루스는 숨을 헐떡이며 단검을 툭 떨어트리고 말았다. 칼은 아래로 떨어져 내려, 트롤의 무릎에 튕겨, 저 아래 늪지로 풍덩 빠져 버렸다.

리타 고르는 침을 줄줄 흘리는 들쭉날쭉 날카로운 이빨이 가득 들어 찬 입을 향해 크리스탈루스를 높이 들어 올렸다. 한편에서 크리스탈루스는 아주 가까이 멀린을 지나쳤다. 아버지가 줄에 매달린 모습에 깜짝 놀라 눈이 휘둥그레졌다. 아주 짧은 순간, 두 사람의 눈길이 마주쳤다. 몇 년 동안 서로 마주보지 않던, 석탄처럼 검은 두 쌍의 눈. 그 순간, 아버지와 아들 모두 가능하리라고 믿었던 것 이상을 보았다.

멀린은, 머리 위로 지팡이를 든 채, 주저했다. 멀린이 눈썹을 높이 치켜떴다.

트롤의 눈을 공격해야 하나? 아니면 크리스탈루스를 도와줘야 하나? 아발론을 구하기 위한 시도를 해야 할까? 아니면 아들을 구해야 할까?

아버지의 깜짝 놀란 얼굴 표정을 쳐다보며, 크리스탈루스는 즉각 마법사의 생각을 그리고 아버지가 처한 딜레마를 추측했다.

"안 돼요, 아버지! 저는 잊으세요. 이 짐승을 죽이세요!"

아들은 힘겹게 소리쳤다. 숨 쉬는 것도 힘들었다.

리타 고르가 이 희생자를 더 높이 들어 올리는 동안, 그 커다란 입에서 침이 줄줄 흘러 나왔다.

"널 먹어 치우겠다, 벌레 같은 녀석. 널 삼켜 버리겠어!"

멀린은 여전히 주저했다. 마치 시간이 꽁꽁 얼어붙은 것 같았다. 멀린은 무엇을 해야 하는지 잘 알고 있었다. 리타 고르가 아발론을 지배하지 못하도록 하려면 이 순간을, 이 마지막 기회를 놓쳐서는 안 되었다. 지금 손에 들고 있는 지팡이는 단순히 하나의 무기가 아니라, 이 세상의 마지막 희망이었다.

게다가, 아들은 특별한 대접을 받아야 할 사람이 아니었다. 사실, 아들은 자신에게 말로 칼보다 더 깊은 상처를 줬었다. 자신과 멀리 떨어지려 무엇이든 했었다. 그 무엇보다, 마법사의 마음에 상처를 줬다.

저 아이는 내 아들이야.

멀린은 혼잣말을 했다. 그러고는 입술을 깨물었다.

저 아이 말이 맞아! 저 아이는 자신이 죽어야 아발론이 살 수 있다는 걸 알고 있어.

멀린은 떨리는 목소리로 조용히 밀했다.

"미안하다, 크리스탈루스. 정말 미안하다."

멀린은 얼굴을 잔뜩 찡그린 채, 침이 뚝뚝 떨어지는 트롤의 입에 가까이 다가가는 아들의 모습을 지켜보았다. 그러고는, 결심을 하고, 자신의 빛나는 지팡이를 겨누고 명령을 내렸다.

"저 아이를 구해. 내 아들을 구해!"

강렬한 번갯불이 지팡이 끝에서 뻗어 나와, 허공에서 둥글게 빛나며 나아갔다. 번갯불은 트롤의 손가락 관절 바로 아래에 맞았다. 괴물의 살점을 도려낼 정도로 세지는 않았지만, 살갗을 불태울 정도는 되었다. 리타 고르는 갑작스러운 고통에 끙음을 내며, 화상을 입은 손을 벌려 크리스탈루스를 떨어트렸다.

빛이 너무 강해서 늪지 전체가 환하게 빛났다. 아주 짧은 순간, 겹겹이 쌓인 그림자가 멀리 흩어졌다. 리타 고르는 뜨거워 끙음을 질러대며, 밝은 불빛 때문에 휘청거리며 눈을 질끈 감았다. 그래서 다음에 무슨 일이 벌어지는지 볼 수 없었다.

멀린은 고동치는 줄에서 펄쩍 뛰어내렸다. 여전히 빛나는 지팡이를 잡고 공중에 떠서, 크리스탈루스를 붙잡기 위해 날아올랐다. 저기! 마법사는 한 손을 아들의 허리에 감싸 꽉 잡았다. 헝클어진 턱수염이 젊은 이의 바람에 나부끼는 머리카락과 섞였다.

마지막 강력한 폭발에서, 사그라지는 지팡이가 이들을 모두 아래로 데려다주었다. 두 사람이 트롤에서 약간 떨어진 늪지 웅덩이에 내려앉았을 때, 지팡이가 탁탁 소리를 내며 한 번 더 불꽃이 일더니 마침내 꺼져 버렸다. 다시 한번 늪지에 어둠이 내려앉았다. 저 위, 리타 고르가 다시 뜬 눈에서 비치는 고동치는 붉은빛만 있을 뿐이었다.

멀린은 지팡이에 기대 웅덩이 거름 덩이에서 몸을 똑바로 일으켜 세웠다. 이제 주변에서 일렁이는 연기처럼 시커먼 지팡이를 손가락으로 스르르 매만졌다. 지팡이의 힘이 다 떨어졌다는 것을 잘 알았다. 지팡이의 마법이 다시 회복되기까지는 한참이 걸린다는 것도 알았다. 리타 고르를 막을 수 있는 방법이 더 이상 없다는 것 또한 잘 알았다. 그럼에도 웬일인지, 자신이 올바른 선택을 했다고 생각했다.

멀린은 지팡이를 쳐다보며 속삭였다. 지팡이 테두리가 붉은빛으로 희미하게 빛났다.

"고마워, 친구."

웅덩이의 좀 더 깊은 쪽에 서 있던 크리스탈루스는 아버지를 향해 발걸음을 옮기며 다가가자 신발이 진흙에 푹푹 빠졌다. 얼굴은 잔뜩 찌푸린 채였다.

"이렇게 하지 말았어야 해요."

멀린은 고개를 끄덕였다.

"나도 알아."

"멍청한 짓이었어요. 정말 멍청했다고요."

크리스탈루스는 코에서 진흙 덩어리를 털어냈다.

"그래, 나도 알아."

마법사가 진흙이 잔뜩 묻은 턱수염을 손으로 쓸어내리다 잠시 멈추었다. 유클리드의 깃털로 덮인 몸이 하늘에서 내려와 둥지로 들어갔으니까. 이윽고, 아들을 바라보며, 멀린은 덧붙였다.

"하지만 너도 잘 알다시피…… 내가 멍청한 짓을 한 건 이번이 처음은 아니야."

크리스탈루스는 아버지를 쳐다보았다. 표정이 점점 풀어지기 시작했다. 분명 사과의 말을 들었으니까.

"제 생각에, 그건 우리 가문의 피에 흐르는 것 같아요."

아들이 대답했다.

저 위에서, 리타 고르가 사납게 울부짖었다.

"어디 있어, 벌레야? 너를 찾으면, 널 짓뭉개고, 팔다리를 부러뜨리고, 피부 껍데기를 벗겨내 주마. 그대로 먹어 치워 주지!"

리타 고르의 충혈된 눈이 분노로 이글이글 타오르며 늪지를 이리저리 찾아보았다. 하지만 두 작은 인간은 저 아래 어두컴컴한 웅덩이 안에 있었다. 짙은 연기에 쌓여 있어서 눈에 띄지 않았다. 트롤은 분노로 울부짖으며 자신의 움직임을 방해하는, 자신이 오랫동안 기다려왔던 아발론의 정복을 완수하는 걸 막고 있는 줄을 잡아당겼다.

어둠의 줄은 다시 한번 고동치며, 마지막 힘의 방울을 리타 고르의 몸으로 밀어 넣었다. 이윽고, 즉각, 줄이 녹아내리기 시작했다. 시커먼 어둠의 불꽃이 줄을 따라 터지며, 안개 속에서 씩씩 탁탁 타올랐다. 별 사이의 텅 빈 공간까지 쭉 뻗어 있던 줄이 모조리 허물어졌다. 허공에 걸려 불길하게 타오르는 시커먼 불꽃은 가느다란 흔적만 남았다.

리타 고르는 승리의 포효를 내질렀다. 드디어 완전히 자유로워졌다.

26

모래알 하나

힘은 보통 그것으로 무엇을 하는가? 즉, 긍정적이든 부정적이든, 사람과 장소에 대한 영향으로 정의된다. 그런데 그 힘이 어디에서 오는지가 더 중요하다. 그 원천에서 당신은 불후의 미스터리를…… 그리고 궁극적인 힘을 찾을 것이다.

리타 고르의 눈은 바질가라드를 향했다. 이글거리는 붉은빛이 어둠을 불태웠다. 비탄에 빠진 용은 날개 끝으로 여전히 만나의 생기 없는 몸을 쓰다듬으며 늪지 웅덩이에서 꼼짝하시 않았다.

"널 먼저 죽여 버리겠다. 제일 먼저!"

우뚝 솟은 이 싸움꾼이 늪지에 발을 쿵쾅거리며 큰 소리로 외쳤다.

리타 고르의 걷잡을 수 없는 붉은 눈이 하늘로 솟구치는 시커먼 불꽃의 흔적을 흘끗 바라보았다. 그것은 사후 세계에서 자신에게 힘을 전달해준 시커먼 줄이 남은 흔적이라는 걸 알고 있었다. 나머지 줄은 마침내 분해되었다. 아발론에 도착해 트롤의 유한한 형태를 취한 뒤 처음으로, 리타 고르의 입이 웃음으로 야만스럽게 일그러졌다. 마침내 자신의 시간이 도래했다.

리타 고르는 바질가라드를 향해 한 발 더 성큼 걸어갔다. 발자국의 힘이 늪지 전체를 뒤흔드는 바람에, 움츠린 유령들은 진흙 깊숙이 몸을 숨겼다. 진흙 덩어리와 거름 덩이가 초록 용의 등에 튀었다. 하지만 바질가라드는 여전히 만냐 옆에서 꼼짝하지 않았다.

멀지 않은 곳, 만냐가 떨어진 웅덩이 건너편에서, 간타는 거대한 트롤을 보며 그 작은 몸을 두려움에 떨었다. 하지만 간타는 달아나지 않았다. 덜덜 떨리는 이빨 사이로, 스스로 다짐했다.

"바질 대장님이 이곳에 머무르는 한…… 나도 머무를 거야."

리타 고르는 바질가라드를 불쾌한 표정으로 내려다보며 선언했다.

"네가 겁쟁이라서 나랑 싸우지 않겠다면, 내가 너를 쓸모없는 곤충처럼 곧장 짓뭉개 버릴 테다. 그러고 나서 네 세상도 똑같이 해주지."

리타 고르는 거대한 발을 들어 올려, 온몸의 무게로 용의 등을 짓뭉갤 준비를 했다. 그러면서 입술을 뒤틀며 고함치듯 내뱉었다.

"넌 내게 아무것도 아니야. 아무것도! 내게, 넌 모래알 하나만큼 보잘것 없어."

그 말에 바질가라드는 움찔, 슬픔에서 깨어났다. 그 말이 늪지에 울려 퍼지는 사이, 바질가라드의 머릿속에서도 맴돌았다.

모래알 하나만큼 보잘 것 없다…… 모래알…… 모래알…….

"모래."

초록 용이 말했다. 마치 악몽에서 깨어나듯 몸을 흔들었다. 이윽고 만냐를 흘끗 살펴보았다. 만냐의 감청색 눈을 다시는 보지 못할 거다. 바질가라드는 몸을 움츠리고, 옆구리의 날개를 덜거덕댔다. 지금, 만냐의 끔찍한 추락 이후 처음으로, 왜 만냐가 온몸을 다 바쳐 싸웠는지,

왜 만냐가 죽게 되었는지 그 이유를 떠올렸다. 아발론을 위해, 둘 모두가 사랑한 세상을 위해…….

트롤의 무시무시한 발이 바질가라드 위로 올라갔다. 하지만 바질가라드는 관심을 두지 않았다. 모래에 대해 뭔가를 떠올리려 노력하느라 정신이 없었다. 다그다가 언젠가 말해준 무언가를. 무슨 말이었더라? 그래, 그거야!

"아주 자그마한 모래알 하나가 저울을 기울게 할 수 있는 것처럼, 한 사람의 의지의 무게가 온 세상을 들어 올릴 수 있다."

온 *세상*.

즉각, 바질가라드는 이 세상의 모든 영토에서 모래 한 알, 물 한 방울, 구름 한 움큼을 삼키라는 다그다의 이상한 명령을 떠올렸다. 왜 위대한 정령이 자신에게 그런 무의미한 명령을 내렸는지 이따금 궁금했었다. 모래알에서 자신이 무엇을 얻을 수 있단 말인가?

숨을 들이쉴 때 가슴이 크게 움직였다. 즉각, 바질가라드는 이해했다! 각각의 장소에서 작은 조각을 삼킴으로써, 그 장소의 물질적 경이로움의 한 부분 이상을 몸속에 받아들인 것이다. 그 이상으로, 훨씬 이상으로, 그곳의 마법의 일부를 몸속에 받아들이는 것이다.

리타 고르는 아니꼽게 웃으며 커다란 발을 용의 등에 들어 올렸다. 그 어느 때보다 요란하게 울부짖으며 입을 열었다.

"그리고 이제…….."

바질가라드의 눈이 커졌다. 죽음이 가까이 왔기 때문이 아니었다. 다그다의 명령이 진정으로 무엇을 의미하는지 깨달았기 때문이다. 마음이 바삐 움직였다. 아발론의 영토가 마법을 품고 있다면, 아발론의 그 모든 마법을 아주 작은 것까지 모두 다 진정으로 품고 있다는 사실을 깨달았다. 그리고 그것은 분명 궁극의 마법이었다.

"네가 곧 아발론이야."

멀린은 언젠가 이렇게 말했었다.

"너는……."

리타 고르는 말을 이었다. 발이 높이 올라갔다.

다급하게, 마음을 다해, 바질가라드는 그 마법을 소환했다.

아발론의 충실한 친구들, 어디에 있든, 내 말을 들어! 내게 네 힘을, 네 열정을, 이 세상에 대한 네 열정을 줘. 지금 당장 나한테 줘!

"반드시……."

리타 고르는 자신의 몸 아래에 있는 하찮은 벌레를 죽이기에 앞서, 이 마지막 순간을 음미하며 큰 소리로 말했다.

바질가라드는 가슴 안쪽 깊숙한 곳에서 무언가 따끔거리는 느낌이 들었다. 마치 작은 불꽃이 타오르는 것 같은 느낌이었다. 이윽고 다음 불꽃. 또 다른 불꽃. 그리고 또 다른 불꽃. 곧 온몸이 이 새로운 기운으로 윙윙 소리를 내는 것 같았다.

곧장, 바질가라드는 그 원천을 알았다. 마음속에서 어렴풋이 볼 수 있었다. 하나씩 하나씩 차례대로, 저 먼 곳, 아발론 전역에서 수십, 수백, 수천 명의 생명체들이 자신의 부름에 답하고 있었다. 에어루트의 공기 요정들이 하늘을 날다 말고 멈춰서 바질가라드에게 자신들의 마법을 보냈다. 맬록의 저 먼 곳에 있는 머드메이커들이 커다란 갈색 눈동자를 이 초록 용이 있는 방향으로 돌렸다. 저 멀리 떨어진 엘 우리엔에서는 요정들이 숲을 날아다니며 은빛 날개로 '평화의 날개'를 노래했다. 영원한 밤의 영토, 섀도루트에서는 자그마한 검은 나비 한 마리가 으스스하게 빛나며 어두운 빛을 보내고 있었다.

그 밖에도 더 있었다. 반짝반짝 빛나는 물고기가 브린칠라의 무지개 바다에서 팔딱팔딱 뛰어올랐다. 이들의 몸은 살아 있는 프리즘처럼 빛났다. 스톤루트 전역에서, 거인들은 커다란 망치로 돌산을 두드리고 농부들은 마법의 종을 울렸다. 불타는 보석이 있는 파이어루트 동굴 깊숙한 곳에서는 젊은 소인 하나가 하프를 연주하며 그 어느 때보다도 밝게 빛나는 마법의 불꽃을 일으켰다. 그리고 아발론 너머, 핀카이라의 빛나는 안개 속에서 방랑하는 바람 한 점이 바질가라드의 부름에 살랑거렸다.

"죽어라!"

리타 고르가 발을 쿵 내리치며 외쳤다.

바질가라드는 재빨리 옆으로 몸을 굴려, 강력한 꼬리를 휘둘러 트롤의 내려오는 발을 강타했다. 어찌나 강한지 리타 고르는 고통으로 울부짖었다. 트롤이 한쪽 발로 서서 위험천만하게 비틀거리는 모습을 지켜보며, 바질가라드는 허공으로 뛰어올랐다. 넓은 날개를 휘저어, 늪지를 딛고 있는 발을 향해 곧장 날아갔다. 그러고는 강력한 힘으로 트롤의 무릎에 부딪쳤다.

리타 고르는 분노와 고통으로 울부짖으며, 한쪽 무릎으로 휘청거렸다. 바질가라드가 다시 한 번 더 공격했다. 트롤은 새된 비명을 지르며, 두 팔을 마구 휘저으며 균형을 잡으려 했다. 하지만 결국 엄청난 굉음을 내지르며 늪지에 쓰러졌다.

진흙과 이탄이 사방으로 튀었다. 그 모든 덩어리들이 다시 늪지로 떨어지기도 전에, 바질가라드가 도착했다. 트롤의 머리 바로 위에 둥둥 떠서 등을 구부리고 꼬리를 말아, 붉은 눈을 향해 최후의 일격을 준비했다. 바질가라드가 꼬리를 휘두르기 시작할 때……

쿵!

리타 고르의 거대한 주먹이 바질가라드의 가슴을 가격했다. 초록 용은 하늘에서 비틀거리며, 늪지를 가로질러 데구루루 굴러갔다. 마침내, 진흙과 파편을 잔뜩 뒤집어쓴 채 가까스로 멈춰 섰다.

바질가라드는 등을 바닥에 대고 드러누워, 묵직한 진흙을 날개에서 털어냈다. 다시 하늘로 날아오르기 위해 몸을 돌리려 했다. 그 순간, 거대한 손 하나가 날개를 내리쳐 땅에 내리꽂았다.

리타 고르의 눈이 초록 용 바로 위에서 분노로 이글이글 타올랐다. 트롤은 몸을 구부려 미끄러지듯 바짝 다가왔다. 손은 바질가라드의 날개를 꼭 움켜쥔 채였다. 초록 용이 새로 발견한 힘조차도 그렇게 엄청난 무게 아래에서는 아무 소용이 없었다.

"이번에 넌 죽을 거야. 가장 고통스럽게!"

트롤이 맹세했다. 입술에서 침이 강물처럼 흘러내려 땅을 적셨다.

바질가라드는 벗어나려 필사적으로 몸부림쳤다. 꼬리를 마구 내리치며 늪지를 뒤흔들었다. 몸을 비틀고 잡아당겼다. 하지만 아무 효과도 없었다. 도저히 벗어날 수 없었다.

리타 고르는 사악한 눈을 이글거리며, 다른 손을 하늘 높이 들어 올렸다. 팔을 흔들어대며 주먹을 치명적으로 쥐었다. 거대한 근육이 바짝 긴장했다. 그 팔을 내리려는 순간, 마치 강풍 스무 개를 합친 것만큼 강한 회오리바람이 갑자기 불어와 리타 고르의 팔을 뒤로 밀어 버렸다.

돌풍은 사납게 유령의 늪을 휩쓸었다. 바람은 엄청난 힘으로 세게 불어댔다. 그 덕분에 아주 오랫동안 늪지를 뒤덮고 있던 묵직한 연기를 옆으로 밀어 버렸다. 바질가라드가 깜짝 놀라 눈을 껌뻑일 때, 늪지 전체가 별빛에 훤히 드러났다.

"반역이다!"

리타 고르가 뒤로 물러서며 울부짖었다. 외눈을 가늘게 뜨고 이 갑작스러운 빛에 적응하려 노력했다. 한편, 사방에서 늪지 유령들이 깜짝 놀라 비명을 지르며, 붙잡고 있는 먹잇감을 모두 떨어트리고, 윙윙 바람 소리를 내며 흩어졌다.

바질가라드는 탈출할 기회를 잡았다. 몸을 버둥거려 트롤의 손아귀에서 벗어나, 다시 날개를 저어 허공으로 높이 뛰어올랐다. 반쯤 눈이 먼 트롤이 무슨 일이 벌어졌는지 알아차리기도 전에, 이 초록 용은 허공에서 자리를 잡았다. 리타 고르가 눈을 떴을 때, 바질가라드는 꼬리를 펴 있는 힘껏 사악한 눈을 내리쳤다.

"으 아 아 아 아 악!"

트롤이 늪지에 고꾸라지며 비명을 질렀다. 뼈가 바스러지는 소리가 들렸다. 근처에 서 있던 멀린과 크리스탈루스는 옆으로 펄쩍 뛰어, 가까스로 축 늘어진 거대한 손에 깔리지 않았다. 완전한 어둠의 산허리처럼, 트롤은 꼼짝 않고 쓰러져 있었다.

하늘을 향해 떠 있는 트롤의 눈에서는 붉은빛이 재빨리 사라졌다. 그 빛이 꺼지기 바로 직전, 뱀처럼 생긴 기_다란 어둠의 끈이 눈 가장자리에서 주르르 미끄러져 나왔다. 뱀처럼 생긴 이 형상은 악취 고약한 웅덩이를 피해, 땅을 미끄러지듯 나아가 하늘에 매달린 줄의 마지막 남은 불꽃을 향해 서둘러 달려갔다.

멀린은 거름 덩이에서 몸을 일으키며 그 시커먼 뱀을 가장 먼저 보았다.

"저 녀석 막아! 도망가게 내버려 두면 안 돼!"

멀린이 지팡이로 가리키며 소리쳤다.

바질가라드는 허공에서 방향을 틀어 그 뒤를 쫓아 날아갔다. 하지만 발톱으로 녀석을 낚아채기도 전에, 뱀은 시커먼 불꽃의 줄에 닿았다. 그 녀석은 씩씩 타고 있는 줄로 뛰어들어, 저 높은 하늘의 텅 빈 틈을 향해 쏜살같이 움직였다.

멀린은 주먹을 허공에 휘둘렀다.

"빌어먹을! 분명 언젠가 다시 리타 고르로부터 소식을 듣게 되겠군."

멀린이 저주를 퍼부으며 말했다.

크리스탈루스는 거름 덩이 사이를 쿵쾅거리며 아버지를 향해 발걸음을 옮겼다. 진흙으로 잔뜩 뒤덮인 팔을 아버지의 진흙투성이 어깨에 걸쳤다.

"아주 오래는 안 걸릴 거예요. 그때, 그 상황을 처리할 사람은 당신의 후손이 될 거예요. 어쩌면 손자겠지요."

마법사는 깜짝 놀라 몸이 굳었다. 두 눈이 휘둥그레졌다.

"손자라고? 정말이냐?"

멀린이 물었다.

크리스탈루스는, 방긋 이를 드러내 웃으며, 어깨를 으쓱해 보였다.

"누가 알겠어요?"

한편, 바질가라드는 늪지를 가로질러 미끄러지듯 낮게 날았다. 이 버림받은 늪지로 이제 불어온 신선한 공기 냄새를 예민한 콧구멍으로 맡으며 '좋아라' 했다. 더 이상 고약한 웅덩이와 썩어가는 시체로 공기가 질식하지 않을 것이다. 이제, 다른 수많은 향기가 바람에 실려 왔다. 메마른 모래사막 언덕, 저 멀리 떨어진 숲의 흔적, 심지어 높은 산 위 빙하의 맛을……

거기에 한 가지가 더 있었다. 새로운 이 모든 향기를 실어 온 바람은,

바질가라드가 죽음에서 탈출할 수 있게 몹시도 사납게 불어대던 바로 그 바람은 다른 향기도 실어 왔다. 신선한 계피 향기.

"고마워요, 아일라. 정말 보고 싶었어요."

바질가라드가 두 날개를 활짝 펴고, 전에 알던 가장 부드러운 산들바람에 실려 둥둥 떠 있었다.

바람이 바질가라드 주위를 휘몰아치며 허공을 계피 향기로 가득 채웠다.

"나도 보고 싶었어, 꼬마 방랑자."

용의 눈이 에메랄드처럼 밝게 빛났다.

"그 이름을 듣는 거 정말 오랜만이네요."

"아, 그래. 하지만 넌 언제나 나한테는 꼬마 방랑자일 거야. 바람이 부는 한……."

바람 누이가 바질가라드의 날개를 부드럽게 어루만지며 대답했다.

"당신은 내 부름을 들었군요. 이건 선물이에요."

바질가라드는 늪지를 흘끗 내려다보았다. 그곳에서 만냐의 생기 없는 몸이 시든 풀 줄기 한가운데 누워 있었다.

바질가라드는 한숨을 쉬며 말했다.

"나는 모든 우정이 우리의 우정처럼 오랫동안 지속되기를 정말 바랐어요."

아일라는 바질가라드의 주둥이를 스쳐 지나갔다. 바람이 강물처럼 비늘을 가로질러 흘렀다.

"그리고 이제, 꼬마 방랑자, 너한테 줄 선물이 하나 더 있어."

"뭔데요?"

바질가라드가 여전히 만냐를 갈망의 눈빛으로 바라보며 물었다.

"저 아래 어딘가에, 가장 부드러운 바람보다 더 부드러운……."

바람 누이가 더 가까이 불어와, 귓가의 털을 어루만졌다.

"심장 고동 소리가 들려. 아, 그래, 물 용의 심장 박동이……."

27

희한한 비상

슬픔 혹은 기쁨 때문이든, 가장 예상치 못한 순서가 가장 기억에 남는다.

"심장 박동이라고요? 심장 박동 소리를 들었어요?"

바질가라드가 크게 소리치며 물었다. 목소리가 하늘을 가로질러 쩌렁쩌렁 울렸다.

"이, 그래. 왜 직접 들어보려 하지 않는 거지?"

아일라가 바질가라드의 빠진 이빨 틈 사이를 드나들며 대답했다. 그래서 바람의 휘파람 소리가 길게 들렸다.

거대한 초록 용은 격려가 필요했다. 바질가라드는 이미 허공에서 빙빙 돌며, 두 날개를 있는 힘껏 저어, 만냐를 향해 쏜살같이 내려갔다. 만냐는 죽은 늪지 풀밭 한가운데 빛 바란 갈색 줄기처럼 꼼짝하지 않고 누워 있었다.

바질가라드는 거름 덩이와 늪지 웅덩이 사이를 미끄러지며 내려앉았다. 고약한 냄새의 진흙이 주둥이, 귀, 눈에 마구 튀었다. 하지만 신경

227

쓰지 않았다. 그저 궁금했다.

만냐가 정말……? 정말 살아 있는 걸까?

만냐의 몸으로 재빨리 가까이 기어갔다. 근처 골풀 안에 간타가 앉아 있는 건 알아차리지 못했다. 어린 용의 오렌지색 비늘에는 진흙이 잔뜩 묻어 있었다. 간타는 삼촌이 머리를 숙여 만냐의 등에 귀를 대는 모습을 진지하게 바라보았다.

바질가라드는 귀를 기울여 생명의 미세한 움직임을 들으려 노력했다. 만약 아일라의 말이 맞는다면, 만냐의 비늘 아래 심장이 뛰고 있을 거다. 자신의 심장이 지금 희망으로 고동치는 것처럼…….

하지만 바질가라드에게는 아무 소리도 들리지 않았다.

날개를 내밀어 등에 대고 힘껏 눌러봤다. 축 늘어진 몸이 흔들리며, 진흙 속에서 짓눌리는 소리가 들렸다. 다시 귀를 기울여 귀담아들었다. 역시 아무 소리도 들리지 않았다.

바질가라드는 다시 한번 눌러보았다. 그리고 또다시. 그리고 또다시.

하지만 여전히 아무 반응이 없었다. 저기 식물 속에서, 간타가 한숨을 쉬며 고개를 돌렸다.

바질가라드의 주둥이가 밑으로 축 처졌다. 그러다가 만냐의 코에 닿았다.

"내게는 더 이상 마법이 없어. 나는 아발론을 위해 마법을 이미 다 써버렸어."

바질가라드가 조용히 말했다. 목소리가 너무 약해서 마치 가르랑거리는 고양이 소리처럼 들렸다.

커다란 눈을 깜빡여, 눈앞을 가리는 안개를 걷어냈다.

"하지만 만약 내게 어떤 마법이든 남아 있다면, 그것이 있어야 내 목숨을 건질 수 있다 할지라도, 난 그걸 네게 주겠어."

한참 동안, 바질가라드는 만냐처럼 꼼짝하지 않고 그곳에 머물렀다. 이윽고 천천히 고개를 들었다. 그 어느 때보다 머리가 무거웠다. 아일라가 틀렸다. 멍청하게도, 바질가라드는 아일라의 말을 철석같이 믿었다! 바질가라드는 실망에 콧바람을 불었다. 너무나도 많은 죽음을 보고 너무나도 큰 고통을 겪었기에, 소원 하나만으로는 현실을 바꿀 수 없다는 걸 이제 알아야 했다.

하지만, 잠시 동안, 그럴 수 있기를 바랐었다. 온 마음을 다해……

마지막으로 만냐를 흘끗 바라보고 나서, 천천히 옆으로 몸을 돌렸다. 그제야 처음으로 간타가 옆에 있는 걸 알아차렸다. 둘의 눈이 마주쳤다. 한 쌍의 눈은 훨씬 작았지만 진하게 빛났고, 또 한 쌍의 눈은 크기와 경험으로 훨씬 더 크게 빛났다.

"정말…… 유감이에요."

간타가 침울하게 말했다. 이윽고 작은 이빨을 뿌드득 갈며 덧붙였다.

"적어도, 당신은 싸움에서 이겼어요."

바질가라드는 눈을 깜빡이지 않고 간타를 내려다보았다.

"그리고 잃었어. 내가 정말 싸움에서 간절히 이기고 싶게 만든 생명을……."

바질가라드는 슬프게 말했다.

참새가 날개를 바스락거리는 것보다 더 작은 소리가 희미하게 허공에 감돌았다. 즉각, 귀 끝에서부터 꼬리에 달린 거대한 곤봉에 이르기까지, 커다란 용의 몸이 전부 뻣뻣하게 굳었다. 왜냐하면 그 소리가 뭔지 알았으니까.

용의 속눈썹이 떨리는 소리였다.

바질가라드는 곧장 만냐를 향해 돌아섰다. 만냐가 사파이어빛 눈동자를 뜨고 자신의 눈을 쳐다보고 있었다. 시선을 마주하고, 둘 모두 몇 초 동안 꼼짝하지 않았다. 마침내, 만냐가 힘겹게 숨을 쉬었다. 쭉 뻗은 지느러미발을 힘겹게 움직이려다, 고통스러운 신음을 토해냈다. 만냐의 오른쪽 지느러미발이 진흙에 딱 달라붙어서 움직일 수 없었다.

간타는 불현듯 깨닫고, 깜짝 놀라 비명을 질렀다. 빙글빙글 돌며, 두 날개로 자신을 톡톡 내리치고는, 오렌지색 불꽃을 뿜어냈다.

한편, 바질가라드는 만냐만 내려다보았다.

"움직이려 하지 마. 내가 돌봐줄게."

마치 이처럼 놀라운 일은 지금껏 본 적이 없는 것처럼 만냐를 뚫어지게 바라보며 조언했다.

"당신은 이미 돌봐줬어."

만냐가 천천히 고개를 들어 뭔가 말을 하려 했다. 그때 늪지에 널브러져 있는 트롤의 어마어마한 시체가 눈에 들어왔다. 만냐의 콧구멍이 사납게 벌름거렸다.

"괜찮아. 놈은 죽었어."

바질가라드가 미처 내뱉지 않은 만냐의 질문에 대답하듯 당당하게 말했다.

만냐의 시선이 다시 한번 바질가라드의 시선과 부딪쳤다.

"네가 해냈구나. 네가 아발론을 구했어!"

만냐가 힘겹게 말했다.

바질가라드는 커다란 고개를 천천히 저었다.

"아니, 내 사랑. 우리가 해냈어. 우리 모두가. 나를 도와준 이 세상의 모든 생명체들이 다 함께."

바질가라드의 목소리가 낮아졌다.

"누구도, 한 사람의 힘으로는 해낼 수 없었어."

만냐가 무슨 말인지 알겠다는 듯 웃음을 지었다.

"후 우 우 우 우!"

간타가 소리쳤다. 그러고는 활짝 열린 하늘을 향해 고개를 들어 올리며, 또다시 불꽃을 뿜어냈다. 이윽고, 멀린과 크리스탈루스가 늪지를 건너 자신들을 향해 다가오는 모습을 보고는 기쁨에 가득 차 간타가 소리쳤다.

"살아났어요! 만냐가 살아 있어요!"

크리스탈루스가 아버지를 궁금한 눈빛으로 쳐다보자, 멀린이 대답해 주었다.

"바질의 여자 친구야. 가장 용감한 용이지. 그리고 이건 덧붙여야겠구나, 자기 아버지 벤데짓보다 훨씬 더 훌륭하지."

"벤데짓이라고요? 물 용 말인가요? 여기요? 하지만 어떻게?"

크리스탈루스는 깜짝 놀라 머리를 흔들었다.

"물론, 날아서 왔지."

마법사가 무심한 듯 대답하고는 덧붙였다.

"왜 그렇게 놀란 표정이지? 여기는 결국 아발론이잖니."

크리스탈루스는 즉각 용들을 향해 달려갔다. 그러다 끈적끈적한 거름 덩이 안에서 신발을 거의 잃어버릴 뻔했다. 멀린은 지팡이를 꽉 잡고, 최대한 빨리 뒤뚱뒤뚱 뒤따라갔다. 하지만 멀린의 몸에 딱 붙어 있던 올빼미는 기다릴 수 없었다. 유클리드는 승리의 함성을 지르며 마법사의 헝클어진 턱수염에서 나와 하늘로 올라갔다.

바질가라드와 만냐가 서로에게 머리를 기댄 채 지켜보는 가운데, 올

빼미는 아무렇게나 미친 듯이 하늘을 날았다. 네모나게, 둥글게, 그러고
는 뾰족탑 모양의 삼각형으로 삐뚤빼뚤 날았다. 이윽고, 부리를 요란하
게 탁탁거리며, 서로 맞물린 8각형의 미로로 나아갔다.

"저 녀석이 기뻐하는 것 같아."

초록 용이 아무것도 아닌 듯 말했다.

만냐의 귀가 장난스럽게 빙그르르 돌아갔다.

"저런, 왜 그럴까?"

유클리드가 하늘을 아무렇게나 날아다니는 동안, 크리스탈루스가 도
착했다. 용들을 향해 성큼성큼 걸어오는 얼굴이 환하게 빛났다. 손을
바질가라드의 발톱에 올려놓고, 깜짝 놀란 표정으로 만냐를 쳐다보았
다. 크리스탈루스는 딱히 누구에게라고 할 것 없이 중얼거렸다.

"여기는 결국 아발론이니까."

바질가라드는 고개를 들고 만냐에게 윙크를 날렸다.

"저 사람도 기뻐하는 것 같아."

"나도 기뻐. 기쁘고말고."

멀린이 헉헉거리며 다가와 말했다.

마법사는 바질가라드의 커다란 초록 눈동자를 올려다보며 텔레파시
로 말했다.

아주 기뻐, 정말로. 너를 위해, 친구…… 그리고 우리 모두를 위해.

"뭐에 대해서요?"

용이 평상시와 같은 목소리를 내려 최선을 다하며 물었다.

"아, 아무것도 아니야, 정말이야. 저기 있는 유클리드처럼."

멀린이 지팡이 끝으로 올빼미를 가리키며 기쁨에 넘친 표정으로 대
답했다. 올빼미는 지금껏 가장 신이 나 하늘을 훨훨 날고 있었다.

"나는 저 녀석이 이처럼 정교한 걸 해내리라고는 까맣게 몰랐어. 저 기를 봐봐! 저건 12면체 같은데."

"정말요? 내게는 사나운 눈동자의 늙은 마법사처럼 보이는데요."

바질가라드가 의심스럽다는 듯 이마에 주름을 지으며 말했다.

간타가 웃으며 불꽃을 뿜어냈다. 크리스탈루스 또한 웃었다. 심지어 아버지의 옆구리를 쿡 찌르기까지 했다. 멀린도 유쾌하게 킬킬 웃으며 똑같이 따라했다. 만냐도 여기에 함께 끼어들었다. 하지만 바질가라드에 게서 조금도 눈을 떼지 않았다.

누구보다도 초록 용이 가장 크게 웃었다. 바질가라드의 웃음소리는 하늘을 계피 향으로 가득 채운 소용돌이치는 바람에 실려 늪지를 가로 지르며 퍼져 나갔다.

28

세 가지 선물

당신은 뭔가 현명하고, 명쾌하고, 용 같은 것을 기대하는가? 음, 이런 말을 해서 유감이지만, 나는 지혜가 조금도 남아 있지 않다. 예전에는 좀 있었을지도 모른다. 하지만 내게 지금 있는 건…… 감사하는 마음뿐 이다.

"네게 줄 게 있다. 선물이다. 사실, 세 가지 선물이야."

멀린은 아들에게 고개를 끄덕이며 힘주어 말했다. 헝클어진 회색 턱수염을 한 손으로 쓰다듬으며, 유클리드가 지금 낮잠을 자고 있는 곳을 피하려 조심했다.

장밋빛 거친 수정 바위에 아버지와 함께 나란히 앉아 있던 크리스탈루스는 깜짝 놀라 고개를 들어 이 늙은 마법사를 뚫어지게 바라보았다. 태어난 순간부터 알고 지낸 사람, 하지만 그 사람은, 아주 최근에야 진정으로 만난 것처럼 보였다.

"어떤 선물인데요?"

멀린은 대답하지 않았다. 그저 오래된 너도밤나무의 튼튼한 나무뿌리 두 개 사이 틈에 더 깊숙이 자리를 잡을 뿐이었다. 나무둥치는 멀린이 등을 기대고 앉을 수 있도록 꼭 맞게 기울어져 있었다. 낮은 나뭇가지는 멀린이 모자를 걸고 지팡이를 받칠 수 있게 알맞게 늘어져 있었다. 멀린의 머리 근처에 매달린 잎사귀가 산들바람에 바스락거렸다. 마치 멀린의 얼굴에 열정적으로 바람을 일으키는 것처럼 보였다. 모든 면에서, 나무는 이 특별한 손님을 환영하고 있는 것 같았다. 사실, 저 거대한 나무뿌리가 더 안락한 자리를 내주기 위해 몸을 들어 올려 구부렸다고 믿을 정도였다.

"음, 그리 특별한 건 아니야. 그저 작은 장신구. 나를 기억하도록. 왜냐하면 나는 곧 지구로 떠날 거란다."

멀린이 마침내 손을 저으며 대답했다.

크리스탈루스는 깜짝 놀랐다.

"떠난다고요? 또요?"

"보아하니, 카멜롯 전체가 내 어린 친구 아서가 상상했던 것보다 훨씬 더 복잡하게 되어가고 있어. 아서를 찾아갈 때가 된 것 같아."

마법사가 평상시의 말투로 말했다.

젊은이가 고개를 끄덕이자, 흰 머리칼이 어깨를 스쳤다.

"얼마나 가 계실 생각인데요?"

멀린의 이마에 주름이 잡혔다.

"꽤 오래. 어쩌면…… 영원히 있을지도."

멀린이 천천히 대답했다.

크리스탈루스는 숨을 깊이 들이쉬며 바위에 몸을 기댔다.

"그렇군요."

"넌 약간…… 실망스러워 보이는구나."

멀린이 목청을 가다듬으며 말했다.

"음, 당신이 내 곁에 있는 게 이제 겨우 익숙해지기 시작했어요."

"나도 안다. 그래서 저 선물을 생각해낸 거야."

아버지가 턱수염을 잡아당기며 대답했다.

"그리 특별한 건 아니라고 말씀하셨잖아요."

"맞아. 하지만 그중 하나는…… 지도야. 꽤 비범한 지도지."

마법사의 짙은 눈동자가 빛났다.

실망스러웠지만, 크리스탈루스는 갑자기 호기심이 일어 바위에서 앞으로 몸을 기울였다. 세렐라를 제외하고, 크리스탈루스가 새로운 지도보다 더 좋아하는 건 없었다. 크리스탈루스에게 지도는 가능한 여정을 그려놓은 종잇조각 이상의 것이었다. 지도는 사실 여행 그 자체였다. 완전히 새로운 장소에, 어쩌면 마법의 장소에 생명을 불어넣는 방법이었다.

"어떤 지도인데요?"

아들이 재촉했다.

"지금 당장은 그저 종잇조각에 불과해."

"뭐라고요?"

"종잇조각이라고 했다."

멀린이 옷 주머니에 손을 넣어 테두리가 불에 그슬린 작은 종잇조각 하나를 꺼냈다. 그러고는 부드럽게 말했다.

"너도 알다시피, 이건 그 이상의 뭔가가 될 수 있어. 그러니까……."

멀린은 아들을 흘끗 쳐다보고는 덧붙였다.

"시간에 찢기고 불탄 인간관계의 작은 조각도 그 이상의 뭔가가 될 수 있어."

멀린은 손바닥에 종잇조각을 들고 크리스탈루스에게 보여주었다.

"이걸 알아보겠니?"

아들은 바위에서 일어나 좀 더 가까이 다가왔다. 늙은이의 손에 들린 불에 탄 종잇조각을 유심히 살펴보았다. 그러는 내내 고개를 가로저었다.

"제 눈에는 화살 같은 것만 보여요. 하지만 저기에는 아무것도……."

그러다 갑자기 말을 멈추었다. 더 아래로 몸을 숙여, 불에 탄 테두리를 조심스럽게 만져보았다.

"이건……."

"맞아. 네가 바질에게 준 그 마법의 지도다. 만약 바질이 만냐와 함께 어딘가로 날아다니지 않고 지금 여기 있었다면, 그 녀석도 깜짝 놀랐을 거야. 바질이 이 종잇조각을 보관했어. 네가 아발론을 돕기 위해 어떤 일을 했는지…… 그리고 어떤 희생을 했는지 내게 보여주려고……. 바질은 전쟁터에서 내가 이걸 그냥 버리는 걸 봤어. 하지만 떠나기 전에, 내가 다시 주운 걸 보지는 못했을 거야."

멀린이 대답했다.

크리스탈루스가 시선을 돌려 아버지를 바라보며 물었다.

"왜 이걸 다시 주우신 건데요?"

"아, 내 생각에, 내가 약간…… 감상적이었던 것 같다. 지도에 대해서, 물론."

마법사가 어깨를 으쓱해 보이며 대답했다.

아들은 하마터면 웃음을 터트릴 뻔했다.

"물론 그렇겠지요."

"자 이제, 이게 아직도 뭔가를 할 수 있는지 보자꾸나."

멀린이 말했다.

"하지만 이건 딱 한 번만 쓸 수 있어요. 그게 규칙이라고 분명하게 들었거든요."

"훌륭해! 규칙이 아닌 예외도 있다는 건 훨씬 더 즐거운 법이지."

마법사는 그렇게 말하더니, 다른 손으로 그 종잇조각을 손바닥 위로 들어 올렸다. 종잇조각에 기운을 집중하고는 노래하듯 말했다.

떠올라라, 확장하라, 네가 될 수 있는 모든 것이 되어라:
알이 독수리로,
씨앗이 나무로.
꿈이 현실로, 그 자체의 요소를 가져라……
진실이 드러난다,
꽃이 만개한다.

작은 종잇조각이 파르르 떨렸다. 마치 너도밤나무 잎사귀를 흔드는 산들바람이 닿기라도 한 것처럼. 그런데 이 특별한 산들바람은 멀린의 손에서 끊임없이 부풀어 오르는 것처럼 보였다. 종잇조각이 위로 붕 떠올라, 휘고, 흔들리기 시작했다. 곧, 짙은 황금색 안개가 그 테두리에서 퍼져 나왔다. 한쪽 테두리를 따라, 이윽고 다른 테두리를 따라 종잇조각이 뻗어 나갔다. 그렇게 계속 퍼지고, 금세 넓어지더니, 마침내 원래의 크기에 이르렀다. 그러고는, 즉각, 안개가 표면 아래로 다시 스며들어가, 살며시 지글지글 타올랐다.

멀린은 새롭게 복원된 네모난 종이를 살펴보며, 고개를 끄덕이고 손을 내렸다. 크리스탈루스처럼, 멀린은 텅 빈 종이를 경이로운 표정으로 응시했다. 그 종이가 경이로운 마법을 지니고 있다는 걸 알았으니까. 마지막으로 고개를 살짝 숙여 조용히 명령을 내렸다. 그러자 종이가 즉각 원래 크기의 8분의 1로 접혔다.

"자, 네 지도다."

멀린은 아들에게 지도를 건넸다. 아들은 기쁘게 받았다. 탐험가는 지도를 손바닥에 잠시 올려놓은 뒤, 옷 안에 밀어 넣었다. 별을 향하는 나침반을 넣어둔 바로 그 주머니에……

"이 지도는 여전히 한 번만 효과가 있을까요?"

크리스탈루스가 주머니를 살며시 톡톡 두드리며 물었다.

"딱 한 번. 단, 물론…… 우리가 규칙을 다시 깰 때까지."

아버지가 대답했다. 그러고는 눈을 찡긋해 보였다.

"그래도 이 지도를 사용할 때, 제대로 사용하도록 해라."

"그럴게요. 이 지도는 내가 위대한 나무 사이, 별까지 올라가는 길을 찾도록 도와줄 거예요."

크리스탈루스가 결의에 찬 표정으로 입을 앙다물었다.

멀린이 무성한 눈썹을 치켜떴다. 마치 솜털처럼 폭신폭신한 구름이 이마 위로 올라가는 것 같았다.

"별이라고? 그건 아주 긴 여정이야."

"네, 맞아요. 하지만 저는 그곳에 갈 거예요. 늘 꿈꿨던 것처럼요."

탐험가의 눈동자가 밝아졌다.

"확실하냐? 바질처럼 강한 날개도 없이, 이처럼 강력한 지팡이도 없이 그렇게 높이 올라가는 건 퍽이나 위험할 수 있는데."

멀린은 나뭇가지에 기대 놓은 지팡이를 따라 한 손으로 쓱 훑었다.

"나는 네가 무사하기만을 걱정한단다, 아들아. 네……"

멀린은 말을 멈추었다. 다음 단어가 말하기 어려워서가 아니었다. 또는 어쩐지 서툴러서가 아니었다. 아니, 멀린은 솔직하고 감사하게 말하고 싶었기 때문이다.

"아버지로서 말이다."

크리스탈루스가 미소 지었다.

"고마워요. 하지만 그래요, 저는 확실해요."

크리스탈루스는 아버지의 불안한 표정을 보고 설명했다.

"보세요, 벌써 아발론 694년이에요. 그리고 누구도, 물론 아버지를 제외하고요, 위대한 나무에서 뿌리 영토보다 더 높은 곳을 가본 사람이 없어요. 저 위에는 탐험할 게 무궁무진할 거예요!"

멀린은 수염이 무성한 턱을 쓰다듬었다.

"하지만 꼭 지금 가야 하니? 왜 하필 지금이지?"

"지금 가면 왜 안 되는데요? 오랜 전쟁이 끝났어요. 새로운 시대가 시작되었다고요! 우리가 평화 조약을 위해 한데 모였을 때 아버지가 그렇게 말씀하셨잖아요. 기억 안 나세요? 아버지는 이렇게 소리쳤어요. '이것은 새로운 시대입니다. 우리의 위대한 나무, 우리의 고향은 성숙하고도 경이로운 축복을 받을 겁니다.'"

"내가 그렇게 말했었나? 나쁘지 않구나, 정말."

늙은 마법사가 머리 위, 너도밤나무 잎사귀를 올려다보았다.

"맞아요. 이미, 사람들이 이 시대를 성숙의 시대(Age of Ripening)라고 부르고 있어요. 그 비밀스러운 마법사, 호수 여인조차도 아발론의 주민들에게 보내는 편지에서 그 말을 썼더라고요. 호수 여인은 이것을 멀린의 위대한 선물이라고 부르기도 했어요. 커다란 위험일 뿐만 아니라 커다란 발견의 시대라고요."

크리스탈루스가 말했다.

"정말 그랬니? 그 여자가 그렇게 말하다니 정말 근사하구나."

멀린의 눈동자가 의심스러운 듯 움직였다. 그러고는 살짝 퉁명스럽게 덧붙였다.

"그 여자가 누구든 간에."

"그리고 저는 그 발견의 상당 부분을 제가 직접 할 거예요."

아들은 맹세했다. 그러고는 얼굴을 아버지 얼굴에 바짝 가져다 댔다. 둘의 코가 거의 닿을 듯했다.

"별에 올라갈 거예요."

"좋아, 그렇다면. 네 얼굴에 뭔가 미친 짓을 하겠다는 엄청난 결의가 써 있구나. 결국, 넌 네 아버지한테서 그걸 물려받았으니까."

멀린의 입꼬리가 올라갔다.

크리스탈루스는 기쁘기도 하고 만족스럽기도 해서, 고개를 끄덕였다.

"이해해주셔서 고마워요."

마법사는 마치 친구에게 감사하다고 말하듯, 매끈한 너도밤나무 나무껍질을 살피며 톡톡 두드렸다. 그러고는 지팡이를 잡고 일어섰다. 눈은 아들의 얼굴을 훑었다.

"널 이해한다, 아들아. 그리고 네게 박수갈채를 보낸다."

이윽고 소리를 가다듬었다.

"그러고 보니 두 번째 선물이 생각났구나. 바라건대, 이게 네 탐험에 도움이 되었으면 좋겠다."

멀린이 시선을 지팡이로 돌려, 룬 문자 위를 누르며 조용히 말했다.

"좋아, 오니알레이."

룬 문자가, 그러고 나서 나무 지팡이 자루 전체가, 진초록으로 빛나기 시작했다. 멀린은 한 손으로 지팡이를 들고 있으면서, 다른 손으로 지팡이를 꼭 움켜쥐었다. 이번에 멀린의 손가락은 나무 아래로 파고들었다. 노인의 손가락이 사라지고, 그 뒤를 이어 손, 손목, 팔뚝이 거의 전부 사라졌다.

크리스탈루스는 깜짝 놀라 숨을 거칠게 몰아쉬며 아버지가 지팡이 깊숙이 들어가는 모습을 쳐다보았다. 마치 지팡이가 마법의 상자라도 되는 듯 보였다.

마침내, 마법사가 선언했다.

"여기 있었군! 나한테서 숨어 있었던 거니? 정말 장난꾸러기로구나."

멀린은 팔을 다시 잡아당기며 투덜거렸다. 마침내 지팡이 깊숙한 곳에서 손이 돌아왔을 때, 거기에는 커다란 나무 막대 하나가 들려 있었다. 막대 꼭대기 주위로는 기름투성이 헝겊 조각이 달려 있었는데, 헝겊 조각에서 빛나는 기이한 은빛 광택을 제외하면, 그다지 특별한 게 없어 보였다. 다른 막대와 별반 다르지 않았다.

"횃불인가요?"

"그렇단다, 아들. 네 길을 밝혀줄 거다."

멀린은 횃불을 크리스탈루스에게 건네주었다. 아들이 횃불을 움켜쥔 순간, 횃불이 타올랐다. 맹렬하게 타오르며, 끊임없이 빛을 내뿜었다.

크리스탈루스는 횃불을 보았다가, 다시 아버지를 바라보았다. 횃불의 불빛과 뒤섞여 아버지의 얼굴이 다르게 빛나는 것처럼 보였다.

"감사합니다."

멀린이 아들에게 고개를 끄덕이며 말했다.

"약속하지. 네가 살아 있는 한, 그 횃불은 꺼지지 않고 타오를 거다."

그러고는 침을 꼴깍 삼켰다.

"너에 대한 내 사랑도 마찬가지다."

아들이 좀 더 가까이 다가왔다.

"아버지의 세 번째 선물이 뭔지 알 것 같아요."

"알 것 같다고?"

"네. 저도 같은 선물을 아버지한테 드릴게요."

크리스탈루스는 아버지를 향해 한 발 더 다가가, 팔을 들어, 노인의 어깨를 감쌌다.

멀린 또한 팔을 들어 올렸다. 팔로 아들을 감싸 안고 둘은 함께 서로를 꼭 안았다.

29

새로운 빛

가장 긴 여정이 시작에 불과할 때도 있다.

"하늘을 날 시간이야!"

바질가라드가 크게 외쳤다. 하늘을 향해, 뿌리 영토들을 향해, 그리
고 아발론의 위대한 나무의 전체 공간을 향해⋯⋯.

지난 수많은 시간 동안 수없이 그랬던 것처럼, 바질가라드는 새로운
여행을 시작하며 그렇게 외쳤다. 하지만 이번에는 감정이 남달랐다. 목
청껏, 주변 수백 킬로미터의 정적을 깰 만큼 크게 외쳤다. 왜냐하면 자
신이 사랑하는 세상 아발론이 마침내 둠라가와 리타 고르의 공포에서
구원받았으니까. 그리고 자신의 짝, 만냐가 자신과 함께하기로 약속했
으니까. 그리고 친구 멀린이 바로 그 순간 자신의 머리 위에 듬직하게
자리 잡고 있었으니까.

초록 용은 강력한 날개를 힘차게 저어, 멀린을 높이 데리고 갔다. 날
개를 힘차게 움직일 때마다 엄청난 돌풍이 용의 얼굴, 빛나는 초록 비
늘을 쉭쉭 스쳐 지나가고, 주둥이에 길게 늘어진 수염을 세차게 휘날렸

244

다. 마법사의 옷도 끊임없이 나부꼈다. 하지만 턱수염만큼 심하게 나부끼지는 않았다. 턱수염은 이리저리 꼬이며 나부꼈다. 유클리드는 마침내 턱수염 안에서 튀어나와 주머니 깊숙이 몸을 박았다. 한편, 바질가라드의 날개는 끊임없이 펄럭이며 이들을 위로 데리고 갔다. 이 용의 발톱은 마치 끝없이 이어진 계단을 오르기라도 하듯 하늘을 더듬었다.

사실, 정말 그랬다. 이것은 한 영토에서 다른 영토로의 평범한 여행이 아니었다. 무지개 바다로의 짧은 여행도 아니었다. 만냐는 지금도 그곳에서 절벽을 돌아다니며 이들의 완벽한 은신처를 찾고 있었다. 이것은 그보다 훨씬 더 크고, 대담하고, 원대한 여행이었다. 멀린 이외의 유한한 생명체가 전에 해본 적 없는 그런 여행이었다.

바질가라드는 별을 향해 줄곧 날아가고 있었다.

"훌륭해, 바질. 저기를 봐, 저 산등성이 보이지? 저기가 나무둥치 제일 아래쪽이야."

등에 올라탄 멀린이 용을 치켜세웠다. 멀린은 용의 귓가에 난 털을 쓰다듬다 말았다.

커다란 초록 용은 날개를 움직이며 멀린이 말하는 곳을 더 잘 볼 수 있도록 머리를 돌렸다. 확실히, 겹겹이 쌓인 구름 사이로 수직의 거친 산등성이가 언뜻 보였다. 산등성이는 짙은 갈색으로, 같은 방향으로 줄지어 위를 향해 솟아나, 저 위에 소용돌이치는 짙은 안개 천장으로 올라갔다. 저 산등성이가 도달하기에 정말 어려워 보이긴 해도, 거기가 나무둥치의 밑 부분에 불과하다는 걸 바질가라드는 알고 있었다.

이들은 점점 더 높이 날아올라, 안개 자욱한 천장에 뛰어들었다. 날개를 몇 번 젓자, 주변의 안개가 가까이서 소용돌이치는 바람에, 바질가라드의 코와 속눈썹에 커다란 물방울이 맺혔다. 날개에서 이는 바람

에 물방울이 뒤로 밀리며, 눈으로 튀거나 커다란 입 아래로 굴러떨어졌
다. 구름의 공기는 너무 축축했다. 바질가라드는 생각했다.

하늘을 나는 게 아니라 물속을 헤엄치는 것 같아.

계속 헤엄쳐, 친구.

마법사가 대답 대신 조언해주었다.

안개를 흠씬 뒤집어쓰고 나니, 별빛이 터져 나와 이들을 빛으로 물들
였다. 바질가라드는 날개로 옅은 안개를 헤치고 위로 올라가며, 층층이
쌓인 짙은 구름을 뒤에 남겨놓았다.

"잘했어, 친구. 이제 저기를 봐봐!"

멀린이 용의 귀 뒤쪽을 톡 쳤다.

바질가라드는 눈앞에 펼쳐진 광경에 숨을 멈추었다. 눈을 깜빡여 안
개를 몰아내고, 새로운 장관을 뚫어지게 쳐다보았다.

바로 위, 별빛을 입은, 비뚤배뚤 갈색 뭔가가 미로처럼 놓여 있었다.
하늘을 가로질러 뻗어 있는 거대한 손가락처럼, 그것은 별을 향해 뻗어
있는 것처럼 보였다. 그리고 사실 그랬다. 그건 위대한 나무의 가지였다.

"정말 많네요."

용이 위로 올라오느라 숨을 헉헉거리며 말했다.

"게다가 각각의 나뭇가지는 무척 크지. 전체 영토만큼 커."

멀린이 덧붙였다.

"아발론의 나뭇가지 영토들. 지금까지 저 영토를 탐험한 사람은 아무
도 없어요."

바질가라드가 말했다. 놀라움에 가득 찬 목소리였다.

"물론, 저곳에 살고 있는 생명체들을 제외하고. 크리스탈루스가 언젠
가 만나게 될 생명체들이지."

마법사는 소맷자락을 들어 올려 그곳에 늘 있는 특별한 생명체를 확인해봤다. 즉각, 손을 뺐다. 유클리드가 부리를 사납게 무는 바람에 손가락 하나를 잃어버릴 뻔했다.

"올빼미를 확인하는 건가요?"

바질가라드가 그 소리를 듣고 물었다.

"그래. 녀석이 평상시의 행복한 행동거지를 잃지 않은 걸 보니 반갑구나. 그 어느 때보다 씩씩해."

주머니 안쪽에서 활기에 넘친 울음소리가 터져 나왔다.

나뭇가지에서 또 다른 나뭇가지를 지나 점점 더 높이 올라갔다. 나뭇가지 하나의 표면을 가까이서 지나칠 때, 흰 눈으로 덮인 산봉우리가 보였다. 저 아래 영토에서 지금껏 본 것 보다 훨씬 더 깊은 협곡 하나, 그리고 부글부글 끓어 넘치는 구덩이 몇 개를 보았다. 독하고 톡 쏘는 냄새로 보아하니, 송진이 분명했다.

"저기는 별을 바라보기에 멋진 장소야."

멀린은 하늘을 마주한 길고 넓적한 가지를 지나치며 말했다.

비뚤배뚤한 나뭇가지 사이, 엉클어진 산등성이, 낯선 나무들의 빽빽한 숲, 별빛에 빛나는 수많은 강물 위를 날아있다. 비질가라드는 나뭇가지의 그물코 사이에서 반짝이는, 자신이 알고 있는 별자리를 이따금 발견했다. 날개 달린 말, 페가수스. 미스터리(Mysteries)라고 부르는 이중 고리 별. 음유시인들이 '바질가라드의 꼬리'라고 이름붙인 커다란 아치형 선이 보였다. 하지만 더욱 자주, 뭐라고 이름 붙일 수 없는 형태로 나란히 서 있는 새로운 별자리를 보았다. 적어도 저 아래 영토에서는 한 번도 들어본 적이 없었다.

특히 어떤 별자리 하나가 바질가라드의 시선을 자꾸 끌었다. 그 별자리가 특이하기 때문이 아니었다. 그보다 훨씬 더 인상적인 '부재' 때문이었다. 마법사의 지팡이. 한때는 무척이나 밝게 수 세대 동안 수많은 여행자들을 밝혀주었지만, 지금은 칠흑처럼 어둡게 남아 있었다. 일곱 개별의 흔적은 조금도 남아 있지 않았다. 밝은 하늘에 시커먼 상처만 있을 뿐이다.

하지만 만약 멀린의 뜻대로 된다면 그것은 곧 바뀔 것이다. 왜냐하면 마법사가 지구라고 불리는 머나먼 세계로 떠나기 전, 이 마지막 여행의 목표는 바로 저 별들을 다시 밝히는 것이기 때문이다. 물론, 자신이 좋아하는 용의 자그마한 도움을 받아서…….

바질가라드는 넓은 날개를 계속 움직여 멀린을 더 높이 데리고 갔다. 공기가 점점 희박해지며 날갯짓이 점점 힘들었지만, 어깨와 등 근육이 아파오는 걸 애써 모른 체하며 꾸준히 날았다. 아래를 흘끗 내려다보니, 가느다란 구름 사이로 무지개가 반짝이는 게 보였다. 어쩌면, 저곳은 자신과 만나가 보금자리를 만들 바로 그 물의 영토가 아닐까? 파란색 물용과 초록색 엘라노 용의 피를 물려받은 아이는 언제 태어날까?

이 높은 곳에서 바질가라드가 분명하게 알아차릴 수 있는 영토는 스톤루트 뿐이었다. 이따금 나뭇가지 사이 틈으로 그곳이 보였다.

아하! 이제 알겠어. 왜 그곳이 다른 모든 영토들 중에서 가장 밝은지. 내가 아일라에게 아주 오래전에 물어봤던 질문이지.

바질가라드는 생각했다.

"왜냐하면 나뭇가지 사이로 대부분의 빛을 받으니까. 마찬가지로 섀도루트는 빛을 가장 적게 받지."

멀린이 사실을 그대로 말했다.

"당신은 모든 걸 아니까, 얼마나 더 높이 우리가 올라가야 해요?"

용이 투덜거렸다.

"그렇게 멀지 않았어, 친구. 이제 거의 다 왔어."

바질가라드는 어깨에 힘을 주어 날개를 연신 저었다. 별빛이 비늘에 비쳐, 마치 살아 있는 별자리처럼 반짝반짝 빛났다. 별이 그 어느 때보다 가까이서 신비롭게 빛났다. 불의 정수이자 꿈의 수원지. 이들 위에서 빛의 물결이 어른거리며, 하늘 가운데를 갈랐다. 시간의 강. 시간의 강은 별들뿐만 아니라 시간의 두 부분, 그러니까 과거와 미래를 가른다는 멀린의 말을 바질가라드는 기억해냈다.

날갯짓을 할 때마다 별들은 점점 더 빛났다. 곧 별빛이 너무 강렬하게 타올라 어쩔 수 없이 눈을 가늘게 떠야 했다. 계속 날개를 저어 점점 더 높이 올라갔다. 용의 날개는 그 어느 때보다 무겁게 느껴졌다. 더이상 움직일 수 없을 정도였다.

"좋아, 바질! 여기에 그대로 머물러줘, 그럴 수 있지? 잠깐이면 돼."

마법사의 외침이 용의 두 귀에 울려 퍼졌다.

용이 힘겹게 날개를 젓는 동안, 멀린은 하늘의 깊은 상처를 흘끗 올려다보았다. 처음으로, 그곳에서 약간의 변화를 알아차렸다. 어둠 속에서도 희미하게 빛나는 일곱 개의 작은 동그라미. 저것이 꺼진 별일까? 저것이 눈에 보이는 것 이상일 수 있을까? 어쩌면 일종의 통로일까?

멀린은 지팡이를 허리춤에서 꺼냈다. 두 손으로 지팡이를 꽉 움켜잡고, 다리를 용의 머리 비늘에 단단히 고정시키고, 지팡이를 최대한 높이 들어 올렸다. 시커먼 상처를 향해 지팡이를 가리키며, 멀린은 간단한 한 문장을 말했다.

"빛을 다시 가져다줘."

지팡이에서 밝은 불꽃이 나와, 그 빛이 하늘을 강렬하게 비추었다.

저 아래 뿌리 영토의 수많은 사람들이 그 사건을 목격했다. 별을 바라보던 음유시인에게, 그것은 폭발하는 별처럼 보이는, 어둠 속에서 빛나는 폭발이었다. 섀도루트의 어둠의 요정들의 경우, 갑작스러운 불빛이 이들의 전체 영토를 아주 짧은 순간 비춰, 요정들의 커다란 눈은 그 뒤로 며칠 동안 부셨다. 그리고 만냐에게, 그 불빛은 빛나는 하늘을 배경으로 강력한 용의 실루엣을 드러내 보여주었다.

불빛이 희미해지자, 멀린은 지팡이를 내렸다. 머리 위로, 일곱 개의 별이 다시 한번 밝게 빛났다. 멀린은 기분 좋게 바질의 귀를 토닥였다.

"고마워, 친구. 우리 임무는 끝났어."

그러고는 용이 거의 알아들을 수 없을 만큼 자그마하게 덧붙였다.

"이제 마지막 임무만 남았군."

30
사소한 부탁

때때로 사람들은 적에게는 절대로 하지 않을 부탁을 친구에게 할 것이다.

"마지막 임무가 뭔데요?"

바질가라드가 물었다. 목소리가 하늘을 가로지르며 울려 퍼졌다.

멀린의 대답을 기다리지도 않고, 바질가라드는 날개를 기울였다. 다시 빛나는 별빛 속에서 날개가 아른거렸다. 천천히, 아래로 미끄러지듯 내려오기 시작했다. 반짝이는 초록 몸통은 거대한 연처럼 위대한 나무의 서로 뒤엉킨 나뭇가지 사이에 떠 있었다. 단, 용의 강력하고 물결치는 꼬리만 연과 달랐다.

"그리 대단한 임무는 아니야, 바질. 부탁할 게 있어. 사소한 부탁이야."

마법사의 턱수염이 바람에 나부끼며 빛났다. 마치 턱에서 솟아난 은빛 불꽃처럼……

"음, 살짝 긴장되는데요."

바질가라드가 말했다. 커다란 눈을 크게 떴다.

251

"그럴 필요 없어. 결국, 넌 언제나 가장 위대한 용이니까!"

멀린이 대답했다. 재빨리 목청을 높여, 그 주제를 상세히 설명했다.

"평화의 날개, 넌 그렇게 불릴 자격이 있어. '메마른 봄 전투'에서의 무적의 승자. '끝없는 불의 전투'의 영웅. 그리고 다그다와 나를 제외하고는, 불멸의 장군 리타 고르를 패배시킨 유일한 생명체."

용이 이마에 주름을 잡으며, 비늘을 세웠다.

"자, 그렇게 칭찬하는 걸 보니, 바짝 긴장되는데요. 뭔가 까다로운 부탁을 하려나 보군요. 그게 분명해요."

멀린은 그 말을 못 들은 체하고, 계속해서 소상하게 설명했다.

"그뿐만이 아니야, 바질, 넌 우리 세계의 진정한 화신이야. 아발론의 마법과 역사, 그 모든 것이 합쳐서 하나로 이루어졌어."

멀린은 고개를 끄덕이며 좀 더 부드럽게 덧붙였다.

"그리고 또한 마법사의 최고 친구이기도 하지."

바질가라드는 날개를 들어, 푸른 잎으로 덮인 나뭇가지 두 개 사이를 활강했다. 향기가 위로 훅 올라와, 예민한 콧구멍을 간지럽혔다. 그중 일부가 익숙한 향기를 떠올렸다. 호두나무 껍질, 잘 익은 레몬, 그리고 신선한 사슴 발자국의 곰팡내 나는 향기. 하지만 대부분은 전에 한 번도 맡아본 적 없는 것이었다. 삼림 지대 버섯과 잘 발효된 빵과 뒤섞인 냄새, 올리브 오일로 덮인 것 같은 무슨 깃털, 순무와 오거의 숨결 같은 것이 섞인 톡 쏘는 뿌리.

용은 미끄러지듯 내려가며 투덜거렸다.

"그게 무엇이든, 그게 나를 아프게 하리란 걸 알 수 있어요."

"정말이야? 왜 그렇게 생각하지?"

멀린이 두 팔로 거대한 귀를 감싸며 물었다.

"왜냐하면, 나는 당신을 잘 아니까요."

바질가라드가 대답했다.

늙은 마법사는 한숨을 쉬었다.

"너무 잘 알지. 네 말이 맞아, 친구."

용은 날개를 움직이며 나뭇가지 위를 미끄러지듯 나아갔다. 나뭇가지 표면에 수백수천 개의 빛나는 호수가 담겨 있었다. 그 호수는 모두 너무나도 깨끗하고 고요해서 별빛을 고스란히 반사했다. 마치 별 그 자체를 삼키기라도 한 것처럼 보였다.

"그럼, 내게 말해줘요. 그 사소한 부탁이라는 게 뭔데요?"

바질가라드는 귀를 움직여 마법사를 쿡 찌르며 재촉했다.

"음…… 그건……."

멀린은 잠시 말을 멈추고 숨을 깊이 들이쉬었다.

"뭔데요?"

"네가 한 번만 더 희생해주면 좋겠어. 지금껏 가장 위대한 희생이지."

멀린이 마침내 말했다.

"뭐라고요? 내가 만냐 곁에서 떨어져 지내기를 바라는 거예요?"

바질가라드의 목소리가 시끄럽게 울렸다.

"아니, 아니. 그런 게 아니야."

초록 용은 더 낮게 날며 고개를 절레절레 저었다. 커다란 나무둥치에 있는, 위로 곧게 뻗은 산등성이를 스치듯 지나갔다.

"그럼 됐네요. 그건 절대 동의하지 않을 테니까요. 절대."

"장담하건대, 만냐를 떠날 필요가 없어. 너는 만냐와 함께 너희의 그 새로운 보금자리에서 머물 수도 있어. 적어도 때가 될 때까지는…… 음, 네가 뭔가 다른 일을 할 때까지."

마법사가 말했다.

바질가라드는 날개를 펄럭이며, 특별히 튼튼한 나뭇가지에서 솟아난 산 위를 날았다. 그 정상은 막 내린 눈으로 반짝반짝 빛났다. 바질가라드는 흰 산등성이를 가로질러 뛰어가는 기이하게 생긴 뿔 세 개 달린 짐승 떼를 흘끗 내려다보았다. 스톤루트의 높은 산봉우리 사이를 뛰어다니던 사슴들과 비슷하면서도 뭔가 달랐다.

"그럼 얼른 말해봐요. 그 희생이라는 게 뭐죠?"

바질가라드가 물었다.

"네가 그다지 내켜하지 않을 거야."

"그건 이미 알고 있다고요!"

"음, 바질…… 나는 네가 …… 다시 작아졌으면 해."

멀린은 목청을 가다듬고 말했다.

"뭐라고요? 내가 뭘 어떻게 되기를 바란다고요?"

초록 용이 큰 소리로 물었다. 소리가 너무 커서 위대한 나무의 나뭇가지 사이로 목소리가 메아리쳤다.

"다시 작아지기를 원한다고."

마법사가 대답했다. 마법사의 목소리는 상대적으로 온화하고 작게 들렸다.

"싫어요! 도대체 왜 내가 그렇게 되기를 바라는 건데요?"

바질가라드가 쩌렁쩌렁 말했다. 허공을 한 바퀴 빙그르 돌다, 하마터면 이 승객을 떨어트릴 뻔했다.

"왜냐하면, 네가 다시 작아지면, 그건 가장 결정적인 변장이 될 테니까. 너는 숨어서 기다릴 수 있어."

멀린이 용의 귀를 단단히 잡고 대답했다.

"뭘 기다린다는 거예요?"

용이 외치는 소리 때문에 나뭇가지가 마구 흔들렸다.

"리타 고르! 그자가 언젠가 돌아올 거야. 그건 확실해. 그리고 그자는 다시 한번 아발론을 정복하려 들 거야."

용의 목 깊숙한 곳에서 성난 울림이 튀어나왔다.

"하지만 만약 자신을 무찌른 커다란 초록 용의 소식을 몇 년 동안 듣지 못한다면, 그자는 네가 죽었다고 결론 내릴 거야. 그리고 경솔하게도 네가 자신의 계획을 더 이상 방해하지 못할 거라고 확신하게 되겠지."

마법사가 말을 이었다.

멀린은 용의 귀에 몸을 기대고 흥분해서 속삭였다.

"그때 네가 그자를 무찌를 수 있어! 너도 알겠지만, 내가 진정한 후계자를 갖게 될 것을 예감하고 있어. 리타 고르를 막으려고 노력할 용감한 젊은이를. 하지만 그 젊은이가 승리하기 위해서는 네 도움이 필요할 거야."

"그럴 수는 없어요. 나는 누구한테서도 숨지 않아요. 나는 변장해서 기다리지 않을 거예요. 무엇보다도, 나는 작아지고 싶지 않아요. 아니요, 다시는 절대 아니에요!"

바질가라드가 선언하듯 말했다.

"하지만 바질, 영원히 그렇게 있으라는 게 아니야. 그저…… 몇 세기 동안만."

마법사가 이의를 제기했다.

"몇 세기라고요? 내게 몸 크기를 포기할 뿐만 아니라, 작은 몸으로 수백 년을 살라는 거예요?"

용이 으르렁거렸다.

"단 몇백 년에 불과해."

멀린이 온화하게 말했다.

"싫어요! 생각해볼 것도 없어요."

"생각 좀 해보지 않을래?"

"싫어요. 절대 싫어요!"

용이 머리를 매우 힘차게 가로저었다. 그 바람에 멀린이 무릎을 굽혀야 했다.

마법사가 천천히 다시 일어섰다. 용의 귀에 몸을 의지한 채 간청했다.

"아발론 전체의 운명이 위태로워질 거야."

"싫어요."

"내 후계자가 별까지 가야만 해. 방금 전에 네가 나를 데리고 간 것처럼."

"싫어요."

"너는 전투에서 다시 리타 고르를 마주하게 되겠지. 그것은, 내가 예언하는데, 아발론의 역사에서 가장 위대한 전투가 될 거야. 그리고 그 전투는 땅이 아니라 하늘에서 벌어질 거야. 별들을 뒤흔드는 싸움이 될 거라고."

바질가라드는 대꾸하지 않았다. 그저 두 날개를 쭉 펴 나뭇가지 영토 위를 빙글빙글 돌며 아래로 미끄러지듯 내려갔다. 얼굴에 바람이 불어와, 이빨 틈 사이로 바람 가르는 소리가 났다. 마침내, 거대한 입꼬리가 끔찍한 웃음으로 올라갔다.

"싸움이라고요? 나랑 리타 고르랑?"

바질가라드가 물었다.

"맞아."

멀린이 힘차게 고개를 끄덕이며 대답했다.

"아발론 전체의 운명이 위태위태하다고요?"

"그렇다니까."

"성공할 확률은요?"

"아주 낮을 거야."

"죽을 위험은요?"

"아주 높을 거야."

"그렇다면, 내가 해야겠네요."

바질가라드가 천둥 같은 굉음을 내며 선언했다.

"정말이야?"

멀린은 마음이 놓여 용의 비늘 위에서 펄쩍 뛰다시피 했다.

"그래요. 왜냐하면, 만약 내가 이기면, 아발론은 계속 번성할 테니까요. 그리고 만약 내가 지면…… . 그건 용에게 진정으로 가치 있는 죽음이 될 테니까요."

바질가라드가 그 커다란 머리를 끄덕이며 동의했다.

멀린은 용의 귓가에 난 부드러운 털을 쓰다듬으며 선언했다.

"친구, 너는 네 큰 몸보다 훨씬 더 커."

바질가라드는 동의의 뜻으로 울부짖었다. 그 울음소리는 뿌리 영토들에서부터 별까지 쭉 울려 퍼졌다.

나이 먹어갈수록, 나는 새로운 날, 새로운 친구 그리고 무엇보다도, 새로운 모험을 더 즐긴다.

그로부터 3세기도 더 지난 아발론 1002년에, 작은 도마뱀 한 마리가 바위틈에 앉아 있었다. 산들바람이 도마뱀 위로 불어와, 찻잔처럼 생긴 귀와 박쥐처럼 생긴 날개가 나풀거렸다. 작은 눈 안에는 기이한 초록 불꽃이 이글거렸다. 오랜 시간이 지나고 드디어, 그토록 오랜 시간을 기다려온 젊은이가 풀이 무성한 오솔길을 성큼성큼 걸어 자신을 향해 다가오는 게 보였기 때문이다.

그 사람이 가까이 다가오는 동안 작은 생명체의 눈은 밝게 빛났다. 자신이 알고 있던 것이 다가온다는 흥분 때문이었다. 더불어 이 모험이 끝난 뒤 자신이 어디로 갈지 확신이 있기 때문이었다. 즉, 무지개 바다가 내려다보이는 절벽 안의 동굴처럼 넓은 보금자리. 도마뱀은 그곳에서 물 용을 찾을 거다. 자신이 너무나도 잘 아는 그 빛나는 파란색 눈동자를. 그 물 용은 청록색 비늘의 원기 왕성한 어린 용과 함께 그곳에서 자신을 기다리고 있었다.

도마뱀은 두 날개를 천천히 펼쳤다. 더 이상 우스꽝스러워 보이는 작은 도마뱀이 아니라, 눈부시게 아름답고 강력한 용이라도 되는 듯. 그러고는 당당하게 외쳤다. 목소리는 가늘었지만 결의에 차 있었다.

"좋아. 이제 하늘을 날 시간이야."

-8권 끝-

멀린8 궁극의 마법

1판 1쇄 인쇄 2021년 4월 1일
1판 1쇄 발행 2021년 4월 15일

지은이 │ 토머스 A. 배런
펴낸이 │ 김영곤
펴낸곳 │ (주)북이십일 아르테

키즈융합부문 이사 │ 신정숙
융합사업2본부 본부장 │ 이득재
웹콘텐츠팀 │ 장현주 김가람
교정교열 │ 쟁이랩_JANGYLAP
해외기획팀 │ 정영주 이윤경
영업마케팅 본부장 │ 김창훈
영업팀 │ 허소윤 윤송 이광호
마케팅팀 │ 정유진 김현아 진승빈
제작팀 │ 이영민 권경민

출판등록 │ 2000년 5월 6일 제406-2003-061호
주소 │ (우 10881) 경기도 파주시 회동길 201(문발동)
대표전화 │ 031-955-2100 **팩스** │ 031-955-2151
이메일 │ book21@book21.co.kr

(주)북이십일 경계를 허무는 콘텐츠 리더

아르테팝 채널에서 도서 정보와 다양한 영상자료, 이벤트를 만나세요!
페이스북 facebook.com/21artepop   트위터 twitter.com/21artepop
인스타그램 instagram.com/21artepop   홈페이지 artepop.book21.com

ISBN 978-89-509-9381-8 04840
책값은 뒤표지에 있습니다.